KB253053

THE KING OF IMMORTALITY

불사왕

론도 판타지 장편 소설

FANTASY FRONTIER SPIRIT

불사왕 4

론도 판타지 장편 소설

초판 1쇄 찍은 날 § 2009년 6월 26일
초판 1쇄 펴낸 날 § 2009년 7월 1일

지은이 § 론도
펴낸이 § 서경석

편집장 § 문혜영
편집 § 유경화 · 서지현

펴낸곳 § 도서출판 청어람
등록번호 § 제1081-1-89호
등록일자 § 1999. 5. 31
어람번호 § 제1-1058호

주소 § 경기도 부천시 원미구 심곡2동 163-2 서경B/D 3F (우) 420-822
전화 § 032-656-4452 팩스 § 032-656-4453
http://www.chungeoram.com
E-mail § eoram99@chollian.net

ⓒ 론도, 2008

ISBN 978-89-251-1854-3 04810
ISBN 978-89-251-1564-1 (세트)

※ 파본은 구입하신 서점에서 교환하여 드립니다.
※ 저자와 협의하여 인지를 붙이지 않습니다.
※ 이 책은 도서출판 청어람과 저작자의 계약에 의해 출판된 것이므로,
   무단 전재 및 유포 · 공유를 금합니다.

도서출판
청람

론도 판타지 장편 소설
FANTASY FRONTIER SPIRIT

[귀환]

IV

불사 왕

THE KING OF IMMORTALITY

Contents

Chapter 01
물과 정화의 신전

THE KING OF IMMORTALITY

쿵!

검은 머리카락의 사내가 손을 뻗자 땅에 5미터가량의 구멍이 파였다.

테오발트는 흙구덩이를 턱으로 가리키며 말했다.

"내려가서 뒤져 봐라."

"매번 말씀드리는 거지만 허드렛일을 시키려거든 딴 놈을 데려가시란 말입니다."

"다른 녀석들을 인간 세상에 데리고 나오면 자꾸 몹쓸 짓을 하려고 들기 때문에 곤란해."

"한눈을 파는 게 문제라면 호운님이나 무연이에게 시켜도 되는 일 아닙니까?"

"나이 든 늙은이와 어린 여자애에게 궂은일을 시키란 말이냐?"

"전부 만 년 이상 살았는데 늙은이가 어디 있고 어린 여자애가 어디 있습니까?"

"네가 오랜만에 맞고 싶은 모양이구나."

사내는 투덜거리면서 구덩이 안으로 내려가서 흙을 뒤졌다.

얼마 안 가 갖가지 보물들이 모습을 드러냈다.

사내는 그중에서 녹슨 칼 한 자루와 검은색 진주가 박힌 반지를 집어 들었다.

보물을 파내는 동안 불만스럽던 표정은 어느새 사라지고 호기심 어린 얼굴로 말했다.

"드디어 케리언 녀석이 왕에게서 훔쳐 갔던 마신기(魔神器) 네 개를 전부 찾았군요."

세상에는 강력한 힘을 가진 신비로운 무구가 있는데 그중에서 세상을 널리 이롭게 하는 무구를 성신기라고 하며, 세상에 해를 끼칠 수도 있는 무구를 마신기라 부른다.

얼음성검 브룬힐트, 빛의 신궁 가르시아 등이 바로 성신기의 일종이다.

본래 테오발트는 마신기를 모아 사해의 깊은 곳에 보관해 왔다.

그러던 어느 날 케리언이란 마족이 마신기 몇 개를 훔쳐서 대륙으로 도망갔다.

십여 년의 수색 끝에 테오발트는 겨우 마신기를 찾을 수 있었다.

네 개의 무구가 각기 사이한 기운을 뿌렸다.

테오발트는 그중에 진주가 박힌 반지를 집어 들었다.

사내도 새삼 눈을 빛냈다.

검은빛 진주의 강렬한 존재감은 다른 마신기들의 기운을 전부 삼키고도 남았다.

테오발트가 말했다.

"보통 성검이라 불리는 성신기들은 강인한 육신과 고결한 정신을 갖춘 자만이 사용할 수 있다. 그러나 이 반지는 사용자에게 어떠한 능력도 요구하지 않는다. 선악을 구분하지 않는 것은 물론이요, 상대가 누구이든 무조건 힘을 제공한다. 코흘리개 어린애도 반지의 주인이 될 수 있을 정도지. 그래서 위험하다. 자격이 없는 자들이 가공할 힘을 손에 넣으면 필연적으로 혼란이 야기되니까."

"호오, 그거 흥미롭군요. 코흘리개의 잠꼬대에 대륙의 반절이 날아갈 수도 있으니."

사내가 짐승처럼 뽀족한 송곳니를 드러내며 웃었다.

"그래, 모든 마신기 중에서도 가장 위험한 놈이지."

테오발트는 다른 마신기들을 챙긴 뒤, 검은 진주는 다시 사내에게 돌려주었다.

"땅에 도로 묻어놓아라. 사람들의 손에 닿지 않게 아주 깊이."

사내는 의아한 표정으로 물었다.

"사해로 가져가지 않을 생각이십니까? 땅에 깊이 묻어놓는 정도로는 충분한 조치가 되지 못할 텐데요?"

테오발트는 피식 웃었다.

그는 가끔 이렇게 짓궂은 얼굴을 하곤 했다.

"장난을 좀 치자는 게지. 이렇게 땅 깊숙한 곳에 묻어놓으면 누구의 눈에도 띄지 않고 영원히 잊혀질 수도 있겠지만, 우연하게 누군가의 손에 발견될지도 모르는 일이다. 과연 어떤 결과가 나올지 나는 기다려 볼 생각이다. 지루한 일상에 가끔은 예측불허의 사건이 터지기도 해야 살맛이 나지."

"틈만 나면 장난을 치려 드시는군요. 정말로 심심하신 모양이지요?"

사내는 반지를 땅바닥에 던졌다.

그가 손짓을 하자 큰 폭음이 났다.

땅거죽은 뒤집혀 깊이 파묻히고 안쪽의 흙은 밖으로 튀어나왔다.

진주 반지도 땅거죽과 함께 깊은 곳에 파묻혔다.

사내가 같은 행위를 반복할 때마다 반지는 더욱 깊은 곳으로 묻혔다.

이제 산사태가 일어난다 해도 쉽게 지상 위로 나오지 못할 것이다.

사내는 검은빛을 띠는 흙을 바라보다가 갑자기 크르릉거리며 웃었다.

"왕께서는 인간들의 안위를 걱정해서 위험한 물건들은 모두 회수하여 사해의 깊은 곳에 숨겨놓았습니다. 하지만 정작 인간들에게 가장 큰 위협이 될 수도 있는 물건은 대륙에 남겨 놓고 가시는군요. 고작 지루하다는 이유 때문에 말입니다.”

테오발트는 등을 돌려 산을 내려갔다.

“짐이 진정한 성인군자였다면 처음부터 마족 따윈 만들지도 않았겠지.”

사악하고 강대한 마족들은 그깟 마신기 몇 개보다 훨씬 위험하고 사악한 존재다.

그 사실을 알면서도 테오발트는 수없이 많은 마족을 만들어냈다.

이미 죽어버린 인간을 살려내는 금기를 몇 번이나 저지르고 말았다.

그저 고독하다는 이유 때문에.

테오발트는 잠에서 깨어났다.

목이 바짝 탔으나 예전처럼 찬물을 챙겨주는 하인이 곁에 없었다.

그는 침대 맡을 더듬어 물병을 찾아내 병째로 물을 들이켰다.

겨우 정신이 맑아질 즈음에 악터스가 방문을 열고 들어왔다.

“늦잠을 주무셨군요.”

“꿈을 꿨다.”

중요한 사건을 겪기 전에 테오발트는 항상 힌트를 얻는 것처럼 꿈을 꿨다.

꿈속에서 검은 머리카락의 사내를 보았다.

언뜻 보면 그냥 평범한 인간 같지만 그도 틀림없이 마족일 것이다.

아니, 인간처럼 보이는 것은 모든 마족이 원래 평범한 인간이었기 때문이리라.

악터스가 물었다.

"어떤 마족이었습니까? 정체를 파악해 두면 여러모로 도움이 될 것입니다."

"검은 머리카락을 가지고 있었지. 유독 송곳니가 뾰족했고."

"…그것뿐입니까?"

"그게 제일 눈에 띄더군."

"마족은 외모를 마음대로 바꿀 수 있기 때문에 그런 것은 단서가 되지 않습니다."

"하긴."

그류페인은 처음 만났을 때 늙은 시종의 모습을 하고 있었고, 다음엔 잘생긴 청년의 모습을 하고 있었다.

그러나 원래 그는 눈가에 주름이 자글자글한 50대의 노인이었다.

마링겐 왕비는 숨 막히게 아름다운 미인이지만 원래는 발이 큰 시골의 아낙이다.

갑자기 악터스가 물었다.

"그 마족도 죽여 버릴 생각이십니까?"

테오발트는 눈을 들어 악터스를 응시했다.

건방진 놈.

눈으로 그렇게 말한 듯했다.

그러나 더 이상 다른 제재는 않고 침대에서 일어났다.

대답이 돌아오지 않자 악터스가 다시 물었다.

"왕께서는 세상의 모든 마족을 없애 버릴 생각이십니다. 그렇지 않습니까?"

테오발트는 걸음을 옮기다 말고 악터스를 돌아보았다.

그는 실소를 터뜨리며 말했다.

"참 당돌한 녀석이다. 오냐, 어디 한번 마음껏 지껄여 보거라."

그는 벽에 등을 기대고 자세를 잡았다.

악터스는 사양 않고 이야기를 계속했다.

"신마전쟁 이후 왕께서는 오랫동안 우울해하셨던 것으로 기억하고 있습니다. 왕께서 잠시 한눈을 판 사이 마족 앙브라스가 대륙으로 뛰쳐나가 인류의 반절을 불에 태워 버렸기 때문입니다."

"음……."

테오발트는 거대한 평야에 끝도 없이 널려 있는 시체 더미를 떠올렸다.

마링겐 왕비와 관련된 기억을 되찾으면서 신마전쟁 이후의 참상을 일부나마 본 적이 있다.

모든 참상은 그가 되살려낸 앙브라스의 소행이었다.

피에 젖은 대지를 보며 그는 씁쓸함을 감추지 못했다.

적어도 신마전쟁이 여러모로 중요한 사건이었던 것은 분명한 것 같다.

"저의 추측일 뿐입니다만, 왕께서는 그 사건을 계기로 어떠한 결심을 하셨을지도 모릅니다. 그 결심이란 바로 모든 마족의 멸절입니다. 마족이 사라지지 않는 이상 신마전쟁과 같은 비극은 근절되지 않을 것이기 때문입니다. 그러나 모든 마족들은 왕에게 있어 제각각 특별한 의미를 지닌 존재, 그들을 당신의 손으로 죽이는 것은 쉬운 일이 아니었습니다. 그래서 왕께서는 스스로 기억을 지워 버렸습니다. 마족을 냉정하게 베어버리기 위해서는 안타까운 과거를 잊어버릴 필요가 있었던 것입니다."

테오발트는 품에서 담뱃대를 꺼냈다.

악터스는 그가 불을 붙일 때까지 잠시 기다렸다가 다시 이야기를 이었다.

"왕께서는 육신을 잃은 후유증으로 기억과 힘을 잃어버렸다고 하셨으나, 저는 사실 납득이 가지 않았습니다. 세상의 그 어떤 것도 불사왕을 위협할 수 없기 때문입니다. 그렇다면 왕께서는 어째서 기억을 잃고 힘을 잃어버린 것일까. 왕께서 스스로 당신의 모든 것을 봉인했다면 말이 되지 않겠습니까?"

이야기가 전부 끝나자 테오발트는 담배 연기를 후우 뱉어낸 뒤 말했다.

"이번엔 내 차례로구나. 일단 하나 물어보자. 마족을 없애기 위해서는 일단 힘이 있어야 하는데 나는 기억은 물론이고 힘까지 전부 잃어버렸다. 이것이 마족을 멸절시키기 위한 한 수라면 힘은 그대로이고 기억만 잃었어야 하는 게 아닌가?"

"기억이란 팔 한 짝을 떼어내듯 그렇게 필요한 부분만 쉽게 없앨 수 있는 것이 아닙니다. 제 추측입니다만, 아마 기억을 봉인하기 위해서 힘도 봉인할 필요가 있었던 것 같습니다. 잃어버린 권능은 마족이나 여러 적과 대치하면서 차차 되찾을 생각이셨겠지요."

어느 정도 일리가 있는 말이었다.

테오발트는 베르그이젤 백작 가문이 멸문당하는 큰 사건을 겪으며 얼마간의 힘을 되찾았다.

"그리고 힘을 되찾는 만큼 기억도 같이 돌아오고 있지."

테오발트는 쓴웃음을 지었다.

그류페인의 정체를 끝까지 기억해 내지 못했다면 이렇게 똥 씹은 기분이 되진 않았을 것이다.

"나는 마링겐 왕비에게 육신을 전부 넘기고 죽었다. 덕분에 마링겐 왕비는 쉽게 손도 댈 수 없을 만큼 강대한 마족으로 거듭났다. 마족을 멸절시키는 것이 목표였다면 무엇 때문에 그 계집에게 그만한 힘을 주었겠는가?"

"……."

악터스는 더 이상 해답을 생각해 내지 못했다.

그래서 테오발트는 혼자 자문해 보았다.

어째서 마링겐 왕비에게 그 위험한 마력을 모조리 줘버렸을까.

우울한 감정에 사로잡힌 채 '불사왕'은 도대체 무엇을 계획했던 것일까.

*　　　*　　　*

키루스 공국의 왕은 마족 그류페인에게 조종당하고 있었다.

테오발트는 공국 내에 잠입하여 배후였던 그류페인을 죽였다.

그 기세를 타고 마링겐 왕비까지 단숨에 처분했다면 좋았겠으나, 솔직히 아직은 능력 부족이었다.

그리하여 마링겐 왕비는 일단 뒤로 미뤄둔 채 다음 목표로 삼은 것이 물과 정화의 신전을 이끌고 있는 헤문 교황이었다.

헤문 교황은 사해의 마법사 사건이 터진 뒤 스톰폴트를 강하게 비난을 하고 있었다.

신전이 마법사를 경계하는 것이야 당연한 일이지만, 정도가 지나치다는 것이 문제다.

신전도 정치와 완전히 무관한 세력이 될 수는 없다.

북부에 기반을 둔 물과 정화의 신전이 북부 영토의 대부분을 차지하고 있는 스톰폴트 왕국과 적대관계가 되어 좋을 리 없다.

문제가 생겨도 물밑으로 거래를 해서 관계를 회복하는 편이
맞았다.

그러나 헤문 교황은 모든 타협을 거부하고 스톰폴트를 적대
하는 중이었다.

정황으로 보아 교황의 뒤에도 마족이 버티고 있을 가능성이
높았다.

"……."

테오발트는 백색의 신전을 올려다보았다.

대륙 북부에서 가장 큰 영향력을 미치고 있는 물과 정화의
신전 총본산답게 건물이 아주 거대하고 웅장했다.

그는 이제부터 성가대원으로 신분을 위장하여 눈앞의 신전
에 잠입할 예정이다.

신분을 위장하기 위한 일체의 작업은 전부 스톰폴트 국왕이
처리해 주었다.

"꼭 이렇게 해야만 합니까? 식당종업원으로 모자라 이번엔
시종 노릇을 하라니요."

시종으로 위장한 빌로 대공이 징징거렸다.

"무엇이 문제란 말이냐? 사해에서 지낼 때 너는 원래 청소
부였고, 악터스는 발닦개라 하지 않았더냐?"

"에이. 그거야 악터스가 원체 시건방진 놈이다 보니 마도남
왕 라우지 토가님께서 기를 죽여놓을 의도로 발닦개 취급을
한 거고, 평상시엔 마도남국의 모든 마법사들을 관리하는 일
을 맡았습니다. 저도 마도서왕 트리오네님께 예쁨받으려고 방

청소를 해드린 것뿐이고요.”

“부업으로 일한 경력이 있으니 이번에도 잘해내겠구나.”

테오발트는 성큼 신전 안으로 들어갔다.

사제가 두 사람을 맞이하러 나왔다.

“어서 오게. 나는 줄란 사제라고 하네. 자네가 카라스 델룬인가?”

“그렇습니다.”

“성가대는 신전의 후원을 받을 뿐, 엄밀히 따지면 신전에 소속된 단체가 아니네. 성가대원들도 사제가 아니지. 그러므로 자네들은 출가를 할 필요도 없고 결혼도 할 수 있으며 가문에서 데려온 하인들을 부릴 수도 있네.”

줄란 사제는 뷜로와 악터스를 힐끗 둘러보았다.

“그러나 이곳은 신전이네. 성스러운 흙을 밟고 있는 이상 기본적인 수칙은 지켜야 하네. 자네 하인들도 신전의 엄격한 규율에 따라야 하며, 하루 중 반나절은 신전을 위해 일도 해야 하지.”

“하루 중 반나절이나 신전에서 일을 하면 카라스님의 시중은 언제 듭니까?”

악터스가 물었다.

철저히 하인으로서 행동하고 있으나 특유의 거만한 분위기는 숨겨지지 않았다.

줄란 사제가 건방진 하인을 보며 눈살을 찌푸렸다.

“짬을 내서 시중을 들어라. 내키지 않는다면 하인 따윈 돌려

보내면 될 일이다. 애초에 신을 모시기 위해 들어온 신전에서 하인의 시중을 받다니 가당치 않은 일. 하인을 허용하는 것은 최소한의 배려일 뿐이다."

테오발트가 말했다.

"당분간은 하인들을 데리고 있겠습니다."

"마음대로 하게."

뷜로와 악터스는 중간 즈음에 헤어져 하인들의 거처로 향했다.

테오발트가 갑자기 둘을 향해 속삭였다.

"쥐 죽은 듯 조용히 지내려무나. 쓸데없이 소란을 피울 시엔 껍질을 벗겨달라는 뜻으로 알겠다."

그의 경고에 악터스는 무표정으로 일관했고 뷜로는 과장되게 부르르 몸을 떨었다.

줄란 사제는 테오발트를 숙소로 안내해 주고 돌아갔다.

숙소는 1인실이긴 했지만 아주 허름했다.

바닥에서는 걸을 때마다 삐걱대는 소리가 났고, 짚으로 만든 낡은 침대 위에 앉자 곰팡이 냄새가 확 올라왔다.

웅장한 신전 내에 이런 장소가 있는 것이 신기할 정도였다.

그는 짐을 풀면서 시간을 보내다가 줄란 사제가 알려준 대로 예배당으로 향했다.

테오발트가 가운데쯤에 앉으려고 하자 키가 작은 소년이 갑자기 다가와서 그를 붙잡았다.

"잠깐, 거긴 안 돼. 오스발의 자리거든."

어디에나 힘자랑을 하는 꼬마들이 있게 마련이다.

말을 들어보니 여긴 그런 녀석들의 전용석인 모양이다.

일부러 그런 녀석들과 대치할 필요는 없다.

테오발트는 선뜻 다른 자리로 향했다.

자리를 잡자마자 좀 전의 소년이 다시 말을 걸어왔다.

"못 보던 얼굴인 걸 보니 오늘 처음 왔구나? 사실 나도 추천사를 받아서 중간에 성가대에 들어왔어."

소년은 갑자기 고개를 숙이고 목소리를 작게 낮췄다.

"그런데 여기 텃세가 장난이 아냐. 너도 한동안은 고생 좀 해야 할걸. 그래도 죽었다 생각하고 한 달쯤 버티면 시들해지니까 힘내."

자기 할 말을 다 한 소년은 주위 눈치를 살피다 얼른 구석자리로 피했다.

테오발트는 뒤늦게 주변을 둘러보았다.

어째 분위기가 안 좋았다.

수련생들은 테오발트를 힐끗대면서 보다가 불쾌한 표정을 짓곤 했다.

의문을 느끼고 있을 때 줄란 사제가 예배당 문을 열고 들어왔다.

그가 성가대 담당 사제였던 모양이다.

"카라스 수련생, 앞으로 나오게."

줄란 사제는 시작하기에 앞서 테오발트를 앞으로 불러냈다.

테오발트가 단상 위로 올라가자 그는 턱짓을 했다.

“자기소개나 하던가.”

처음 봤을 때도 그렇고, 어째 테오발트를 대하는 줄란 사제의 태도가 조금 냉담했다.

그러나 테오발트는 별로 상관하지 않았다.

“카라스 델룬이다.”

줄란 사제가 힐끗 테오발트를 본 뒤 부연 설명을 했다.

“델라이거 자작의 추천을 받아 성가대에 들어온 카라스 군이네.”

갑자기 예배당 내부가 크게 술렁거렸다.

키가 크고 나이가 제법 많은 청년이 불쑥 일어나서 외쳤다.

“줄란 사제님! 언제까지 검증도 되지 않은 녀석들을 계속 성가대에 받아들일 생각이십니까!”

“……”

줄란 사제는 침묵을 지켰다.

아무 말도 하지 않고 있지만 그도 분명히 테오발트를 못마땅하게 여기고 있었다.

“오스발 자네가 알아서 잘 챙겨주게.”

오스발이라 불린 덩치 큰 사내는 불만스러운 표정으로 입을 꾹 다물었다.

줄란 사제는 긴말을 붙이지 않고 테오발트에게도 자리로 돌아가라고 했다.

곧 예배가 시작되었다.

한 시간가량의 기도가 끝난 뒤 줄란 사제는 바로 기도실을 떠났다.

　예배 후엔 자율적으로 찬트를 연습하는 시간인데, 가장 실력이 좋은 오스발이 지도를 맡고 있었다.

　오스발은 쿵쿵 소리를 내며 단상으로 올라갔다.

　그는 주의를 모은 뒤 테오발트를 가리키며 단도직입적으로 말했다.

　"우리들은 모두 수백 대 일의 경쟁을 뚫고 고든 성가대에 들어왔다. 네놈 같은 어중이떠중이가 권력을 등에 업고 기어들어 오는 것은 용납할 수 없다! 너 같은 놈들 때문에 고든 성가대의 명성이 점점 떨어지고 있단 말이다!"

　테오발트는 어째서 분위기가 이렇게 안 좋은지 그제야 깨달았다.

　추천제가 불미스러운 방식으로 운영되고 있었던 모양이다.

　그래서 추천제로 들어온 대원에게 적대감을 가지고 있었던 것이고.

　그는 고개를 끄덕이면서 납득했다.

　그리고 제자리에 가만히 앉아 있었다.

　오스발이 눈썹을 꿈틀하면서 크게 외쳤다.

　"뭐라고 말 좀 해봐!!"

　테오발트는 어쩔 수 없이 대답했다.

　"이 상황에서 열 말이 무슨 소용이 있겠느냐? 정식으로 성가대의 일원으로 인정받자면 매사에 성실히 임하고 노력하는 수밖에 없겠지."

“…….”

너무 당연한 말을 하는 바람에 오스발은 그만 할 말을 잃고 말았다.

성가대원들이 서로 얼굴을 바라보며 웅성거렸다.

오스발은 얼굴이 조금 달아오르는 것을 느꼈다.

다들 보는 앞에서 큰소리를 쳤는데 이제 와서 머리를 숙이고 물러서자니 낯이 뜨거웠다.

그는 조금 망설였으나 결국 계획했던 대로 밀어붙이기로 했다.

“조, 좋아! 무슨 일이든 성실하게 하겠다고 했으렷다? 그렇다면 지금 당장 예배당 밖으로 나가라! 그리고 동료들이 찬트를 연습하는 동안 그들의 예복을 전부 빨아놓도록 해!”

“그것은 성가대원으로서 열심히 찬트를 연습하겠다는 뜻이다. 빨래가 밀렸다면 하인을 부르도록 해라.”

“뭐, 뭐?”

오스발은 또 말문이 막혔다.

그가 어찌 말로 테오발트를 이길 수 있겠는가.

열 번 죽었다 깨어나도 아마 무리이리라.

한참 머리를 굴리던 오스발이 다시 더듬더듬 외쳤다.

“시, 신입 주, 주제에 꼬박꼬박 말대꾸는……!”

테오발트는 고개를 갸웃했다.

“선배였나? 여기 있는 이들은 모두 같은 기수인 줄 알았는데?”

"어, 어쨌거나 난 3개월 전에 성가대에 들어왔다!! 하지만 네 녀석은 오늘 들어왔잖아! 예복은 대대로 성가대원들이 직접 세탁해 왔고, 그건 신입들의 몫이었다! 우리도 전부 예복을 빨았었는데 너만 못하겠다 이거냐?"

"……"

테오발트가 다시 고개를 들어 오스발을 빤히 쳐다봤다.

성가대원들은 숨을 죽이고 상황을 주시했다.

보통 대가 센 놈이 아니다.

과연 이번에는 무슨 말을 할 것인가!

이윽고 테오발트가 입을 열었다.

"네 말이 옳구나. 내 사과하마."

테오발트는 빨래를 하러 예배당 밖으로 나갔다.

그의 뒷모습을 보며 성가대원들은 왠지 허탈감을 느끼고 있었다.

테오발트가 성가대원들과 입씨름을 하던 시각 악터스도 하인들에게 둘러싸여 있었다.

신입을 괴롭히는 일은 성가대원뿐만 아니라 하인들 사이에서도 똑같이 벌어지고 있었다.

하인들이 다 떨어진 빗자루를 툭 집어 던지며 말했다.

"오늘 저녁까지 정원을 전부 다 청소해 놓도록 해."

악터스는 주위를 둘러보았다.

잠시 뒤 그는 하인들을 보며 말했다.

"도와줄 사람을 두 명 정도 붙여준다면 해 질 녘까지 깨끗하게 치워놓겠다."

하인들은 온갖 인상을 썼다.

안 그래도 거만하게 보이는 인상이 마음에 안 들었는데 말투마저 어딘가 명령조로 들렸기 때문이다.

"도와주는 거 좋아하네. 지금 네놈보고 치우라고 말한 거 못 들었냐?"

"혼자의 힘으로는 무리이기 때문에 요구한 것이다. 인력이 부족하다면 이틀 정도 기한을 더 주었으면 한다."

"인력 부족? 기한? 이 새끼 문자 좀 쓰네?"

하인이 입을 잔뜩 비틀더니 손가락으로 악터스의 머리를 쿡쿡 눌렀다.

악터스는 손을 피하지 않고 묵묵히 서 있었다.

소란을 피우지 말라는 테오발트의 경고 때문이다.

악터스의 머리를 찌르던 하인은 상대가 눈썹 하나 꿈쩍 않고 무표정을 유지하자 더욱 약이 올랐다.

"야, 사람 말이 말 같지가 않냐?"

"좋아. 그쪽 요구대로 혼자 청소하지."

악터스는 고분고분 대답한 뒤 빗자루를 집으려고 몸을 낮췄다.

그때 하인이 발로 악터스의 등을 냅다 걷어찼다.

악터스는 땅에 털썩 무릎을 꿇고 말았다.

그는 눈을 지그시 감았다가 다시 땅을 짚고 일어나려고 했다.

"건방진 새끼!"

그때 하인이 다시 발길질을 했다.

가만 따져 보면 악터스가 특별히 한 짓도 없다.

그러나 보기만 해도 배알이 꼴리는 상대가 있지 않은가?

생긴 것도 그렇고, 특히나 눈빛이 아주 건방지고 재수없게 보였다.

하인들은 저마다 건방지다면서 그를 발로 차기 시작했다.

"……."

잠시 뒤 발길질이 멈췄다.

악터스는 그동안 신음 한 번 흘리지 않았다.

그는 흙투성이가 된 채 다시 몸을 일으키려고 했다.

하인 하나가 이를 으득 갈더니 마지막으로 그의 턱을 발로 세게 걸어찼다.

쿵.

그가 쓰러지자 하인은 침을 탁 뱉고 돌아섰다.

"오늘 저녁까지 다 치워놓지 않으면 진짜로 각오해라, 건방진 새끼."

악터스는 빗자루를 들고 자리에서 일어났다.

입술에서 피가 흘렀다.

턱을 맞을 때 입안에 상처가 난 모양이다.

그는 묵묵히 피를 훔쳤다.

그리고 차갑게 가라앉은 눈으로 하인들이 사라진 방향을 응시했다.

하지만 테오발트의 경고가 있는 이상은 방법이 없다.

그는 결국 청소를 하기 시작했다.

마법도 없이 그 넓은 정원을 전부 치우는 것은 역시 무리였다.

악터스는 또 한 번 하인들에게 시달리다가 자신의 거처로 되돌아왔다.

"왔냐? 왜 이렇게 늦은 거야?"

먼저 방에 도착해 있던 뷜로가 악터스를 향해 손을 흔들었다.

그는 침대 위를 뒹굴거리면서 과일을 먹고 있었다.

악터스는 멈칫 걸음을 멈추고 그 모양을 쳐다보았다.

하지만 다시 방 안으로 들어가 얼굴을 씻기 위해 세숫물을 부었다.

침대에서 굴러다니던 뷜로가 뒤늦게 악터스의 지저분한 몰골을 보고 물었다.

"잉? 네 녀석 꼴이 왜 그래?"

"……."

악터스는 세숫물에 손을 담갔다.

그러다 갑자기 뒤를 돌아보고 물었다.

"하인들이 쓸데없는 짓을 시키지 않던가?"

뷜로는 선뜻 고개를 끄덕였다.

"응. 이놈들이 새로 들어왔다고 얕보고 괴롭히려고 들기에 주머니에다가 슬쩍 돈을 찔러줬지. 낄낄낄, 앞으로 잘 좀 봐달라고 눈웃음 몇 번 치니까 이렇게 간식까지 주더라고. 아무렴, 세상에 돈과 미인을 싫어할 놈은 없는 법이지!"

뷜로는 자랑스레 가슴을 내밀며 낄낄거렸다.

"……"

악터스는 다시 고개를 돌리고 묵묵히 세수를 했다.

뷜로는 눈을 끔뻑거리고 그의 뒷모습을 쳐다봤다.

그리고 금방 상황이 어떻게 된 것인지 깨달았다.

"에엥? 설마 너 지금까지 그놈들한테 시달리다가 온 거냐? 야 이놈아, 그러게 내가 목에 힘 좀 빼라고 했잖아. 아부 좀 하고 뇌물만 찔러주면 좋게 넘어갈 일을 왜 그렇게 인생을 고달프게 사냐? 웃는 얼굴에 침 못 뱉는다는 말이 괜히 나온 줄 알아? 라우지 토가님 밑에서도 매일 건방지다고 얻어터져 놓고 왜 그리 학습능력이 없냐고."

악터스는 뷜로가 말하거나 말거나 세수를 마치고 수건으로 얼굴을 닦았다.

뷜로도 더 이상은 잔소리를 하지 않았다.

가만히 앉아 있던 그가 갑자기 피식 웃었다.

"아무래도 그 천성은 고칠 수가 없는 모양이구먼. 왕족 출신이라 그런 건가?"

"왕을 모시러 가야 한다. 언제까지 빈둥거릴 셈이냐?"

악터스가 수건을 의자에 걸면서 말했다.

"아차차! 벌써 시간이 이렇게 됐구먼!"

뷜로가 요란을 떨며 침대에서 굴러 내려왔다.

둘은 테오발트를 찾기 위해 예배당으로 향했다.
그러나 테오발트는 그곳에 없었다.
어떤 성가대원의 언질로 그들은 빨래터에서 테오발트를 발견할 수 있었다.
그는 우물가에 앉아 오십 벌에 달하는 예복을 혼자 빨고 있었다.
뷜로가 그 모습을 보고 입을 떡 벌렸다.
"커헉, 왕까지 그런 시답잖은 놈들에게 괴롭힘을 당하고 계시다니! 아무리 정체를 숨기는 게 중요하다고 해도 이건 진짜 아니지 않습니까? 빨래라니, 왕께서 빨래를 하다니! 아니, 왜 말을 못해요! 나는 이런 거 못한다, 왜 말을 못해요!! 크허헝!"
뷜로는 땅을 쾅쾅 두드리면서 통곡을 하기 시작했다.
그는 빨랫감을 집어 들었다.
"흑흑흑! 왕이시여, 이건 제가 하겠습니다. 궁상맞게 그러지 마시고 이리 주세요."
테오발트는 뷜로의 이마를 꾹 눌러서 뒤로 넘어뜨렸다.
뷜로가 벌렁 넘어지는 것을 보며 그는 빨랫감을 챙겼다.
"이리 내놓아라. 성가대원의 예복은 대원이 스스로 세탁하는 것이 관례라고 하는구나. 오늘 갓 들어온 신입이 돼서 아무것도 안 하고 놀 수는 없는 일 아니냐."

뷜로는 콧물을 훌쩍이며 물었다.

"엥, 그런 거였나요? 괴롭힘을 당하는 것이 아니라?"

"그런 거다."

테오발트는 손사래를 쳤다.

"둘 다 쓸데없이 소란 피우지 말고 근처에서 기다리고 있거라."

"알겠습니다."

악터스는 명령대로 근처에 서서 일이 끝나기를 기다렸다.

그러나 뷜로는 살금살금 테오발트의 곁으로 다가가더니 어느새 쭈그려 앉아서 잡담을 하기 시작했다.

"빨래 엄청 잘하시네요. 찌든 때가 어쩜 그렇게도 쑥쑥 잘 빠집니까요?"

"내가 원래 못하는 게 없는 편이다."

"우히히, 왕의 사전엔 겸손이란 단어가 없죠?"

"네놈의 사전엔 겁이라는 단어가 없나 보구나."

"그럴 리가요. 제가 얼마나 겁이 많고 소심한 놈인뎁쇼. 자, 잠깐만, 제가 죽을죄를 지었습…… 켁!"

뷜로는 옆에서 한 방씩 얻어맞으면서 잘도 조잘거렸다.

테오발트도 이러니저러니 해도 뷜로의 능청을 잘 받아주고 있었다.

악터스는 말없이 그 광경을 지켜보고 있었다.

시간이 지날수록 그의 눈빛이 차갑게 가라앉았다.

그때 성가대원들이 무슨 용무인지 빨래터에 모습을 드러

냈다.

그들 가운데에는 오스발도 끼어 있었다.

테오발트가 쭈그려 앉아 빨래하는 모습을 보고 오스발은 입꼬리를 올렸다.

"이런, 저 많은 걸 혼자서 빠느라 고생이 심했을 것 같군."

"그래. 팔이 좀 뻐근하구나."

대답을 들은 오스발과 성가대원들이 갑자기 낄낄거리기 시작했다.

테오발트가 고개를 들어 그들을 쳐다보자 오스발이 한 걸음 걸어나왔다.

말을 하기 전에 도저히 못 참겠다는 듯 그는 풋 웃음을 터뜨리기도 했다.

그는 목소리를 가다듬고 다시 테오발트를 내려다보았다.

"솔직히 말하면 말이야, 예복을 대원이 직접 빨아야 한다는 관례 같은 건 없다. 빨래 같은 건 원래 하인들이나 하는 일이지 우리가 할 일은 아니거든?"

오스발은 통쾌해서 못 살겠다는 듯 볼을 씰룩거리며 테오발트의 반응을 기다렸다.

테오발트는 가만히 그를 쳐다보았다.

그러다 다시 물을 붓고 예복을 빨기 시작했다.

오스발이 버럭 소리를 질렀다.

"야! 뭐 하는 거야?"

"이게 마지막 빨랫감이다. 어차피 시작한 거 그냥 다 빨아버리자 싶어서.”

그는 마지막 예복까지 깨끗하게 빨아서 바구니에 담았다.

그리고 하나씩 빨랫줄에 널기 시작했다.

얼마 안 가 쉰 벌의 새하얀 예복이 빨랫줄에 가득 널렸다.

그 광경을 보고 테오발트는 짐짓 만족스러운 얼굴로 고개를 끄덕였다.

“흠, 좋아.”

부당한 노동이긴 했지만, 일의 결실을 감상하는 것은 어쨌건 꽤나 기분 좋은 일이다.

테오발트는 손을 씻고 자기 숙소로 돌아갔다.

그때까지 멍청히 지켜보기만 하던 오스발이 대뜸 소리쳤다.

“카라스!”

테오발트는 고개를 돌렸다.

“무슨 할 말이라도 있느냐?”

어쩐지 억울해서 불렀을 뿐 사실은 딱히 할 말이 없었다.

“이 자식 두고 보자!!”

그래서 그는 아주 식상한 대사만 외치고 돌아설 수밖에 없었다.

*　　　*　　　*

오스발은 어떻게든 테오발트를 괴롭혀 보겠다고 호시탐탐 기회를 엿보고 있었다.

그 덕분에 테오발트는 정규 수련 시간에 아직 참여도 못했다.

때는 점심시간이었다.

테오발트는 음식을 받으러 배식구로 가고 있었다.

그때 오스발이 그를 불러 세웠다.

"카라스, 가서 내 식판 좀 받아와라."

"……."

테오발트는 물끄러미 그를 쳐다봤다.

오스발은 마음의 준비를 했다.

'어디 한마디만 해봐라, 바로 쏘아붙여 줄 테니까. 바로 이 때를 위해서 어제 날밤을 새가며 만반의 준비를 갖췄다! 이번에야말로 네놈에게 창피를 주고 말 테다!'.

그때 테오발트가 고개를 끄덕였다.

"알았다. 여기로 갖다주면 되는 거겠지?"

"……."

오스발은 화를 내는지 아니면 우는 건지 알 수 없는 얼굴로 배식구로 걸어가는 테오발트를 노려봤다.

테오발트는 오스발이 먹을 음식을 하나씩 식판에 듬뿍 담았다.

그때 곁에 있던 빌로가 씩씩거리며 열을 냈다.

"그 멧돼지 같은 자식, 감히 왕께 심부름을 시키다니! 그러지 마시고 진짜 본때를 보여줍시다!"

빌로가 무슨 소리를 하든 테오발트는 여유롭기만 했다.

그는 음식을 전부 받은 뒤 마지막으로 양념통 앞에 멈춰

섰다.

개개인의 입맛을 맞추기 힘들기 때문에 혹시 싱겁거나 간이 맞지 않으면 알아서 사용하라고 소금 따위를 따로 마련해 둔 곳이었다.

테오발트는 소금을 푸짐하게 일곱 스푼 떠서 스튜에 집어넣었다.

"지금 뭐 하시는 겁니까?"

악터스가 그 모습을 보고 물었다.

테오발트가 슬쩍 웃으며 곁눈질로 오스발을 가리켰다.

얼굴에 장난기가 묻어 있었다.

"간이나 좀 맞춰줄까 싶어서."

"…한 말씀 드려도 되겠습니까?"

"좋을 대로."

악터스는 얼굴을 잔뜩 뒤틀었다.

"마치 덜떨어진 애처럼 유치하게 구시는군요."

테오발트는 어깨를 들썩였다.

그는 오스발을 가리키며 물었다.

"그럼 갈가리 찢어 죽여 버리랴? 내게 빨래를 시켰다는 이유로?"

어느새 테오발트의 눈이 악터스를 관찰하고 있었다.

악터스는 어깨를 약간 경직시켰다.

만약 악터스라면 오스발을 갈가리 찢어 죽여 버렸을 것이다.

그러나 불사왕은 결코 그런 짓을 용납하지 않는다.

금령을 어기고 인간을 함부로 죽였던 마족들은 모두 불사왕의 손에 처분당하였다.

그때였다.

두 사람 사이로 뷜로가 머리를 슥 들이밀더니 스튜에다가 설탕을 한 스푼 집어넣었다.

그는 눈을 반짝이면서 테오발트를 쳐다봤다.

분명히 '나 잘했죠?' 라고 묻고 있었다.

테오발트는 깊이 한숨을 토하더니 뷜로의 머리를 쓰다듬었다.

"그 정도로는 티도 안 난다."

"제가 그걸 생각 못했군요!"

뷜로는 희희낙락하며 설탕을 다섯 스푼 더 집어넣고 심혈을 기울여 섞었다.

테오발트는 완성품을 오스발에게 갖다주었다.

"흐, 홍! 재수없는 녀석!"

테오발트가 시종 고분고분한 태도를 보였기 때문인가, 오스발은 머쓱한 얼굴로 괜히 코웃음을 쳤다.

테오발트는 오스발이 스튜를 떠먹는 모습을 본 뒤 식당을 떠났다.

잠시 뒤 식당 안에서 푸앗, 하고 뭔가 토하는 소리가 터져 나왔다.

오스발이 이미 떠나버린 테오발트를 찾으며 고함을 질렀다.

"커헉! 카라스 이 자식, 당장 이리 안 나와?!"

*　　　*　　　*

"건방진 새끼!"

머리끝까지 열받은 하인이 거칠게 발길질을 했다.

악터스는 돌처럼 꿇어앉아 신음도 내지 않고 표정의 변화도 거의 없이 얻어맞기만 했다.

그것이 하인들을 더욱 약 오르게 했다.

이성이 나간 하인은 급기야 쇠꼬챙이를 집어 들었다.

굵기는 가늘어도 제법 무게가 있고 아주 튼튼한 놈이었다.

잘못 맞으면 큰 상처를 입을지도 몰랐다.

하인은 악터스를 후려치려고 쇠꼬챙이를 높이 들었다.

그때 누군가가 그들 사이로 뛰어들어 왔다.

"허어억! 어르신들, 제 말 좀 들어보십시오. 이놈 하는 짓이 아주 싸가지가 없고 눈빛까지 더러워서 어딜 가도 욕만 먹고 얻어터지기가 일쑤랍니다. 그러니 이놈 인생이 불쌍하다 생각하시고 한 번만 넘어가 주시면 안 되겠습니까?"

빌로가 과장스럽게 악터스를 감싸면서 소리쳤다.

무표정이었던 악터스의 얼굴이 처음으로 변했다.

그는 인상을 쓰며 목소리를 낮춰 말했다.

"끼어들지 마라."

그러나 빌로는 어깨를 펴고 거들먹댔다.

"야 이놈아, 그렇게 요령이 없어서 세상을 어떻게 살려고 그러느냐. 이 몸이 어떻게 하면 되는지 시범을 보여줄 테니까 눈 크게 뜨고 있어!"

마음껏 거들먹댄 뷜로는 휙 고개를 돌려 하인들을 쳐다봤다.

순식간에 눈꼬리에 살짝 웃음기가 달렸다.

그는 꼬리가 있다면 당장에라도 살살 흔들 것 같은 모양새로 다가갔다.

"어르신들, 저놈 때문에 얼마나 속이 썩으셨습니까. 그 마음 누구보다도 이놈이 가장 잘 알고 있습죠 네네. 제가 데려가서 잘 알아먹게 타일러 보겠습니다. 그러니… 저런 놈 때문에 괜히 기분 잡치지 마시고 이걸로 시원하게 뭐라도 한잔하십쇼."

뷜로는 하인의 손에 가죽주머니를 슬쩍 쥐어주며 히죽 웃었다.

하인들이 인상을 쓰고 주머니를 열어보았다.

주머니 안에는 돈이 수북이 들어 있었고 은화까지 몇 개 끼어 있었다.

이제 구겨진 얼굴이 슬쩍 펴지면서 멋쩍은 미소가 떠오르리라!

뷜로는 꼬리를 살살 치면서 반응을 기다렸다.

그러나 기대하던 반응 대신 짜증이 어린 고함 소리가 터져 나왔다.

“어디서 돈 몇 푼에 넘어가려고! 하는 짓마다 재수가 없더니 역시 싹수가 노란 새끼였구만!”

하인은 크게 화를 내며 다시 쇠꼬챙이를 집어 들었다.

“에, 엥?”

뷜로는 당황하면서 뒤로 물러섰다.

그가 물러나자 그만큼 하인이 위협적인 태세로 성큼 다가왔다.

뷜로는 식은땀을 뻘뻘 흘리며 눈알을 이리저리 굴렸다.

그러더니 날름 악터스의 등 뒤로 숨었다.

“대, 대체 무슨 짓을 한 거냐. 얼마나 약을 올려놨기에 돈도 안 통해!”

“…….”

악터스는 짜증을 느끼며 뷜로를 앞으로 끌어내려고 했다.

그러나 뷜로는 필사적으로 악터스의 등 뒤에서 나오지 않으려고 버텼다.

“나는 네놈처럼 뼈대가 튼튼하지 못하단 말이다. 저런 걸로 맞으면 난 죽어.”

“그럼 죽던가!”

“아직 안아보지 못한 미녀가 몇이고 먹어보지 못한 음식이 몇인데 날더러 죽으라고? 그렇게는 못해! 그러지 말고 어떻게 좀 해봐라. 악터스, 너만 믿는다!”

두 사람이 옥신각신하고 있을 때였다.

테오발트가 혀를 끌끌 차며 나타났다.

악터스와 뷜로가 있는 근처에서 소동이 일어난 것을 느끼고 걸음을 한 것이다.

제대로 인정을 받진 못한 상태이나, 어쨌든 성가대원인 테오발트가 나타나자 하인들은 약간 머뭇거렸다.

그러나 그것도 잠시다.

쇠꼬챙이를 든 하인이 위협적인 기세를 풍기며 말했다.

"좋은 말로 할 때 비켜주쇼. 어차피 금방 쫓겨날 신세면서 너무 목에 힘주지 맙시다."

"내가 곧 쫓겨날 거라고 누가 그러더냐."

"원래 다 그런 거유. 배경만 믿고 들어오는 허접한 놈들을 쫓아내기 위해서 일부러 따돌리고 괴롭히는 거, 솔직히 다 알고 있잖소? 혹시 아직도 그걸 모르고 있었다면 그거야말로 얼간이에 상 등신이지."

하인이 히죽 입꼬리를 당겼다.

테오발트는 그를 가만히 훑어보았다.

"그렇군. 다른 사람들은 이유가 있어 괴롭히는 시늉을 하고 있지만, 너는 성가대의 사정을 이용해서 마음껏 사람을 괴롭히고 폭력을 행사하며 이 상황을 즐기고 있는 것 같구나."

테오발트가 단번에 자신의 속내를 꿰뚫어 보자 하인은 크게 당황했다.

실제로 그는 추천제로 들어온 이들은 괴롭혀도 다들 눈감아준다는 사실을 알고 내키는 대로 상대를 두들겨 패며 활개를 치고 있었다.

그 사실이 알려지면 신전에서 쫓겨나는 것도 시간문제다.

하인은 초조함에 손에 힘을 주었다.

그러다 문득 쇠꼬챙이가 수중에 있다는 것을 깨달았다.

갑자기 그의 얼굴이 활짝 펴졌다.

"입을 함부로 놀리면 어떻게 되는지 알려줘야겠군!"

그가 쇠꼬챙이를 들어 올리며 위협을 했다.

다른 하인들은 조금 당황했다.

하인들끼리 싸우는 건 그렇다 치고, 신분이 높은 귀족에게 손을 대는 것은 아무래도 문제가 커질 소지가 있었다.

테오발트도 엄한 얼굴로 그 사실을 상기시켜 주었다.

"네 이놈! 귀족에게 손을 대면 어찌 되는지 알고 있느냐?"

"그거야 당신만 입 다물면 해결되는 거 아니냐고. 말해보쇼, 귀족 나리. 어디 가서 함부로 입 놀릴 거요?"

그는 허공에 쇠꼬챙이를 휘둘렀다.

부웅 하고 묵직한 소리가 복도를 가득 메웠다.

저기에 맞았다간 금방 뼈가 부러져 버릴 것이다.

"……"

테오발트는 엄하게 하인을 노려보았다.

엄한 얼굴로 발을 움직여 슬쩍 악터스의 등 뒤로 숨었다.

악터스는 기가 막혀 입을 허 벌렸다.

그가 이런 표정을 짓는 것은 정말로 흔치 않은 일이다.

"아주 극악무도한 놈들이로군. 우아하게 노래를 부르는 것밖에 못하는 연약한 사람을 상대로 저렇듯 폭력을 휘두르려고 하다니.”

“그러게 말입니다! 저놈들 정말 나쁜 놈들입니다!”

테오발트가 능청을 떨자 뷜로도 두 주먹을 불끈 쥐고 역성을 들었다.

악터스가 말했다.

“지금 뭐 하시는 겁니까.”

“악터스, 어쩔 수 없구나. 네가 가서 저놈들을 손봐주고 오너라.”

하인이 테오발트의 말을 듣고 코웃음을 쳤다.

“제발 상황 파악 좀 하쇼. 누가 누굴 손봐줘. 그럴 능력이 있으면 저놈이 지금까지 얻어터지고 있었겠어?”

“나의 하인은 절도가 있어 아무 데서나 힘자랑을 하지 않는다. 하지만 상황을 보니 마냥 참는다고 해결될 일이 아닌 것 같구나.”

테오발트는 팔을 크게 뻗으며 악터스를 향해 말했다.

“자, 악터스! 저 못된 녀석을 혼내주도록 해라!”

“좋아! 가는 거야!”

뷜로도 그의 곁에서 좋다고 방방 뛰었다.

“…….”

악터스는 침묵을 지켰다.

하지만 하인을 손봐주라는 명령까지 거역하진 않았다.

그의 사지 근육에 팽팽하게 힘이 들어갔다.

그러거나 말거나 하인은 쇠꼬챙이만 믿고 기세 좋게 덤볐다.

악터스는 제자리에서 꿈쩍도 않다가 쇠꼬챙이가 코앞까지 날아오자 그제야 급하게 팔을 내밀어 막으려 했다.

하인은 조소를 날렸다.

'멍청한 놈! 팔을 부러뜨리려고 작정을 했구나! 누가 누굴 혼내준다는 거야?

악터스의 팔뚝과 단단한 쇠꼬챙이가 부딪쳤다.

쾅!

그리고 그 상황에서 날 수 없는 소리가 들렸다.

하인은 눈을 커다랗게 떴다.

무슨 돌덩이를 후려친 것처럼 딱딱한 감각이 전해졌다.

악터스는 보호대도 착용하지 않은 팔로 쇠꼬챙이를 막아내고 하인을 힐끗 쳐다보았다.

팔뚝에 불끈하고 다시 힘이 들어갔다.

오라가 근육 사이로 스며들면서 그의 팔을 순간적으로 아주 단단하게 강화시켰다.

그가 팔을 휘두르자 하인은 거의 구르다시피 밀려났다.

겨우 정신을 차리고 고개를 드는데 이번엔 악터스 쪽에서 공격을 시작했다.

하인은 기겁을 해서 허둥지둥 쇠꼬챙이를 움켜쥐었다.

"도대체 무슨 일이야?"

소란이 너무 길어지자 사람들이 하나둘씩 밀려들기 시작했다.

인파 중엔 오스발도 끼어 있었고, 잠시 후 줄란 사제까지 나타났다.

하인은 더욱 당황했다.

그러나 여기서 싸움을 멈출 수도 없었다.

상대인 악터스가 물러설 의사를 보이지 않았기 때문이다.

"으아악!!"

그는 결국 될 대로 되라는 식으로 쇠꼬챙이를 마구잡이로 휘둘렀다.

악터스는 제자리에서 거의 움직이지도 않았다.

쇠꼬챙이가 어깨를 스치는 것을 눈으로 본 뒤 갑자기 손을 뻗었다.

탕!

맨손에 부딪친 쇠꼬챙이가 묵직한 소리를 내며 하늘 위로 튕겨 나갔다.

"으악!"

쇠꼬챙이만 믿고 있던 하인은 크게 놀랐다.

그는 반사적으로 눈을 질끈 감고 몸을 웅크리면서 남은 왼팔로 얼굴을 가렸다.

악터스는 소리없이 조소를 던졌다.

이따위 근성으로 감히 그에게 덤벼들다니.

너무나 가소로워 그대로 으깨어 죽여 버렸으면 좋겠다.

그는 이를 드러내며 하인의 턱 아래로 손을 집어넣어 목덜미를 잡아챘다.

그리고 뒤돌아서며 그대로 높이 집어 던졌다.

"헉!"

싸움을 지켜보던 사람들은 숨을 삼켰다.

성인 남자가 짐짝처럼 하늘 높이 치솟았기 때문이다.

악터스는 그 상태에서 하인을 바닥에 메다꽂았다.

콰앙!!

"커헉……!"

하인은 짧은 비명만 지르고 기절해 버렸다.

악터스는 더 이상 손을 대지 않고 일어났다.

그 이상은 테오발트가 용납하지 않을 것이다.

"이게 무슨 짓들인가!!"

그때 줄란 사제가 언성을 높였다.

악터스는 뒤로 물러났다.

테오발트가 싸우라고 부추겼으니 이젠 그가 해결해야 할 차례다.

"하인들끼리 시비가 붙었습니다. 소동을 일으키고 싶지 않았으나 저자가 위험한 물건을 들고 휘두르기에 어쩔 수 없이 그에 걸맞은 대응을 할 수밖에 없었습니다."

테오발트는 천천히 상황을 설명했다.

그러나 줄란 사제는 눈썹을 치켜뜨고 악터스를 가리켰다.

"그에 걸맞은 대응이라고? 대체 저놈의 정체는 뭐지? 쇠막대를 맨손으로 막고 사람을 수수깡처럼 집어 들다니 도저히 평범한 하인이라고는 생각할 수 없군!"

사람들도 악터스를 보며 미심쩍은 시선을 보냈다.

"사실 이곳에 들어오기 전에 성가대 내에서 따돌림과 괴롭힘이 성행하고 있다는 소문을 접한 바 있습니다. 저는 설마하니 경건한 신전 내에서 그런 일이 있겠느냐고 반문했으나, 델라이거 자작께서 노파심에 결국 호위를 하나 붙여주셨습니다. 이곳에 와서 직접 겪어보니 자작의 말씀을 따르길 참 잘했다는 생각이 드는군요."

테오발트는 빙그레 웃으며 줄란 사제를 보고 오스발에게도 시선을 주었다.

줄란 사제는 표정을 굳혔다.

오스발은 얼굴을 벌겋게 붉히며 시선을 맞추지 못했다.

테오발트는 악터스에 대해서 부연 설명을 붙였다.

"그는 보다시피 오라 사용자로 어지간한 기사단의 단장을 맡아도 손색이 없을 만큼 강한 실력을 갖추고 있습니다. 다만 출신성분이 너무 비천하여 아직도 작위를 얻지 못한 상태입니다. 정말 안타까운 일이지요."

그 이야기를 듣고 하인들이 수군거렸다.

"아, 그래서 말투가 그렇게 건방졌던 거구나."

"왜 항상 재수없게 까부나 했는데 그런 사정이 있다면 심사가 꼬일 만도 하네."

많은 의문들이 손쉽게 풀렸다.

미심쩍은 시선들이 드디어 전부 거두어졌다.

그럼에도 악터스의 심사는 여전히 좋지 못한 듯했지만.

줄란 사제는 굳은 표정으로 테오발트를 응시했다.

잠시 뒤 그는 입을 열었다.

"신성해야 할 신전 내에서 불미스러운 일이 벌어지고 있다는 사실은 인정하겠네. 하지만 분명히 해야 할 것이 있네. 지금 고든 성가대는 무분별한 추천제로 인해 위기에 처해 있네. 그래서 추천으로 들어오는 이의 인성을 알아보기 위해서 이런 일을 벌이고 있지. 근성이 있는 녀석이라면 그깟 일로 성가대를 떠나는 일은 없을 터. 얼마간 시험을 해본 뒤 인정할 만한 녀석이라는 것이 판명되면 정식으로 성가대의 일원으로 받아들일 생각이었네."

줄란 사제는 오스발의 행동에 대해서 해명했다.

오스발은 아직 얼굴을 붉힌 채 테오발트와 쉽게 시선을 맞추지 못했다.

테오발트는 그의 해명에 대한 평가를 내렸다.

"핑계없는 무덤 없다 했습니다."

"뭐라고?"

줄란 사제가 발끈하여 언성을 높였다.

"지도교사가 앞장서서 따돌림을 주도하는 것은 무슨 이유를 붙이든 바람직하지 못한 일입니다. 당신이 지도자라면 부족한 놈을 괴롭혀서 쫓아내기보다 모자란 점을 가르쳐 주고 바로 이끌어줘야 하지 않겠습니까?"

"누, 누가 그 정도도 모를 것 같으냐. 사정이 여의치 않기 때문이다. 이렇게라도 하지 않으면……!!"

테오발트는 더 이상 이야기를 듣지도 않고 그 자리를 떠났다.

기본적인 것을 이해하지 못하는 놈과 길게 이야기할 필요
없다.

악터스와 빌로도 그의 뒤를 따랐다.

뒤에 남은 줄란 사제는 이를 으득 갈았다.

소란을 마무리한 뒤 줄란 사제는 신전의 가장 깊은 곳으로
향했다.

여간한 성문에 비할 정도로 거대한 문이 그를 맞이했다.

그가 양손을 모으고 머리를 조아리자 거대한 문이 저절로
열렸다.

줄란 사제는 다시 한 번 머리를 숙여 인사를 한 뒤 조심스럽
게 안으로 들어갔다.

"왔는가."

거대한 내실이었다.

그 가운데에 사람 키를 훌쩍 뛰어넘는 긴 의자가 있었고
60세는 족히 되어 보이는 노인이 그곳에 홀로 앉아 있었다.

"예하를 뵈옵니다."

줄란 사제가 세 번째로 인사를 했다.

그가 극도로 경외를 표하고 있는 존재, 바로 그 노인이 헤문
교황이었다.

헤문 교황은 인자하게 미소를 그리며 말했다.

"어린것들을 다독이느라 수고가 많네. 이번에 새로운 성가
대원이 왔다고 하던데 어떤가?"

줄란 사제는 눈을 내리깔았다.

잠시 뒤 그가 대답했다.

"…쓸 만한 녀석입니다."

헤문 교황이 실내가 쩌렁쩌렁 울릴 만큼 크게 웃었다.

"껄껄! 지독하게 짜게 평가하는 자네의 입에서 쓸 만하단 소리가 나오다니. 아주 걸출한 녀석이 하나 들어온 모양이구먼! 고든 성가대가 이대로 역사의 뒤안길로 사라지진 않을 모양이네."

"너무 이르십니다. 아직 녀석의 찬트를 들어보지도 못했습니다."

"허허, 그럼에도 자네를 그토록 감탄시켰단 말인가. 정말 놀랍군. 그래도 걱정 말게. 찬트만 맛깔나게 부른다고 성가대가 잘 굴러가는 것은 아니니까. 어떤 집단이든 이끌어주는 이가 필요한 법이지."

줄란 사제는 아무 말도 않았다.

그러나 건방지게 한마디 던지고 뒤돌아서던 테오발트를 떠올리며 조용히 미소를 지었다.

"그리고 앞으로 신입을 괴롭히는 짓은 그만둘까 합니다."

"그런 편법이라도 쓰지 않으면 성가대를 운영하기가 쉽지 않을 텐데?"

"모자란 놈들이 들어온다면 이번에야말로 지도자답게 그들을 갱생시켜 보이겠습니다."

교황이 어쩔 수 없다며 끌끌 웃었고, 줄란 사제도 개운한 표정을 지었다.

애초부터 그런 식으로 편법을 쓰는 것은 그의 성미에 맞지 않았다.

잠시 뒤 줄란 사제는 다른 화제를 꺼냈다.

"그것보다 예하, 스톰폴트와 대치 상태를 유지한 지 수달이 지났습니다. 도대체 언제까지 이 상태를 유지할 생각이십니까."

갑자기 헤문 교황의 표정이 딱딱하게 굳었다.

"내가 아무리 자네를 개인적으로 아끼고 있다고 해도, 이번엔 너무 주제넘는 소리를 하는군!"

"예하, 주제넘다고 생각되면 이 자리에서 목을 쳐버리십시오. 그러나 저는 당장 죽더라도 할 말은 해야겠습니다."

줄란 사제는 물러서지 않고 감히 교황 앞에서 대거리를 했다.

헤문 교황은 제 이마를 짚었다.

"맙소사. 그 벼락같은 성정 때문에 윗선의 미움을 사서 한직으로 쫓겨났으면서 아직도 그 모양인가."

"바른말을 하지 못하고 거짓만 입에 달고 지내야만 한다면 무엇 하러 숨을 쉬고 살아가겠습니까."

"그래도 처세술은 필요한 법이네."

헤문 교황은 혀를 찼다.

잠시 생각에 잠겨 있던 그는 결국 입을 열었다.

"사해의 마법사는 반드시 경계하고 배척해야만 하는 사악한 자들이네. 놈들이 스톰폴트에 도사리고 있는 이상 나는 어떠한 경우에도 스톰폴트와 타협하지 않을 걸세."

"사해의 마법사가 일반적인 마법사와 다르다는 것은 저도 알고 있습니다. 그들은 마족의 명령을 따르는 자들입니다. 그러나 그들은 벌써 80년이나 이 대륙에 묶여 있었습니다. 마족과의 연계가 끊어졌다는 데엔 의심할 여지가 없습니다. 그들을 경계해야 한다는 데엔 저도 동의하고 많은 협정을 맺어 행동에 제재를 가해야 한다고 생각합니다. 그러나 마법사들이 머물고 있는 스톰폴트 왕국과 모든 교류를 금지하는 것은 너무 과잉반응이 아닌가 사료됩니다."

"어리석은!!"

갑자기 헤문 교황이 노성을 질렀다.

그가 진심으로 분노하고 있음을 깨닫고 줄란 사제는 조금 놀랐다.

헤문 교황은 주먹을 거머쥐었다.

"사해의 마법사를 처단해야 하는 것은 그들이 마족의 명령을 따르기 때문이 아니네. 그들이 잔악한 놈들이기 때문에 처단해야 하는 것이네! 지금으로부터 40여 년 전, 마법을 받아들이자는 주장이 대세일 무렵이었네. 마족과의 연계가 끊어진 이상, 사해의 마법사는 무해한 존재라는 주장도 많았지. 실제로 당시 마법사들은 은밀한 장소에 칩거한 채 조용히 살아가고 있었다네. 순례여행을 위해 대륙 전역을 돌아다니지 않았다면 나도 그게 사실이라고 믿었겠지. 그러나 사해의 마법사는 소문이 퍼지지 않게끔 인적이 드문 산골마을만을 골라 인간 사냥을 계속하고 있었네. 은밀히 알아본 결과 이미 그런 식으로 수백 개의 마을이 세상에서 사라졌네."

줄란 사제는 눈을 크게 떴다.

"그게 사실입니까? 하지만 저는 그런 이야기를 한 번도 듣지 못했습니다. 그렇다고 예하의 말씀을 의심하는 것은 아닙니다. 다만, 어째서 그 당시에 마법사들의 만행을 만방에 알려 공론화시키지 않으셨습니까?"

"말했다시피 당시엔 마법을 받아들이자는 주장이 대세를 이루고 있었네. 그것은 막을 수 없는 시대의 흐름이었네. 그런데 내가 마법사들의 만행을 공론화시키려고 들었다간 어떻게 되었을까. 필경 암투에 밀려서 한직으로 쫓겨나야 했을 걸세. 이렇게 교황이 될 수도 없었겠지."

헤문 교황은 고소를 머금었다.

순간 줄란 사제의 얼굴이 딱딱하게 굳었다.

그는 한참 동안 믿을 수 없다는 눈으로 그를 응시했다.

"교황이 되기 위해서… 사람들이 학살당하는 것을 지켜보기만 했다는 것입니까?"

헤문 교황은 줄란 사제의 시선을 피하지 않았다.

강경한 눈빛이었다.

"당시에 나는 일개 사제에 불과했네. 마법사들의 만행을 고발해 봤자 큰 반향도 일으키지 못하고 묻히고 말았겠지. 이상을 실현하기 위해서는 권위가 필요하네. 보다 크고 강한 권위가!! 나는 그것을 얻기 위해 무고한 사람들이 몰살당하는 것을 알고도 눈을 감았네. 덕분에 나는 교황이 되었고 권력을 움켜쥐게 되었지. 나는 이 권위로 세상을 바로잡아 보일 것이네. 선언하건대 사해의 마법사들은 더 이상 이 대륙에서 발을 붙일 수 없게 될 걸세. 그들에게 그간의 모든 죗값을 치르게 만들어주겠네. 더 나아가 마법 자체를 전부 몰아낼 수 있다면 더할 나위 없겠지.”

“그래서 양민들의 죽음을 묵인한 것은 어쩔 수 없는 일이었다고 말씀하실 참입니까? 그런 식으로 얻은 힘으로 세상을 바로잡겠다고 말하고 있는 당신의 꼴이 얼마나 우스운지 알고나 있느냔 말입니다!! 맙소사, 원리원칙을 지키는 것이 왜 그리도 중요한 것인지 이제야 알 것 같군요.”

줄란 사제는 새파랗게 질려 말했다.

테오발트가 했던 말이 귓가에 계속 맴돌았다.

쾅!

헤문 교황은 의자를 강하게 내려쳤다.

“하면 훌륭한 이상을 가진 보잘것없는 말단사제여, 지금 자네가 할 수 있는 일이 뭔가! 기껏해야 이상세계를 입으로 떠들어대는 것밖에 없지 않나? 힘이 없는 자가 내뱉는 이상은 실없는 헛소리에 지나지 않는다!”

줄란 사제는 지지 않고 외쳤다.

“한 번 양심을 버린 적이 있는 자는 또다시 같은 짓을 반복하게 되는 법입니다! 헤문 교황, 당신이 겨우 이 정도밖에 안 되는 줄 미처 몰랐습니다!!"

그는 예도 갖추지 않고 성큼 내실을 빠져나갔다.

헤문 교황은 손짓을 해서 성기사들을 불러들였다.

"이것 놓아라!"

성기사들의 손에 붙잡힌 줄란 사제가 강하게 반발을 했다.

그러나 성기사들은 꿈쩍도 않고 교황의 명대로 줄란 사제를 지하의 반성실로 끌고 갔다.

홀로 남은 헤문 교황이 씁쓸한 얼굴로 중얼거렸다.

"한동안 머리를 식히게. 신전에는 자네와 같은 인물이 많이 필요하다네."

그에게도 정의와 진리에 불타던 때가 있었다.

그러나 한 번 저지른 일은 돌이킬 수가 없다.

교황의 얼굴이 그날따라 많이 늙어 보였다.

헤문 교황과 줄란 사제의 언쟁을 엿듣고 있는 자가 있었다.

"헤문 교황이 스톰폴트를 적대했던 것은 단순히 개인적인 신념 때문이었군."

악터스는 상황을 지켜보다가 어둠을 이용해 그곳을 벗어났다.

그때 등 뒤에서 낯선 움직임이 느껴졌다.

"의심이 많구나. 그러게 헤문 교황을 조종하는 마족 따윈 없다고 하지 않았나."

악터스는 교활한 인상을 가진 사내를 발견했다.

그의 이름은 라우지 토가, 남부 마도왕국의 군주이다.

그리고 악터스가 주인으로 모시고 있는 마족이기도 하다.

"주인님의 말씀을 의심했던 것은 아니었습니다. 단지 불사왕 폐하께서 줄란 사제를 감시하라 이르셨기 때문에 그에 따르고 있었던 것뿐입니다."

테오발트는 줄란 사제가 교황에게 개인적으로 신임을 받고 있다는 사실을 알아냈다.

그래서 줄란 사제를 조사하다 보면 정보를 얻을 수 있으리라고 추측을 하고 악터스에게 그를 감시하라는 명령을 내렸다.

"좋다, 너는 불사왕의 곁으로 돌아가서 여기서 본 그대로 보고를 올리도록 해라. 헤문 교황은 마족임이 분명하다고 말이야. 그의 손에 교황이 살해당한다면 상황이 꽤 재밌어지겠지?"

라우지 토가는 히죽 웃었다.

악터스는 자세를 조금 낮추고 묵묵히 그의 말을 듣고 있었다.

라우지 토가는 문득 그 모습을 보더니 손을 뻗어 그의 턱을 쥐고 들어 올렸다.

그는 무뚝뚝한 얼굴을 흥미롭게 관찰했다.

"악터스, 나의 건방진 발닭개야. 불만이 있는 것처럼 보이는구나."

"그렇지 않습니다."

"너의 주인은 불사왕이 아니라 바로 이 몸이다. 어차피 불사왕을 주인으로 모셔봤자 네놈에겐 하등 도움이 되지 않는다. 개처럼 엎드려 잘 생각해 볼 일이야."

그의 말이 떨어지자 악터스는 정말로 개처럼 엎드렸다.

농담처럼 흘린 말이라도 그는 복종할 의무가 있었다.

그리해야만 마족의 변덕스러운 노여움에서 벗어날 수 있다.

"불사왕은 마족의 존재를 원치 않는다. 그럼에도 왕이 누군가를 마족으로 만든다면, 그 누군가가 왕에게 있어 너무나 특별한 존재이기 때문이다."

라우지 토가는 제 가슴에 손을 얹고 킥킥 웃었다.

그는 불사왕에게 무척 소중한 존재였고, 그래서 왕의 육신을 얻어 마족이 될 수 있었다.

그가 이번엔 악터스를 가리켰다.

"그럼 묻겠는데, 왕이 너를 특별하게 여기는 것 같으냐? 만에 하나라도 너를 마족으로 만들어줄 것 같으냔 말이다."

악터스는 불사왕의 충성스러운 수하가 되어 많은 일을 했다.

그는 현재 왕의 오른팔과 비슷한 존재였다.

그렇다고 그가 불사왕에게 있어 대단히 특별한 존재라는 것은 아니다.

좀 과장해서 그는 많고 많은 사해의 마법사 중의 하나에 불과하다.

불사왕이 악터스의 죽음을 너무도 비통하게 여겨 마족으로 만들 가능성은 사실상 없다.

"하지만 이 몸은 너를 마족으로 만들어줄 수 있다. 비록 열성마족에 불과하겠지만, 지금과는 비할 수도 없을 만큼 강력한 존재로 거듭나게 되는 것이다."

라우지 토가가 달콤하게 말했다.

납작하게 엎드려 있던 악터스가 어깨를 조금 꿈틀했다.

사해의 마법사는 하나같이 강해지는 데 목숨을 건 미치광이들이다.

힘을 얻기 위해서라면 잔악한 마족의 발닦개가 될 수도 있고, 발닦개가 되기 위해 조각배 하나만 타고 위험천만한 사해를 단신으로 건널 수도 있었다.

마법사들은 마법에 취했고, 강력한 마족에게 홀렸다.

강력한 마법을 얻는 것.

더 나아가 약하고 비천한 인간의 탈을 벗고 마족이 되는 것!

그것은 모든 마법사들이 최종적으로 바라는 꿈이고 이상이었다.

하지만 마족이 되는 것은 쉬운 일이 아니다.

마족은 절대로 자신의 피를, 다시 말해 자신의 힘을 남에게 나누어주지 않는다.

절대권자인 불사왕은 마족을 만드는 행위를 혐오한다.

"악터스, 네가 앞으로도 귀여운 개처럼 내 말을 잘 듣는다면 그 상으로 이 팔에서 한 움큼의 살을 떼어내서 네게 주겠다."

라우지 토가는 보라는 듯 자신의 팔을 슥 핥았다.

"마법으로 맹세해 주십시오."

악터스가 불쑥 말했다.

물론 여전히 엎드린 채였다.

라우지 토가는 눈을 가늘게 떴다.

"이래서 내가 네놈을 싫어한단 말이야."

그는 발로 악터스의 등을 짓밟았다.

으적!

악터스는 비명조차 지르지 못하고 머리를 처박은 채 파르르 경련했다.

등이 비정상적으로 내려앉았다.

척추가 부러져 버린 것이다.

우직, 우직.

라우지 토가는 으스러진 뼈를 발로 짓이기며 말했다.

"어쩔 수 없지. 내가 그간 한 짓이 있으니 네놈이 믿지 못하는 것도 무리는 아니야."

원래 신의와 믿음은 마족과 거리가 먼 단어다.

그리고 라우지 토가는 마족 사이에서도 거짓과 기만으로 악명이 자자했다.

그는 귀찮은 표정으로 손짓을 했다.

"머리를 들어라."

악터스는 명에 따르기 위해 손을 더듬거렸다.

하지만 아무리 악터스라 해도 으깨진 등뼈를 단시간에 복구하는 것은 무리다.

라우지 토가는 벌레처럼 버둥거리는 그를 재미있다는 듯 구경하다가, 악터스의 머리채를 움켜쥐고 위로 들어 올렸다.

그리고 다시 한 번 악터스를 열성마족으로 만들어주겠다고 약속했다.

"이것은 라우지 토가와 악터스 양자간의 계약이다. 네놈이 이상의 일을 잘 처리한다면 가까운 시일 안에 이 팔에서 한 움큼의 살을 떼어내서……."

라우지 토가가 갑자기 말을 바꿨다.

"아니, 열 방울의 피를 나누어줄 것이다."

말을 바꾼 뒤 라우지 토가는 불만있냐는 듯 악터스를 향해 눈을 부라렸다.

악터스도 더 이상은 과욕임을 알고 아무 말도 않았다.

"만약 약속한 바를 지키지 않는다면 나는 온몸의 구멍으로 모든 피를 다 뿜어내고 죽을 것이다."

라우지 토가의 손에서 일순 검은 기운이 확 퍼져 나왔다.

이로써 계약은 이루어졌다.

라우지 토가는 몸을 낮추고 악터스의 머리 위에 속삭였다.

"시건방진 발닭개 녀석. 내 마음에 들게 일을 잘 처리하는 것이 좋을 게야."

"명심… 하겠습니다……."

대답을 듣자마자 라우지 토가는 악터스를 바닥에 집어 던졌다.

악터스가 가까스로 몸을 얼마간 복구해서 고개를 들었을 때 라우지 토가는 흔적도 없이 사라져 있었다.

Chapter 02
악터스

THE KING OF IMMORTALITY

"**주**인님, 이런 거 좋아하시죠?"

뷜로가 맑은 녹차를 내밀며 귀엽지도 않은 얼굴로 방글방글 웃었다.

테오발트는 고개를 끄덕이며 찻잔을 들었다.

"이렇게 알랑거리는 꼴을 보니 아무래도 종살이가 네놈의 천직인 것 같구나. 잘도 스톰폴트에서 대공이라고 거들먹거리며 살았어."

그 말을 듣고 뷜로가 아연실색했다.

"커헝! 주인님, 제가 뭘 그렇게 잘못했다고 평생 종살이를 시키려는 겁니까."

"그저 솔직한 감상이었다만."

“저도 시켜만 주시면 대공은 물론이고 왕 노릇도 잘할 자신 있습니다! 이거 왜 이러십니까!”

“허어! 좋다 좋다 하고 봐줬더니 이놈이 아주 맞먹으려 드는군.”

평화로운 오후의 한때였다.

그때 악터스가 방문을 열고 들어왔다.

뷜로는 벌받는 어린애처럼 무릎을 꿇고 앉아 훌쩍거리고 있었다.

악터스가 그에게 눈길을 주자 테오발트가 손짓을 했다.

“그놈에겐 신경 쓰지 마라.”

“…….”

악터스는 탁자 위에 보고서를 내려놓았다.

“명하신 대로 줄란 사제의 뒤를 계속 감시했습니다. 결과부터 말씀드리자면 헤문 교황은 마족이었습니다.”

“흠.”

테오발트는 낮게 소리를 내며 턱을 어루만졌다.

방구석에서 벌을 받고 있던 뷜로도 관심을 보였다.

“마법은 쓸 수 없어 조사가 쉽지 않았을 텐데 금세 결과를 가져왔군.”

테오발트가 의문을 표했으나 악터스는 태연하게 답했다.

“마법을 쓸 수 없어도 기척을 숨기는 일쯤은 얼마든지 가능합니다.”

“오라를 운용할 수 있기 때문이겠지.”

악터스는 맨손으로 쇳덩이를 막기도 하고, 사람을 수수깡처럼 다루기도 했다.

그것이 모두 오라로 육신을 강화한 결과였다.

아직 그것만으로 악터스의 실력이 어느 정도인지 확신할 수 없다.

그러나 시시한 수준이 아닌 것은 확실했다.

그때 빌로가 어느새 다가와 조잘조잘 지껄이기 시작했다.

"악터스 저놈, 한때 아주 잘나가던 기사였습니다. 이름만 들어도 모르는 자가 없을 정도로 아주 유명했다던데요. 아마 소드 마스터인가 뭔가 그 정도 되겠죠. 게다가 악터스는 스톰폴트 왕국의 왕자님이기도 했습니다. 제가 스톰폴트로 간 것도 저 녀석 모국이라기에 궁금해서 놀러 간 것인데요. 어쨌든 우연히 라우지 토가님을 만난 녀석은 자신이 우물 안 개구리라는 것을 깨닫고 사해로 건너왔습니다. 명예고 신분이고 전부 걷어차고 말입죠."

테오발트는 이야기를 전부 듣더니 조용히 실소를 머금었다.

"…어리석은 놈이로군."

"그러게 말입니다요! 평생 미녀들의 치마폭에 싸여 호의호식하고 살지, 뭐 하러 제 발로 사해를 건너서 마족의 종살이를 자처하냐고요. 도대체 이해를 못하겠다니까."

빌로도 손사래를 치며 말했다.

하지만 어떤 마법사도 빌로의 의견에 동의하지 않을 것이다.

세상을 호령하는 마법을 손에 넣을 수 있는데 그깟 종살이가 문제인가.

오직 뷜로만이 특이한 것뿐이다.

악터스는 그에 대해서는 더 이상 아무 말도 않았다.

"헤문 교황을 조용하게 처리할 수 있는 기회가 있습니다."

"무엇이지?"

테오발트도 일단 그 화제는 접고 악터스의 말에 집중했다.

"교황은 보름마다 '미노라'를 보기 위해 중앙화원을 방문합니다. 미노라는 신조(神鳥)로 추앙받는 황금빛 깃털의 새인데 사람의 손에 잡히면 하루도 살지 못하고 죽어버린다고 합니다. 그래서 평소에는 야생에 풀어놓았다가 때가 되면 특별한 방법으로 신전 내로 불러들이는 것입니다."

테오발트는 미소를 띠었다.

"찬트로군."

그도 찬트를 써서 숲 속의 동물들을 불러 모은 바 있었다.

같은 원리로 신조를 신전으로 불러들이는 것이다.

"신조가 도망가면 곤란하기 때문에 교황은 이때 많은 인원을 대동하지 않는 것으로 알고 있습니다. 때마침 왕께서는 성가대원으로 잠입을 한 상태입니다. 이 기회를 이용한다면 목격자를 최소한으로 줄이며 쉽게 일을 해결할 수 있을 것입니다."

"그렇게 하지."

악터스는 모든 보고를 마친 뒤 방을 빠져나왔다.

얼마간 걷고 있었는데 인기척이 느껴졌다.

뷜로가 뒤를 쫓아오고 있었다.

그 사실을 알고도 악터스는 뒤도 돌아보지 않고 제 갈 길을 갔다.

불현듯 뷜로가 말했다.

"왕을 거스르지 마라."

"……."

악터스는 걸음을 멈추었다.

고개를 돌려 뷜로에게 시선을 주었다.

촐싹대던 모습은 어디로 갔는지 보이지 않았다.

뷜로는 어울리지 않게도 고소까지 지었다.

"멍청한 네놈을 위해서 충고하는 거다. 왕을 거역하는 것은 불가능해."

악터스는 눈살을 찌푸렸다.

어리석은 듯 보이면서도 뷜로는 때때로 기가 막힐 만큼 눈치가 빨랐다.

또한 온갖 요령을 피우는데도 그는 누구보다도 막강한 마법사였다.

악터스가 뜬금없이 말했다.

"왕이 혹시 마법사 중에서 누군가를 마족으로 만든다면, 그 누군가가 될 가능성이 가장 높은 건 바로 네 녀석이겠지."

그 말이 떨어지기가 무섭게다.

"정말?"

빌로가 눈을 반짝이며 악터스의 곁으로 다가왔다.

진지하던 분위기는 어디로 날아갔는지 없다.

고의로 이리 행동하는 것이 아니다.

호기심이 진지함을 눌러 버린 것이다.

"정말 왕께서 날 마족으로 만들어준대? 음! 하지만 하급 마족이 될 바엔 그냥 마법사로 사는 게 나은데."

"……."

악터스는 아무런 대답도 않고 그 자리를 떠났다.

*　　　*　　　*

지금으로부터 170여 년 전, 스톰폴트 왕국은 유래없는 전성기를 맞이하고 있었다.

백성들은 모두 배부르게 삼시 세끼를 먹을 수 있었고, 귀족들은 개간사업으로 막대한 넓이의 새 영지를 얻었으며, 왕실에서는 뛰어난 후계자가 태어났다.

에드하르트 스톰폴트.

그는 스톰폴트 왕국의 3왕자이며, 대륙 최강의 기사였다.

1왕자가 멀쩡하게 살아 있었으나 사람들은 에드하르트 왕자가 차기 국왕이 될 것을 의심치 않았다.

또한 그의 나이는 아직 스물셋밖에 되지 않았으나 대륙에는 더 이상 검으로 그를 상대할 만한 자가 없었다.

캉!

오라 블레이드가 높이 튕겨 올랐다.

땅에 떨어진 오라 블레이드는 이내 단순한 철검으로 되돌아왔다.

"윽."

중년 기사가 붉게 부어오른 손목을 움켜쥐고 있었다.

사내는 한때 왕국제일의 기사였으며, 에드하르트 왕자의 검 스승이기도 했다.

에드하르트는 스승의 웅크린 등을 응시하다가 눈살을 찌푸렸다.

"여전히 느려 터진 데다 1년 넘게 발전도 없군. 경고하는데 더 이상 내게 도전하지 마시오. 또 한 번 나를 귀찮게 한다면 그땐 당신의 목을 잘라 개밥으로 던져 주겠소."

"전하……!"

주위 사람들이 낮게 신음했다.

중년 기사는 그래도 왕자의 스승이 아니었던가.

에드하르트는 사람들이 어떻게 여기든 전혀 개의치 않고 등을 돌렸다.

그는 대단히 오만했고, 그 이상으로 뛰어난 능력을 가지고 있었다.

이만한 기재가 오만하지 않으면 누가 오만할 수 있으랴.

과연 책망하는 시선을 던지던 사람들도 자신도 모르는 새에 불손한 눈빛을 거두고 경외를 담아 그의 뒷모습을 우러러보았다.

　한 날은 사냥이 한창이었다.
　에드하르트는 날짐승을 쫓느라 호위를 떼어놓고 숲 깊은 곳
으로 들어갔다.
　기이하게도 갈수록 숲이 어두워졌고 사이한 느낌이 풍겨 나
왔다.
　웅웅.
　문득 하늘 위에서 공기가 울리는 소리가 들려왔다.
　그는 말을 세우고 고개를 들었다.
　그리고 믿기지 않는 광경을 보았다.
　사람이 하늘 위에 태연히 서 있었던 것이다.
　허공에 떠 있던 자가 고개를 돌려 에드하르트를 응시했다.
　아주 교활한 인상을 가진 사내였다.
　"그것이 마법이라 불리는 사술인가?"
　에드하르트는 검을 꺼내며 물었다.
　"하면 네놈은 마족이겠군."
　하얀 빛무리가 검신을 뒤덮으며 오라 블레이드를 형성했
다.
　검이 움직일 때마다 뜨거운 불길이라도 인 것처럼 공간이
일렁거렸다.
　대륙 최강의 기사!
　그것은 결코 허명이 아니다.

실제로 그의 검을 두 번 이상 받아낼 수 있는 기사는 이 대륙에 존재하지 않았다.

에드하르트는 사악한 마족을 베기 위해 오라 블레이드를 들었다.

"푸하하하!"

교활한 인상의 사내가 갑자기 폭소를 터뜨렸다.

그는 검지를 들어 에드하르트를 가리켰다.

"자랑스럽게 여겨도 좋다. 네놈은 세계 최강의 버러지다!"

사실 사내는 에드하르트가 아니라 뒤쪽 산등성이를 가리키고 있었다.

우우우!!

진동음이 점차 커지면서 사내를 중심으로 허공이 일렁였다.

그 공간은 완벽한 구의 형태를 이루었다.

기이한 역장(力場) 안에서 사내는 경쾌하게 손가락을 움직였다.

그에 산이 뭉개지기 시작했다.

으드드득!!

둥그렇게, 다시 세모로 산봉우리의 형태가 바뀌어갔다.

마치 전능한 신이 강림하여 대지를 찰흙 삼아 유희를 즐기는 듯했다.

하지만 대지를 주무르고 있는 것은 신이 아니라 교활해 보이는 사내였다.

우르르.

돌과 흙더미가 쏟아지며 산사태가 일어났다.

그러나 에드하르트는 못이라도 박힌 듯 그 자리에서 움직이질 못했다.

아니면 어쩌라는 말인가.

땅이 꺼지고 산이 무너지는데 이깟 빛나는 칼 쪼가리를 휘두르며 경중경중 뛰어다니라는 건가.

그는 오라 블레이드를 땅에 떨어뜨렸다.

하늘을 찌르던 자긍심과 오만도 함께 땅에 처박혔다.

"크하하하하!!"

산이 무너지는 소음과 교활한 사내의 비웃음이 뒤섞였다.

얼마 뒤 사내는 나타났을 때처럼 소리없이 어딘가로 사라졌다.

에드하르트는 미친놈처럼 도서관을 뒤엎고 마족과 관련된 서적을 모조리 탐독했다.

다음날엔 부와 명예, 충성스러운 수천의 가신들까지 모조리 걷어차고 마족들이 도사리고 있는 사해로 떠났다.

멀쩡한 산이 장난감처럼 으스러지던 광경이 눈앞에 어른거렸다.

사악한 마법을 본 순간 그는 미쳐 버렸음이 분명하다.

마법을 얻지 못한다면 살아도 산 것이 아니다.

에드하르트는 죽음의 바다, 사해(死海) 위에서 장장 세 달을 표류했다.

풍랑을 만나 죽을 고비를 넘긴 것도 일곱 차례에 달한다.

시커먼 파도가 몸을 뒤틀며 되돌아가라고 경고를 보내는 듯했다.

하지만 그는 차라리 그곳에서 죽을지언정 결코 포기하지 않았다.

결국 배도 부서지고 그는 검은 파도에 휘말렸다.

얼마나 정신을 잃었던가.

에드하르트는 만신창이가 된 채 어느 바닷가에서 눈을 떴다.

그의 주변에는 상당한 수의 인파가 모여 있었다.

그들은 먹음직스러운 먹잇감이라도 본 듯 에드하르트를 탐욕스러운 얼굴로 쳐다보았다.

"꺼져라! 저건 내가 미리 점찍어놓은 물건이니까."

갑자기 구경꾼들이 좌우로 갈라졌다.

그 사이로 낯이 익은 자가 나타났다.

바로 교활한 인상을 가진 사내, 아니, 마족이었다.

"이 몸은 마도남왕 라우지 토가다. 묻노니 마법을 원하느냐?"

"원합니다. 이 비천한 놈을 거두어주십시오."

아비인 국왕을 제외한 그 누구에게도 머리를 숙여본 적이 없는 에드하르트가 놀랍게도 라우지 토가의 앞에서 무릎을 꿇고 땅에 머리를 박았다.

스스로를 비천한 놈이라고 언급하기도 했다.

마법을, 그 강력한 힘을 얻기 위해서라면 못할 짓이 없었다.

"태도가 마음에 안 들면 그대로 목을 잘라 개먹이로 주려고 했는데, 아쉽군."

한때 에드하르트가 쓰던 말을 그대로 인용하며 라우지 토가는 킬킬 웃었다.

"뭘 개먹이로 준다고?"

그때였다.

누군가가 불쑥 나타나 라우지 토가의 어깨에 손을 얹었다.

라우지 토가는 순간 크게 당황했다.

"오, 오셨습니까. 하하, 뭔가 잘못 들으신 거 아닌지요."

그 거만한 라우지 토가가 비굴하게 웃었다.

에드하르트는 여전히 땅에 얼굴을 박고 있었으나, 짧은 대화만으로도 상황을 파악할 수 있었다.

그는 바닥의 흙을 짓씹었다.

그의 눈에 라우지 토가는 강하다 못해 아예 괴물처럼 보였다.

한데 라우지 토가보다 훨씬 강한 자가 더 존재한다는 말이다.

자신이 알고 있던 세상이 얼마나 보잘것없고 하찮은지 다시금 절감하게 된다.

라우지 토가의 말마따나 그곳은 버러지들이 모여 사는 벌레굴이었다.

"일어나라."

머리 위에서 명령이 떨어졌다.

에드하르트는 무릎을 꿇은 채 머리만 들었다.

라우지 토가마저 절절매는 그 남자는 피처럼 붉은 눈을 가지고 있었다.

그러나 섬뜩하거나 꺼림칙한 느낌은 없었다.

그는 오래 에드하르트를 응시하다가 이윽고 입을 열었다.

"짐은 불사왕이라 한다. 마지막으로 다시 한 번 기회를 주마. 이것이 마지막 기회다. 돌아가겠느냐? 네가 만약 되돌아가고 싶다고 말한다면, 지금 바로 고향으로 돌려보내 주겠다."

"돌아가지 않겠습니다."

에드하르트는 즉답했다.

생각할 필요도 없는 질문이었다.

불사왕은 씁쓸한 표정을 지었다.

그가 에드하르트에게 보여준 관심은 거기까지였다.

에드하르트는 그날 이후 오랫동안 불사왕을 만날 수 없었다.

하긴 일국의 최고 지배자를 쉽게 만날 수 있다면 그게 더 이상한 일이다.

"마법사가 나타날 때마다 일일이 확인을 하러 오시는데, 그거 귀찮지 않으십니까? 여기까지 기어들어 온 놈들이 돌아가겠다고 할 리가 만무한데 말입니다."

어딘가로 걸어가는 불사왕의 곁에 라우지 토가가 달라붙

었다.

그는 시시때때로 간사하게 웃었다.

불사왕은 마족들의 왕답지 않게 교활한 자를 싫어하는 성정으로 보였다.

하지만 어째서인지 그는 라우지 토가를 냉정하게 떨쳐 내지 못하고 있었다.

에드하르트는 마도남왕 라우지 토가의 마법사가 되었다.

마법사가 되면서 인간이었을 때의 이름은 버리고 악터스라는 이름을 사용했다.

악터스는 허공을 밟고 선 상태로 주위를 둘러보았다.

그가 손을 내밀자 반경 50킬로 내의 대지가 진동하기 시작했다.

우직!

다음 순간 스푼으로 깊이 파낸 것처럼 땅이 움푹 파였다.

스스로 이루어낸 이적을 감상하며 악터스는 입을 비틀어 웃었다.

천천히 하강하여 바닥의 모래를 밟은 순간이었다.

갑자기 그의 신형이 크게 흔들리더니 땅에 처박혔다.

“커… 헉!!”

악터스는 목구멍까지 튀어나왔던 신음을 가까스로 참았다.

몸속의 모든 내장을 한계까지 비틀어 쥐어짜는 느낌이다.

팔다리도 제멋대로 뒤틀리고 있었다.

마법을 사용하기 위해 인체개조를 행한 바 있는데 그 부작용이 일어나고 있는 것이다.

그는 경련하는 팔다리에 강제로 힘을 가해 몸을 일으켰다.

덕분에 내장이 진창이 되며 코와 귀에서 피가 줄줄 흘러나왔다.

그런 상태에도 악터스는 신음 한 번 흘리지 않았다.

조금 비틀거렸을 뿐 쓰러지지 않고 두 발로 버티고 섰다.

그는 라우지 토가의 내실로 향했다.

"무슨 일이지?"

"몸에 부작용이 생겼습니다. 서둘러 조치가 필요할 것 같습니다."

"미친놈 염병을 한다. 그따위 헛소리나 하려고 이 바쁜 몸을 불러냈단 말이냐."

라우지 토가는 반쯤 헐벗은 여마법사의 젖가슴을 주무르며 으르렁거렸다.

악터스는 물러서지 않았다.

그는 어렵게 숨을 고르고 입을 열었다.

"제가 죽으면 또다시 새로운 마법사를 찾으셔야 할 것입니다. 주인님께서는 모든 것을 가지셨으나, 딱 한 가지 내세울 만한 마법사를 거느리지 못하셨습니다. 그 때문에 일부러 저를 사해로 꾀어낸 것이 아닙니까."

라우지 토가는 여마법사를 신경질적으로 밀쳐 내고 자리에서 일어났다.

으득! 그가 눈을 한번 부릅뜨자 악터스의 오른쪽 정강이뼈가 으스러졌다.

우드득!

소름 끼치는 소리를 내며 남은 왼쪽 뼈도 으스러졌다.

악터스는 아무런 저항도 못하고 벌레처럼 바닥을 뒹굴었다.

"시건방진 새끼."

라우지 토가는 악터스의 머리를 짓밟았다.

이내 화가 안 풀리는 듯 너덜거리는 몸뚱이를 걷어차고 벽에 처박았다.

라우지 토가는 한참 분풀이를 하다가 자리에 앉았다.

발에 악터스의 피가 잔뜩 묻어 있었다.

"핥아."

악터스는 만신창이가 된 몸을 가까스로 움직여 그의 발치로 기어갔다.

그리고 명령대로 혀로 발에 묻은 피를 닦았다.

라우지 토가는 오만하게 앉아 그 꼴을 응시했다.

피를 거의 다 닦아내자 코웃음을 치며 악터스의 턱을 걷어 찼다.

"앞으로 네놈을 내 전용 발닦개로 쓰겠다. 좋아! 발닦개가 없어지면 일상생활이 얼마나 불편하겠는가. 그러니 네놈의 어디가 망가졌는지 확인해 주마."

그는 악터스의 머리채를 쥐고 밖으로 질질 끌고 나갔다.

성의 지하에 마법사를 만들기 위한 실험실이 있었다.

"마침 신종 마물이 하나 들어왔었지. 이번에는 이놈을 사용해 보자. 단단해 보이는 놈인데 또 뼈대가 뒤틀리진 않겠지?"

라우지 토가는 철장을 열어 곰과 늑대가 섞인 형태의 마물을 꺼내왔다.

그리고 침대 위에 쓰러져 있는 악터스를 뒤집은 다음 등줄기에 손을 쑤셔 넣었다.

손이 척추를 움켜쥐고 강제로 뜯어내기 시작했다.

악터스는 비명도 못 지르고 입만 크게 벌린 채 파르르 경련했다.

감당하기 힘든 고통에 눈앞이 하얗게 변했다가 이내 검게 죽어 들어갔다.

쇼크를 받은 몸뚱이가 뻣뻣하게 굳고 심장과 폐까지 동작을 멈추기 직전이었다.

그러나 그는 껄떡거리면서도 여전히 살아 있었다.

라우지 토가가 마법으로 그의 주요 장기를 움직이고 있기 때문이다.

악터스는 죽고 싶어도 죽지 못할 것이다.

단, 고통을 견디지 못해 미쳐 버리는 일은 가능하다.

실제로 개조를 받던 마법사들이 종종 정신을 놓는 일이 발생하곤 했다.

"하지만 네놈이라면 여간해선 그런 일이 없겠지. 네 녀석은 참을성이 좋은 거, 그거 딱 한 가지는 맘에 든단 말이야."

라우지 토가는 생살을 뜯어내며 킬킬 웃었다.

끔찍한 인체개조는 며칠 동안 계속되었다.

작업을 마친 뒤 라우지 토가는 악터스를 돌바닥에 던져 놓고 나가 버렸다.

정신을 잃었던 악터스는 뼛속까지 스며드는 냉기 덕분에 겨우 눈을 떴다.

그는 경련하는 몸을 억지로 추슬러 일어났다.

몸을 헤집은 충격이 아직 가시지 않고 있었다.

겁에 질린 것처럼 손이 덜덜 떨렸다.

악터스의 성정에 그런 것은 용납할 수 없는 일이다.

그는 눈살을 찌푸리며 주먹을 힘껏 움켜쥐었다.

쿠웅! 순간 그를 중심으로 마력이 모여들며 특유의 역장(力場)이 펼쳐졌다.

그 영향으로 단단한 돌바닥이 5미터 이상 깊게 파였다.

단지 짜증을 느꼈을 뿐인데 저절로 마력이 움직여서 주위를 파괴한 것이다.

악터스는 물끄러미 제 손을 들여다보았다.

잠시 뒤 그의 입가에서 웃음소리가 흘러나왔다.

"후후, 크하하하하하!"

그는 광기에 차서 크게 웃어 젖혔다.

힘을 얻을 수만 있다면, 진정 못할 짓이 없었다.

악터스는 사해에 도착한 지 1년 만에 다섯 손가락 안에 꼽히는 강력한 마법사가 되었으며, 마법 외에도 여러 가지 분야에서 뛰어난 수완을 발휘했다.

라우지 토가가 발닦개로 쓰겠다고 했지만 그 용도로만 사용하기는 아무래도 아까운 인재였다.

결국 그는 마도남국 내의 모든 마법사를 파악하고 관리하는 일을 맡게 되었다.

마법사의 수는 그렇게 많지 않았다.

마도남국 내에 속한 마법사는 백여 명, 사해 전체를 통틀어도 팔백을 겨우 넘는다.

불사왕은 누구도 마족의 땅에 접근할 수 없도록 죽음의 바다에 마법을 걸어두었다.

원치 않게 바다에서 표류하게 된 자들, 각오가 부족한 자들은 절대로 사해(死海)를 건널 수 없다.

마지막 순간까지 포기하지 않은 자만이 사해를 넘을 수 있었고, 바로 그들이 마법사가 되었다.

때문에 '사해의 마법사' 는 소수일 수밖에 없었다.

다만 마법사들의 평균 수명이 삼백 년 안팎으로 상당히 길기 때문에 어느 정도 숫자가 유지되고 있는 것이다.

"네가 소문의 왕자님이냐?"

누군가 담벼락 위에 쪼그려 앉아 악터스에게 질문을 던졌다.

처음 보는 마법사였다.

최소 마도남국 소속은 아니다.

낯선 마법사는 헤죽 웃으며 자신의 신분을 밝혔다.

"내 이름은 뷜로 모이칸이다. 서부 마도왕국을 다스리는 트리오네님의 마법사지."

악터스는 더 듣지도 않고 단번에 담벼락을 뭉개 버렸다.

마도남국 소속이 아니라면 전부 적국의 마법사다.

적국의 마법사가 자국 내를 돌아다니게 내버려 둘 이유가 없다.

"꽥! 왜 죄없는 마법사는 공격하고 난리야!"

담벼락 위에 있던 뷜로가 어느새 땅에 내려와서 펄쩍 뛰었다.

생각보다 쉽게 공격을 피하는 모습에 악터스는 눈을 가늘게 떴다.

적어도 대제후의 마법사다운 실력은 가진 듯하다.

"주인님의 눈에 띄기 전에 사라지는 것이 좋을 것이다."

단시간에 제압하기 힘들 것 같자 악터스는 일단 충고를 하고 돌아섰다.

라우지 토가의 눈에 띄면 뷜로는 그날로 죽은 목숨이다.

사실 마법사를 죽여서는 안 된다는 불사왕의 금령이 있으니 죽지는 않을 것이다.

대신 팔다리를 뜯고 눈, 코, 입을 뭉개서 벌레처럼 만들어놓을 가능성은 있다.

자기 애완동물이 초주검이 돼서 돌아온 걸 보고 마도서왕 트리오네가 허허 웃고 넘어갈 가능성은 희박하다.

자칫 대제후 간의 분쟁으로 확산될 수도 있다는 말이다.

하지만 뷜로는 그걸 아는지 모르는지 악터스의 뒤를 줄레줄레 쫓아왔다.

"네 녀석 대륙에서 엄청 잘나가던 왕자님이었다면서? 배부르고 등 따시게 살던 놈이 여긴 뭐 하러 와서 생고생을 하는 거냐?"

뷜로의 질문은 어처구니가 없는 것이다.

모든 마법사들이 오직 한 가지만을 염원하며 죽을 각오를 하고 사해를 넘었다.

당연히 악터스도 똑같이 대답했다.

"힘을 얻기 위해서다."

강력한 힘을 얻기 위해서라면 못할 짓이 없었다.

그러나 뷜로는 달랐다.

"허, 뭐 이런 멍청한 놈이 다 있어. 농부가 농사기술을 개발하는 건 좀 더 많은 수확물을 얻기 위해서다. 어부가 낚시기술을 배우는 건 더 큰 고기를 낚기 위해서지. 힘을 연마하는 건 전부 잘 먹고 잘살자고 하는 짓이란 말이다. 그런데 여기서 마법을 배우면 빵이 나와, 수프가 나와? 피똥 싸게 얻어터지지나 않으면 다행이지. 그래도 강해지는 것만이 중요하단 말이냐? 네놈이 하는 짓은 질 좋은 고기를 낚기 위해서 낚시기술을 연마하기 시작했는데, 어느새 고기 낚는 일은 잊어버리고 뛰어난 낚시기술을 익히는 데만 정신을 팔고 있는 것과 마찬가지야!"

“······.”

악터스는 눈살을 찌푸렸다.

그때 커다란 손이 빌로의 어깨를 와락 움켜쥐었다.

빌로는 뒤를 돌아보고 떠헉— 하고 괴음을 냈다.

라우지 토가가 그의 옷깃을 움켜쥐고 그대로 허공에 집어 들었다.

“트리오네가 카우는 개새끼 놈! 여기가 어디라고 감히 어슬렁대고 있느냐!”

“라우지 토가님, 주, 죽을죄를 지었습니다! 한 번만 용서해 주십시오!”

“죽을죄를 지었으면 죽어야지! 하지만 죽일 수는 없고, 네놈의 어디를 어떻게 뭉개주면 잘 뭉갰다는 소릴 들으랴?”

라우지 토가의 입가에 잔인한 미소가 달렸다.

빌로는 하얗게 질린 채 살려달라고 애걸하더니 품에서 작은 보석함을 꺼냈다.

“제발 한 번만 용서해 주십시오! 사실 제게 엄청 좋은 물건이 있습니다. 린델님이 굉장히 아끼는 물건인데요, 이걸 라우지 토가님께 바치겠습니다!”

린델은 서열 10위의 고위 마족이며, 동부 마도왕국을 다스리는 제후이기도 하다.

이쯤 되자 라우지 토가도 솔깃한 모양이다.

그는 빌로를 바닥에 던져 놓고 보석함을 열어보았다.

“지브릴의 반지! 확실히 린델 놈이 자랑을 늘어놨던 물건이 맞군!"

　"바로 그렇습니다. 전에 우리 주인님을 따라 마도동국을 방문한 적이 있는데, 아니, 이 귀중한 걸 집무실 책상 위에 놔두고 그냥 나가시는 게 아닙니까. 보고만 있을 수 있나요. 이히히, 제가 슬쩍했습죠."

　"버러지 같은 마법사 주제에 감히 대제후의 물건을 훔쳐?"

　라우지 토가는 말은 그리하면서도 반지를 도난당한 린델을 비웃고 있었다.

　뷜로도 어느새 라우지 토가의 곁에 찰싹 달라붙어서 낄낄거렸다.

　"아무렴요. 그렇게 중요한 물건이라면 금고에 고이 보관해놔야 하는 거 아닙니까. 도둑맞은 쪽이 멍청한 거죠."

　라우지 토가는 반지를 품속에 챙긴 뒤 뷜로를 보고 물었다.

　"린델도 아주 바보는 아니니 네놈이 반지를 훔쳐 간 사실을 알게 될 것이다. 그때는 어찌할 참이냐?"

　"제후의 물건은 제후의 물건으로만 갚을 수 있는 법! 마도북왕 위슬레이 하츠님의 물건을 슬쩍해서 뇌물로 갖다 바칠 생각입니다."

　"위슬레이가 네놈을 추궁하면 그땐 또 어찌하고?"

　"으음! 어쩔 수 없죠. 일단 주인님 물건을 훔쳐다가 드려야겠습니다."

　"…트리오네가 물으면?"

　"남은 건 라우지 토가님뿐이니 그분의 물건을……."

라우지 토가의 몸에서 무형의 살기가 울컥 퍼져 나왔다.

뷜로는 식은땀을 뻘뻘 흘렸다.

그는 살려달라고 사정하며 눈물까지 글썽거리기 시작했다.

"으흐흑. 라우지 토가님, 제발 용서해 주십시오. 사실은 오늘 아침 주인님께서 마법사를 더욱 강하게 만들 수 있는 획기적인 방법을 개발해 냈다면서 저를 새로 개조하겠다고 말씀하시는 게 아닙니까. 그래서 죽을죄라는 걸 알면서도 라우지 토가님의 영토로 도망쳐 온 것입니다."

"뭐라? 획기적인 방법이라고?"

"제가 자꾸 개조당해서 강해지는 거 라우지 토가님도 마음에 안 드시죠? 그러니까 저 좀 데려가 주십시오. 그렇게 하면 저도 좋고 라우지 토가님도 좋고 들짐승도 배부르고 날짐승도 행복하고 다 좋은데……."

뷜로는 슬그머니 라우지 토가의 곁에 달라붙었다.

잔인하기로 유명한 라우지 토가에게 얼굴을 비벼대는 마법사는 뷜로뿐일 것이다.

라우지 토가는 짜증을 내며 뷜로의 머리통을 움켜쥐고 멀찍이 떼어냈다.

그러나 달리 폭력을 쓰진 않고, 그냥 공마냥 머리를 쥔 채 성으로 질질 끌고 갔다.

"악터스, 성안에 이걸 숨겨놓을 만한 장소가 있겠느냐?"

라우지 토가가 뷜로를 가리키며 물었다.

"탐색이 어려운 장소를 몇 군데 알고 있습니다."

악터스는 바로 대답했다.

참 유능한 수하였으나, 가끔 너무 유능한 놈을 보면 배알이 꼴릴 때가 있다.

게다가 무뚝뚝하고 어딘가 거만한 인상의 얼굴을 보면 저절로 짜증이 일었다.

라우지 토가는 뜬금없이 악터스의 얼굴에 주먹을 날렸다.

퍽!

"건방진 놈. 안내해!"

이가 부러질 만큼 강한 타격이었다.

악터스는 크게 비틀거렸으나 부러진 이를 따로 챙긴 다음 묵묵히 움직였다.

라우지 토가의 손에 매달린 채로 일련의 광경을 보던 뷜로가 눈을 끔뻑이며 물었다.

"넌 가만있다가 왜 갑자기 얻어터지냐?"

"……."

"어이쿠, 저 눈매 봐라. 이제 보니 주먹을 부르는 얼굴이었구먼. 이놈아, 태어나길 그렇게 태어났으면 노력이라도 해야 할 거 아니냐. 살살 웃으면서 때로는 안 어울리는 애교도 떨고 그래야지. 안 그렇습니까요, 라우지 토가님."

뷜로는 뻔뻔하게도 라우지 토가에게 동의까지 구했다.

잔인하고 과격하기로는 마족 중에서도 손꼽히는 라우지 토가가 크게 웃음을 터뜨렸다.

"크하하하! 네놈이 오늘 마음에 드는 소리를 하는구나!"

그들이 잠시 지체하고 있을 때였다.

몸에 완전히 달라붙는 가죽 드레스를 입은 여인이 그들의 앞을 가로막았다.

누가 감히 라우지 토가의 앞을 가로막는가.

"라우지 토가, 그 녀석을 내려놓아라. 그게 네 신상에 좋으리라."

"…트리오네!"

라우지 토가는 이를 으득 갈았다.

마도서왕 트리오네.

그녀는 공식 마족 서열 5위로, 같은 마도왕국의 제후이긴 하나 서열 9위인 라우지 토가보다 훨씬 강한 권능을 가진 최고위 마족이었다.

"무례한 놈. 감히 뉘 이름을 함부로 입에 담는가."

트리오네는 엄히 말하는 한편, 빌로를 향해 손짓을 했다.

그러자 라우지 토가의 손아귀에 붙잡혀 있던 빌로의 머리가 쏙 빠져나왔다.

빌로는 그대로 바닥에 주저앉아 자기 머리를 붙잡고 낑낑거렸다.

"어이쿠 내 머리, 머리카락 다 빠진다."

"빌로, 이리 온. 집에 가자."

트리오네가 몸을 낮추고 손을 까딱까딱하며 그를 불렀다.

그 광경을 보자마자 빌로는 바퀴벌레보다 재빠르게 라우지 토가 쪽으로 도망갔다.

그러나 얼마 못 가 트리오네의 손에 붙들렸다.

트리오네는 뷜로를 번쩍 들어 어깨에 둘러멨다.

"이놈이 겁을 상실했구나. 주인님이 부르는데 감히 도망을 가?"

"크허헝. 제발 저 좀 살려주십시오! 또 개조받으면 전 진짜로 미쳐 버릴 겁니다. 콱 한 바퀴 돌아버릴 거예요. 전 한다면 하는 놈입니다요!"

트리오네는 뷜로의 엉덩이를 철썩철썩 때렸다.

덕분에 뷜로의 기세가 좀 줄었다.

그는 축 늘어져서 눈물을 줄줄 흘렸다.

"엉엉엉, 나 죽는다. 이렇게 한 많은 인생에 작별을 고하는구나."

"다른 놈들은 서로 자청해서 강하게 만들어달라고 난리인데 네놈은 왜 이 난리냐. 오냐, 수술할 때 꼭 마취를 해주마. 뚝 그치지 못할까."

"수술 끝난 뒤에도 얼마나 아픈데. 거기에 혹시 부작용이라도 생기면 끄윽……. 개조당하고 싶어하는 녀석 붙잡고 하시면 될 걸 정말 왜 이러십니까요."

"약발이 잘 받는 놈이 있고 안 받는 놈이 있으니 그러는 게지. 능청 그만 부리고 어서 가자!"

"능청이라니, 이건 살고자 하는 몸부림입니다. 마법사 살려! 나 살려!"

트리오네가 팔딱거리는 뷜로의 엉덩이를 다시 철썩철썩 때렸다.

난데없이 나타난 뷜로는 한바탕 소란을 남기고 그렇게 사라
졌다.

악터스는 뒤늦게 뷜로 모이칸에 대한 정보를 얻을 수 있었
다.

마족은 영원한 생을 누릴 수 있으나 후손을 가질 수 없다.

마법사도 몸뚱이를 함부로 굴리고 개조하는 동안 아이를 낳
지 못하는 몸이 된다.

그래서 사해에는 어린아이가 존재하지 않는다.

사악한 왕국에는 최소 수백 년은 묵은 마족과 늙은 마법사
들만 득시글거렸다.

그러던 어느 날, 두 마법사가 성욕을 풀기 위해 관계를 갖다
가 불쑥 아이를 낳았다.

당사자들도 몰랐으나 우연히 그들에게 생식능력이 남아 있
었던 것이다.

흥미를 느낀 마도서왕 트리오네가 두 마법사에게 보다 강한
마법을 줄 터이니 갓난아이를 자신에게 넘기라고 요구했다.

미치광이 마법사들은 한 치의 망설임도 없이 제 아기를 사
악한 마족에게 팔아넘겼다.

그 아기가 바로 뷜로 모이칸이다.

뷜로는 사해에서 태어난 유일한 아이였고, 마족의 손에서
자란 인간이었다.

와드득! 퍼억!

악터스는 최근 폭발적으로 늘어난 마물의 수를 줄여놓으라는 명을 받았다.

수백여 마리의 마물이 동시에 폭발하며 피륙이 사방으로 튀었다.

모든 작업을 마친 악터스는 공중에 몸을 띄운 상태로 방향을 틀어 성으로 향했다.

"악터스!"

그런데 낯익은 얼굴이 저 아래에서 손을 흔들었다.

뷜로는 심심하면 악터스를 찾아왔다.

주인의 허락도 없이 국경선을 넘다니 보통 마법사라면 꿈도 못 꿀 짓이다.

"아주 난장판을 만들어놨구먼?"

뷜로는 주위를 둘러보며 혀를 끌끌 차더니 갑자기 양팔을 활짝 펼쳤다.

그는 음흉하게 웃으며 말했다.

"후후후, 기대해라. 내가 엄청난 것을 보여주마."

뷜로가 명령하자 숲에 드리워 있던 어둠이 모두 그의 권속이 되었다.

검은 그림자가 마물의 사체를 소리없이 집어삼키기 시작했다.

사체가 터지면서 튀어나간 살점이나 뇌수, 핏물도 예외없이 그림자 속으로 사라졌다.

그러나 놀랍게도 풀과 나무, 다른 환경은 전혀 영향을 받지 않았다.

핏물로 홍건해져 있던 흙이 다시 보송보송하게 변했다.

잠시 뒤 언제 여기서 끔찍한 살육 현장이 있었냐는 듯 싱그러운 숲이 다시 모습을 드러냈다.

"크하하, 보았느냐! 이것이야말로 내 비장의 무기, 청소 마법이다!"

뷜로는 크게 웃으며 자랑스럽게 자신의 무용담을 늘어놓기 시작했다.

우연하게 새로운 마법을 창안해 낸 뷜로는 그것을 이용해 주인님의 방을 청소했다.

검은 그림자는 미세한 먼지를 전부 잡아내었을 뿐 아니라, 보이지 않는 미생물까지 말끔하게 제거하는 뛰어난 성능을 발휘했다.

과연 마도서왕 트리오네는 기특해 죽겠다며 뷜로를 번쩍 안아 뺨에 뽀뽀세례까지 날렸다.

"끙. 일전에 주인님이 아끼는 펜을 훔친 적이 있는데, 이걸로 잘 넘어갈 수 있을까."

뷜로가 잘 나가다가 갑자기 않는 소리를 냈다.

그따위 헛소리에 귀 기울일 악터스가 아니다.

하지만 뷜로가 보여준 마법까지 무시할 수는 없었다.

힘이 미치는 영역이 광범위할 뿐 아니라, 목표물을 제어하는 능력은 단연 최고였다.

만약 청소 따위가 아니라 공격용으로 쓴다면?

악터스는 이를 으득 갈았다.

믿기지 않으나 뷜로는 악터스와 거의 비등한 힘을 가지고 있었다.

사실, 라우지 토가가 악터스를 꾀어내서 제 마법사로 삼은 것도 전부 뷜로 때문이다.

마도서왕 트리오네가 데리고 있는 뷜로가 강한 힘을 가진 데 반해, 라우지 토가의 마법사들은 하나같이 변변찮았던 것이다.

그때 뷜로가 한숨을 푹 쉬면서 악터스의 아래쪽에 주저앉았다.

"에휴. 내가 여기서는 만년 청소부 인생이라도 인간 세상에 나가면 왕 자리 하나쯤은 먹겠지?"

"……."

악터스는 대놓고 그를 무시했다.

그러나 뷜로는 천연덕스럽게 제 하고 싶은 말을 계속했다.

"네 녀석은 인간 세상에서 사실상 왕이나 다름없었다며? 인간들의 왕은 어때? 매일 맛난 것만 먹고 하루 종일 빈둥대며 놀겠지?"

"왕이라고 놀고먹기만 하는 건 아니다. 오히려 정사를 살피느라 쉴 틈이 없지."

악터스는 뷜로의 어리석음에 조소했다.

그러다 뒤늦게 흠칫했다.

뷜로가 부담스럽게 눈을 반짝거리면서 그를 쳐다보고 있었기 때문이다.

뷜로는 사해에서 태어났고, 한 번도 사해를 벗어나 본 적이 없다.

그러니 뷜로가 대륙의 사정을 궁금해하는 것은 당연했다.

특히 그는 왕이나 귀족 등 상류계급의 생활에 관심이 많았다.

"계속 얘기 좀 해봐. 왜 말을 하다 마냐. 좋아, 내 인심 썼다! 이야기해 주면 주인님께 훔친 펜을 네게 주마!"

"그런 걸 가지고 있다간 목숨이 몇 개라도 모자란다. 꺼져!"

"잠깐 땅에 내려오기나 해봐. 저놈이 날 수 있다고 유세하나. 나도 마음만 먹으면 독수리처럼 날아갈 수도 있다 이거야. 어이쿠, 유식한 악터스님. 이 어리석은 중생에게 가르침을 내려주시지요. 귀 후비고 열심히 듣겠습니다요!"

뷜로는 주먹을 휘두르며 고함을 질렀다가 존댓말을 하면서 머리를 꾸벅꾸벅 숙이기도 했다.

물론 그 추태는 악터스의 짜증을 돋울 뿐이다.

"그러지 말고 이리 와서 이야기해 주려무나. 어렵지 않은 일이 아니냐."

언제 어디서 나타났는지 모르겠다.

붉은 눈의 사내가 근처 나무 아래에 서서 악터스를 향해 손짓했다.

악터스는 눈을 크게 떴다.

몇 년 전에 딱 한 번 대화를 나누었을 뿐이지만 목소리와 분위기까지 생생하게 기억하고 있다.

살아 있는 사해의 신, 불사왕!

악터스는 서둘러 땅으로 내려와 무릎을 꿇고 머리를 조아렸다.

"불사왕 폐하! 오셨습니까!"

그때 뷜로가 희색이 만연해서 달려가더니 불사왕의 발치에 온몸을 던져서 넙죽 엎드렸다.

불사왕은 굳이 예를 따지지 않고 바로 일어나라고 말했다.

뷜로를 바라보는 눈빛이 부드러웠다.

"오냐. 잘 지냈느냐. 트리오네가 못살게 굴지는 않고?"

"마법사 인생이 다 그렇고 그렇습죠. 추워도 추운가 보다, 배고파도 배고픈가 보다, 몽둥이 들고 흠씬 두들겨 패도 패는가 보다, 그러고 사는 거 아니겠습니까요."

"혓바닥 놀리는 걸 보니 별일은 없는 모양이군."

피식 웃은 뒤 불사왕은 갑자기 침묵했다.

"…사해 밖으로 나가 살고 싶으냐?"

한참 뒤에야 왕이 물었다.

묘한 질문에 악터스는 무례인 줄 알면서도 자신도 모르게 고개를 들었다.

불사왕은 다소 씁쓸한 표정으로 뷜로를 굽어보고 있었다.

그 광경을 보는 순간 악터스의 눈이 크게 흔들렸다.

동요를 겉으로 드러내지 않기 위해 그는 보이지 않게 주먹을 움켜쥐었다.

한편 뷜로는 불사왕의 질문에 반색을 했다.

"정말요? 사해에서 나가도 된다굽쇼?"

"대신 마법을 포기해야 한다."

뷜로는 바로 실망한 표정을 하고 칭얼거렸다.

"쳇, 마법도 없이 나가서 뭐 먹고 살란 말입니까요."

"인간들을 봐라. 마법이 없어도 잘살고 있지 않느냐."

"대충 먹고사는 거 말고, 사방에 금칠을 한 성에서 절세미인을 삼백 정도 끼고 산해진미를 먹으면서 살고 싶다는 거죠. 나가서 동냥질하고 살 바에야 그냥 안 갈랍니다. 그래도 여기 있으면 중간은 가니까."

"이놈 썩은 근성 좀 봐라."

불사왕은 인상을 쓰며 뷜로의 정강이를 걷어찼다.

그러나 진심으로 경멸하는 것이 아니라, 못 말리는 말썽쟁이를 대하는 분위기였다.

불사왕은 금령을 만들어 마법을 익힌 자는 절대 사해 밖으로 나갈 수 없도록 규제했다.

마법사가 익힌 가공할 마법이 인간 세상을 어지럽힐 수 있기 때문이다.

그로 인하여 사해에서 태어나 멋모르고 마법을 배운 뷜로는 마족이 득시글거리는 사해에서 죽을 때까지 살아야만 했다.

마법을 포기하면 떠날 수 있게 해주겠다고 했으나, 할 줄 아는 거라곤 마법밖에 없는 뷜로가 그 힘을 전부 버리고 맨몸으로 낯선 땅으로 떠나는 게 어디 쉽겠는가.

빌로는 사악한 마족들과 그들의 사악한 왕국밖에 모른다.

그에겐 인간들이 사는 평화로운 대륙이 오히려 낯선 세상인 것이다.

다른 마법사들은 스스로 선택하여 사해에서 살고 있지만, 빌로에겐 사실상 선택의 여지가 없는 것과 마찬가지였다.

불사왕은 항상 그 사실을 안타깝게 여겼다.

"그런데 불사왕 폐하, 저희 주인님은 뵈러 오시지 않으십니까? 많이 섭섭해하시던데요."

"그러잖아도 지금 트리오네를 만나러 가볼 참이다."

"그럼 방문하실 때 이 펜을 주인님께 선물하시는 건 어떠하신지요. 주인님께서 이걸 어디서 구했냐고 물으실 수도 있는데, 제가 드렸다는 말씀은 절대 하지 마시고요."

빌로가 갑자기 고급스러운 문양이 새겨진 황금 펜을 내밀었다.

불사왕은 펜을 보고 의아한 표정을 지었다.

"이상하군. 전에 트리오네가 이것과 똑같은 물건을 가지고 있는 것을 봤는데……."

잠시 생각에 잠기던 그는 단번에 사정을 파악했다.

"네놈이 트리오네의 물건을 훔친 것이냐? 이놈이 어디서 도둑질까지 배운 게야."

빌로는 후훗, 하고 웃었다.

"딱히 어디서 배운 건 아니고요. 자고로 힘없고 약한 놈은

개돼지처럼 밟아줘야 하며, 손에 닿는 재물보화는 훔치는 것
이 도리라 하지 않습니까.”

퍽!

불사왕이 뷜로의 뒤통수를 힘껏 후려쳤다.

뷜로는 사지를 쫙 뻗고 개구리마냥 바닥에 뻗어버렸다.

불사왕은 뷜로의 목덜미를 잡아 바로 앉히고 설교를 시작했
다.

“약한 사람을 봐도 무시하거나 괴롭혀서는 안 되고, 탐나는
물건이 보여도 훔쳐서는 안 된다. 따라 해봐라.”

“예에……. 약한 사람을 봐도 무시하거나 괴롭혀서는 안 되
고, 탐나는 물건이 보여도 훔쳐서는 안 된다.”

뷜로가 꿇어앉아서 불만스럽게 대답했다.

악터스는 한참 전부터 약간 떨어진 곳에서 그 광경을 바라
보고 있었다.

뒤늦게 악터스의 시선을 느낀 듯 불사왕이 말했다.

“사해에서 갇혀 살아서 아무것도 모르는 녀석이다. 시간이
나면 바깥세상 이야기도 해주고 네가 이것저것 챙겨주려무
나.”

악터스는 감히 불사왕의 명령에 고개를 저었다.

“외람되오나 한 말씀 올리겠습니다. 평생 사해에서 생활
한 탓에 외부사정에 무지한 것은 사실이나, 뷜로 모이칸은
오래전에 성년을 넘었고 충분히 사리분별이 가능한 나이입
니다. 어린애 보호하듯 그를 챙겨줘야 할 필요는 없다고 생

각합니다."

불사왕은 새삼스레 악터스를 다시 훑어보았다.

'요놈 봐라' 하는 분위기였다.

보통 마족이 상대였다면 악터스는 말대꾸한 죄로 팔다리 하나쯤은 부러졌을 것이다.

그러나 불사왕은 고개를 끄덕이며 수긍했다.

"네 말이 맞긴 하다만, 꼬마일 때부터 지켜봐서 그런지 말이다……. 그렇군. 그새 이 녀석이 이만큼이나 컸구나."

정말 몰랐다는 듯이 불사왕은 뷜로의 머리를 손으로 흩뜨렸다.

불사왕뿐만 아니라 마도서왕 트리오네도 뷜로를 애 취급하는 듯했다.

정확히는 집에서 기르는 개새끼 취급인 듯했지만.

하긴 뷜로가 제아무리 나이를 먹어봤자 천 년 이상 묵은 노괴(老怪)들의 눈에는 영원히 코 묻은 꼬마로밖에 보이지 않을 것이다.

뷜로가 촐싹거리며 사방천지로 뛰어다니는 데는 주위의 태도가 영향을 미친 것이 분명하다.

잠시 후 불사왕은 황금 펜을 가지고 마도서국으로 떠났다.

떠나기 직전에 그는 뷜로를 엄히 나무랐다.

"네 이놈, 또 한 번만 도둑질을 했다간 팔뚝을 잘라 버릴 테니 그리 알거라."

"아무렴 여부 있겠습니까! 제가 미쳤다고 왕의 명을 거역합니까요. 제가 얼마나 목숨을 소중히 여기는뎁쇼.”

뷜로도 왕이 사라진 방향으로 거듭 큰절을 올리며 제멋대로 지껄여 댔다.

그러더니 뒤늦게 트리오네가 자길 찾으면 큰일 난다고 호들갑을 떨며 마도서국으로 되돌아갔다.

결국 숲 속엔 악터스만 남게 되었다.

“악터스님, 라우지 토가님께서 찾으십니다.”

무릎을 털고 일어나는데 수풀 사이로 눈이 가늘게 찢어진 마법사가 걸어나왔다.

마법사는 명령을 전한 뒤 뷜로가 사라진 곳을 응시했다.

“생각도 없고 신념도 없습니다. 여전히 천박한 놈이로군요.”

마법사가 뷜로에 대한 평을 내리며 눈살을 찌푸렸다.

뷜로는 은연중에 마법사들 사이에서 이단으로 취급받고 있었다.

다른 이들은 마법을 얻기 위해 천신만고 끝에 사해를 건너 이윽고 마법사가 되었으나, 뷜로는 사해에서 태어나 자의 반 타의 반으로 마법사가 되었다.

그 때문인지 뷜로는 딱히 큰 힘을 원하지 않았다.

그의 관심사는 오로지 번쩍이는 보석이나 맛난 음식, 절세미인 등의 천박한 것들뿐이었다.

“불사왕은 사악한 마족들의 왕이라는 사실이 믿기지 않을 정도로 자비로운 분이십니다. 친절하고 마음씨 좋은 왕께서는

빌로 모이칸에게 인간다운 삶을 누릴 수 있게 해주어야 한다
고 생각하고 계신 모양입니다. 킥, 인간다운 삶이라?"
　마법사는 피식 웃었다.
　그는 불사왕마저 비웃고 있었다.
　"비웃어?"
　그때 악터스가 서늘한 음성으로 말했다.
　마법사는 영문을 몰라 조금 당황했다.
　"네놈이 수백 번, 수천 번 이상 육신을 개조하며 마법을 익
혀봤자 그 힘은 불사왕의 피 한 방울에조차 미치지 못한다. 왕
이 길을 가다가 다친 개새끼를 발견하고 얄팍한 동정심을 느
끼게 되었다고 하자. 그날따라 기분이 동하여 왕은 자신의 피
를 한 방울 떨어뜨려 주었다. 바로 그 순간, 더러운 개새끼는
신적인 존재로 거듭나는 것이다. 불사왕이 관심을 보여준다는
것이 어떤 의미인지 아는가? 나는 불사왕의 시시한 관심 찌꺼
기라도 얻을 수 있다면 당장 그의 발밑에 배를 뒤집고 개 시늉
이라도 내겠다."
　사해에 도착한 악터스가 고향으로 돌아가지 않겠다고 했을
때 불사왕은 씁쓸한 표정을 지었다.
　불사왕이 악터스에게 보여준 관심은 그것이 전부였다.
　그러나 빌로는 달랐다.
　불사왕은 빌로가 아주 어렸을 때부터 지켜봐 왔고, 사악한
마족에게 물들지 않게 가르치곤 했을 것이다.
　사해에 갇혀 사는 빌로가 항상 마음이 쓰였으리라.

만약 뷜로가 불운한 사고라도 당한다면 어찌할까.

불사왕은 안타까운 마음을 참지 못하고 자신의 피를 뷜로에게 나누어줄지도 모른다.

"서, 설마 그런 일이 생길라고요……."

마법사가 떨떠름한 얼굴로 말했다.

"비약이라고 말할 셈인가? 그러나 분명한 것은 사해의 모든 마족이 그런 식으로 태어났다는 사실이다."

악터스는 뷜로가 떠난 자리를 노려보았다.

부럽고 질투가 나서 참을 수가 없을 지경이었다.

지상의 모든 권능이 불사왕으로부터 비롯되었으므로.

그가 살아 숨 쉬는 이유는 오직 한 가지, 힘을 얻기 위해서이기 때문에.

Chapter 03
고황 암습

THE KING OF IMMORTALITY

며칠 동안 감감무소식이었던 줄란 사제가 초췌한 모습으로 성가대에 돌아왔다.

신조(神鳥) 미노라를 불러들이는 의식이 시작되기 하루 전의 일이었다.

덕분에 그는 어수선한 분위기를 정리할 새도 없이 의식에 참여할 명단부터 발표했다.

"이번 의식에 참여할 인원은 오스발, 플레밍, 노즈. 그리고 카라스. 이 네 명이다."

대원들이 크게 술렁거렸다.

카라스, 즉 테오발트는 성가대에 들어와서 지금까지 단 한 번도 찬트를 불러본 적이 없다.

가장 뛰어난 성가대원만 참가할 수 있는 의식에 그런 자가
발탁되다니 반발이 생길 만도 했다.

오스발이 참지 못하고 벌떡 일어났다.

"줄란 사제님! 어째서 저런 녀석을 선발하셨습니까. 자칫했
다간 신조를 부르는 의식이 실패할 수도 있습니다."

"불만은 받지 않겠네. 그리고 사실 신조를 부르는 것은 오스
발 자네만의 힘으로도 충분하지 않은가."

줄란 사제는 길게 말하지 않고 예배당을 떠나 버렸다.

성가대원들이 불만 어린 시선으로 테오발트를 노려보았다.

필경 윗선에 뇌물을 바쳤을 거라는 말이 오가고 있었다.

그러나 테오발트도 의아하긴 마찬가지였다.

의식에 참여하기 위해 기회를 엿보고 있었는데 갑자기 줄란
사제가 그를 덜컥 선택한 것이다.

그때 악터스가 눈을 깔고 언질을 했다.

"…아무래도 마족의 입김이 닿은 것으로 사료됩니다. 안타
깝게도 왕의 거취가 마족에게 발각이 된 모양입니다."

"흐음."

"하지만 나쁘게 생각할 일도 아닌 것 같습니다. 일부러 왕을
끌어낸 것으로 보아 예의 마족은 어떠한 음모를 꾸미고 있는
것으로 추측됩니다. 그는 도망쳐서 몸을 숨기는 것이 아니라
왕에게 도전하는 쪽을 택했습니다. 이 기회를 역으로 이용한
다면 마족을 쉽게 붙잡을 수도 있을 것입니다."

"과연 네 말이 옳군. 유능한 녀석이 있으니 나는 할 일이 없

구나.”

테오발트는 흡족한 표정을 지었다.

그때 뷜로가 과일 바구니를 내밀었다.

“이걸 보십시오! 저는 왕을 위해서 맛있는 간식거리를 구해 왔습니다.”

“…….”

테오발트는 숙소로 되돌아갔다.

그러나 뷜로가 과일 바구니를 치울 생각을 않자 마지못해 잘했다고 칭찬해 주었다.

중앙화원은 사방이 유리로 막혀 있었으나 천장을 자유로이 열고 닫을 수 있는 특별한 구조물이었다.

테오발트는 신조를 불러들이는 의식을 치르기 위해 세 명의 성가대원과 함께 중앙화원으로 향했다.

의식에 필요한 준비물을 옮기는 일꾼이 일행의 가장 끄트머리에서 따르고 있었는데 무슨 수를 썼는지 악터스와 뷜로가 그 역할을 맡고 있었다.

모든 일행의 지도를 맡고 있는 것은 줄란 사제였다.

그는 여전히 초췌한 얼굴이었다.

수십 일간 컴컴한 지하 반성실에 갇혀 있었기 때문이고, 교황과 나누었던 대화로 머리가 복잡했기 때문이다.

무슨 일이 있더라도 원리원칙을 고수해야 하는 것일까.

그렇지 않으면 융통성이라는 것도 필요한 걸까.

중앙화원 앞에 도착했을 때 줄란 사제는 갑자기 걸음을 멈추었다.

"찬트를 잘 부르는 사람치고 나쁜 사람은 없다는 말이 있지. 그만큼 찬트가 사람의 많은 면을 반영한다는 뜻이네. 사실 노래를 잘하고 못하는 것이 문제가 아니라, 노래의 특유한 형식이나 음색 등이 중요한 것이네만."

뜬금없이 옛말을 꺼낸 뒤 그는 테오발트를 바라보았다.

"카라스 델룬. 자네의 노래를 들어보고 싶네. 내가 자네의 찬트를 듣고 깨달음을 얻을 수 있다면 좋겠군."

오스발과 성가대원들은 놀란 표정으로 테오발트를 쳐다봤다.

왜 줄란 사제가 테오발트를 보고 이런 말을 하는 걸까?

테오발트도 영문을 몰랐다.

그가 제아무리 잘났어도 단편적인 말만 듣고 모든 사정을 꿰뚫어 볼 수는 없다.

줄란 사제는 중앙화원의 문을 열었다.

그때 테오발트가 실소를 지었다.

"노래를 듣는 것만으로 고민이 해결될 거라 믿다니 어지간히 속 편한 분이로군요. 차라리 하늘에서 신이 뚝 떨어져서 고민을 해결해 주길 바라는 편이 사제다운 자세가 아니겠습니까?"

줄란 사제는 문을 열다 말고 멈추어 섰다.

그는 몹시 노했고, 한편으로는 자신이 테오발트를 잘못 봤다고 생각해서 실망을 했다.

테오발트는 줄란 사제를 대신해서 문을 열었다.

"그래도 기분 전환 정도는 될 것입니다. 머리가 맑아지거든 신중하게 생각해서 스스로 결정을 내리십시오."

테오발트는 안을 가리켰다.

슬슬 입장해야 할 시간이다.

깐깐한 줄란 사제가 처음으로 제자들 앞에서 멋쩍은 표정을 지었다.

"이 꼴을 해서 내가 지도교사라니, 참으로 부끄럽군."

일행은 중앙화원 안으로 들어갔다.

화원 가운데에는 공간이 준비되어 있었고, 신조 미노라를 맞이하기 위해서 천장도 이미 열려 있었다.

테오발트는 다른 성가대원과 함께 둥근 단상 위에 오른 뒤 헤문 교황을 찾았다.

아직 등장하지 않은 것인지, 갖가지 꽃나무에 가린 것인지 교황의 모습은 보이지 않았다.

신경 쓰이는 것은 또 있다.

화원 내의 공기가 불길한 기운을 머금고 있었다.

그러나 다른 이들은 그 사실을 전혀 인지하고 있지 못한 듯하다.

"헤문 교황 때문인 것 같습니다."

악터스가 언질을 하며 다른 하인들이 서 있는 단상 뒤쪽으로 물러났다.

테오발트는 고개를 끄덕이며 헤문 교황의 흔적을 찾아보았다.

그러나 불길한 기운이 교묘하게 화원 전체를 뒤덮고 있어 도무지 근원을 찾을 수가 없었다.

"시작하게나."

그때 줄란 사제가 성가대원들을 향해 신호를 보냈다.

오스발이 가장 먼저 찬트를 시작했다.

심장이 찌르르 울릴 정도로 아름다운 음색이 화원 전체에 퍼졌다.

그 노래를 듣고 심술궂은 청년을 떠올리는 자는 하나도 없을 것이다.

사람들은 고개를 들어 훤히 뚫린 천장을 쳐다보았다.

신조가 화려한 황금 깃을 펼치고 날아드는 것을 보기 위해서이다.

그러나 아무리 기다려도 신조의 모습은 보이지 않았다.

테오발트만이 그 이유를 알 수 있었다.

오스발의 실력으로는 화원 내의 불온한 공기를 완벽하게 정화하지 못하기 때문이다.

미노라는 과연 신조(神鳥)라고 추앙받을 만한 새로, 그 누구보다도 불길한 기운을 민감하게 느끼고 화원의 근방만 맴돌고 있었다.

다른 두 명의 성가대원이 자신의 차례가 다가오자 이어서 노래를 부르기 시작했다.

그러나 신조는 여전히 모습을 드러내지 않았다.

사람들은 점차 불안한 표정을 짓기 시작했다.

단 한 번도 이런 일을 겪어본 적이 없었기 때문이다.

서서히 웅성거리는 소리가 들리기 시작할 즈음이다.

드디어 테오발트의 차례가 돌아왔다.

실력이 검증되지 않았기 때문에 찬송가의 막바지를 담당하게 한 것이다.

테오발트는 하늘을 굽어보며 노래를 시작했다.

"아!"

조용히 해야 한다는 사실조차 잊고 누군가가 탄성을 질렀다.

이처럼 황홀한 노래는 들어본 적이 없다.

사람들은 멍하니 테오발트를 응시하다가 다음엔 천장을 올려다보았다.

촤아―!

황금색 신조가 크게 날갯짓을 하며 화원 안으로 날아왔다.

화원으로 모여든 것은 신조뿐만이 아니다.

이름조차 모를 다양한 새들과 화원 내에서 살던 다람쥐나 작은 짐승들이 얼굴을 내밀고 테오발트의 곁으로 모여들었다.

테오발트는 하늘 위로 손을 내밀었다.

사람의 손이 닿으면 바로 죽어버린다던 신조가 그의 손바닥 위에 내려앉았다.

오스발이 가늘게 전율하다가 결국 노래 부르길 멈추고 무릎을 꿇었다.

줄란 사제도 감격을 감추지 못해 두 손을 모으고 몸을 낮추었다.

누가 먼저랄 것도 없이 사람들은 교황을 대하는 예로 머리를 조아리고 말았다.

사실 교황을 직접 대면했을 때도 이처럼 경건한 기분을 느낀 적은 없었다.

"진심으로 경의를 표하네."

테오발트가 찬트를 거두었을 때다.

네 명의 성기사를 거느린 헤문 교황이 나타났다.

교황은 주위 사람들이 일개 성가대원에게 예를 갖추는 것을 나무라지 않았다.

신조가 선택한 자를 어찌 나무라겠는가.

교황 또한 다른 이들만큼 크게 감복하며 테오발트에게 다가갔다.

그동안 테오발트는 헤문 교황을 빤히 관찰하고 있었다.

"아니야."

헤문 교황은 마족이 아니다.

이유는 알 수 없지만, 직감적으로 그리 느꼈다.

한때 너무나 아끼고 소중히 여겼던 이들이었기에 기억을 잃은 상태에도 가슴으로 그들을 인식하고 있는지도 몰랐다.

그때 구석에서 대기하고 있던 악터스가 물었다.

오라를 이용하여 특별한 수법을 사용했기에 그의 목소리는 오직 테오발트만이 들을 수 있었다.

"어째서 마족이 아니라고 단정하십니까?"

"글쎄다. 어쨌든 이자는 마족이 아니다."

테오발트도 똑같이 오라를 이용하여 대답했다.

"그러나 제가 조사한 바에 따르면 헤문 교황은 틀림없는 마족이었습니다. 왕께서는 기억을 잃어버리셨습니다. 불확실한 감만으로 마족의 여부를 단정하는 것은 어리석은 짓이 아닌가 싶습니다. 증거로 왕께서는 늙은 시종장으로 위장한 그류페인 님을 그 자리에서 알아보지 못하고 지나쳐 버린 적이 있습니다."

"……."

테오발트는 입을 다물었다.

악터스의 말은 사실이다.

그의 감이 쓸 만하기는 해도 100% 정확한 것은 아니다.

"허를 찌르는 방식이 아니라면 무슨 수로 강대한 힘을 가진 마족을 치겠습니까. 지금이 절호의 기회입니다. 단숨에 교황을 죽여 버리십시오."

악터스의 속삭임에 테오발트는 얼마간 고심했다.

결국 그는 검을 불러들였다.

얼음성검 브룬힐트는 언제 어디서든 주인의 곁으로 이동할 수 있는 특수한 능력을 가지고 있다.

분명히 빈 몸으로 화원으로 들어왔음에도 어느새 테오발트의 손에 성검이 쥐어져 있었다.

성검의 날카로운 검신은 신조의 길고 화려한 깃털로 가려졌
고, 덕분에 누구도 성검의 존재를 눈치채지 못했다.

테오발트는 헤문 교황이 좀 더 접근하길 기다렸다.

이윽고 그가 검을 들고 어떤 행동을 감행하려던 순간이다.

"교황을 시해하려는 자가 있소!!"

난데없이 악터스가 고함을 질렀다.

푸드득!

악터스의 목소리에 놀란 신조가 하늘 위로 날아올랐다.

위장을 해주던 신조의 깃털이 사라지며 테오발트가 들고 있
는 성검의 존재가 발각되고 말았다.

눈앞의 상대가 갑자기 검을 들이대자 헤문 교황은 크게 놀
랐다.

"예하!!"

성기사들이 반사적으로 교황을 에워싸고 보호했다.

동시에 사방에서 수십여 명의 사제가 튀어나왔다.

신조를 불러들이는 의식에 소수의 인원만 동행한다는 것은
거짓이다.

교황은 언제 어느 곳을 가든 최소 수십여 명의 호위를 이끌
고 다녔다.

다만 신조를 진정시키기 위해서 호위들이 기척을 죽이고 있
었을 뿐이다.

"무기를 버려라!!"

오십이 넘는 사제들이 테오발트를 완전히 포위하고 소리

쳤다.

"……."

여기서 사제들과 싸울 수도 없는 일이라 테오발트는 성검을 버리고 양손을 올려야 했다.

그리고 어이없는 얼굴로 뒤를 돌아보았다.

좀 전에 등 뒤에서 들려온 목소리는 분명 악터스의 것이었다.

하지만 악터스의 모습은 어디에도 보이지 않았다.

라우지 토가는 서열 9위의 강력한 마족이다.

공간의 일부를 왜곡시켜 인간들의 눈을 피하는 일쯤은 식은 수프 먹기보다 쉬웠다.

그는 말짱하게 중앙화원 내를 돌아다니고 있었지만 누구도 그의 기척을 느끼지 못했다.

악터스의 목덜미를 잡아채서 왜곡된 공간 안으로 끌고 와도 그 사실을 눈치챈 이는 한 명도 없었다.

"뭐 하는 짓이야? 교황을 죽이도록 만들라니까."

"어차피 왕은 헤문 교황을 죽이지 않았을 것입니다. 그분은 달튼이라는 조무래기를 벌해도 좋을지 판단하기 위해 3달이나 죄목을 조사한 바도 있습니다. 대충 사탕발림만 듣고 인간을 죽일 리 없습니다. 그렇게 왕에 대해 모르십니까?"

"뭐야?!"

라우지 토가가 째지는 목소리로 외쳤다.

악터스는 자세를 낮추고 공손히 말을 이어갔다.

"적당한 선에서 오해를 받게 만드는 편이 나을 거라 판단했습니다. 그는 교황을 암살하려고 했습니다. 비록 미수에 그쳤으나 재고의 가치가 없는 커다란 중죄입니다. 라우지 토가 님께서는 왕이 곤경에 빠지는 장면을 보고 싶으셨던 것이지, 혜문 교황이 죽는 것을 보고 싶으셨던 것은 아니지 않습니까."

"……."

맞는 말이긴 했다.

하지만 악터스가 하는 짓이 마음에 들지 않아 라우지 토가는 이를 뿌드득 갈았다.

두 사람이 대화하는 와중에 테오발트가 사제들의 손에 포박되었다.

악터스와 라우지 토가는 거기서 불과 몇 걸음 떨어진 곳에 서 있었다.

하지만 바로 코앞에서 떠들고 이야기를 해도 누구 하나 그들을 발견하지 못했다.

마법의 힘이란 정말이지 경이롭다.

아니, 그것보다는 라우지 토가의 능력이 정말 굉장하다고 하는 편이 맞을 것이다.

악터스는 기이한 형태로 일렁거리는 허공을 쳐다보며 중얼거렸다.

"내 능력으로 이걸 부술 수 있을지 걱정스럽군."

"뭐라고?"

투덜대면서도 테오발트가 끌려가는 꼴을 구경하고 있던 라우지 토가가 휙 고개를 돌렸다.

"모처럼 이렇게 가까운 거리까지 왔습니다. 숨어 계시지만 말고 직접 왕을 배알하시는 것이 어떠십니까."

악터스는 손끝에 가능한 모든 오라를 끌어모았다.

마치 오라 블레이드처럼 손에서 날카로운 예기가 흘러나왔다.

누구도 흉내 내지 못할 그만의 비기였다.

그는 라우지 토가가 기척을 깨닫는 순간 정확히 일점을 향해 수도를 꽂았다.

"네놈이 자객이었다니……!"

줄란 사제가 테오발트를 노려보며 치를 떨었다.

그가 몹시 실망하는 것 같기에 테오발트는 일부러 입을 열었다.

"저는 자객이 아닙니다."

"그건 심문해 보면 알게 될 일이지!!"

그러나 줄란 사제는 귓등으로 듣지 않았다.

그는 경멸까지 담아 소리쳤다.

갑자기 테오발트가 인상을 쓰며 그를 쳐다봤다.

"찬트 잘 부르는 사람치고 나쁜 사람 없다면서? 왜 한 입으로 두말하느냐?"

“…….”

줄란 사제는 말문이 막혔다.

할 말이 없어서인지, 갑자기 반말로 바뀌어서인지는 그 자신도 잘 모른다.

“우왁?”

그때 테오발트가 밀반입한 칼을 증거물로 수집하던 사제가 비명을 질렀다.

손을 대려고 하자 검에서 갑자기 냉기가 왈칵 뿜어져 나온 것이다.

사제들이 당황해서 소리쳤다.

“이, 이 검은 뭐야!”

테오발트가 깜빡 잊었다는 듯 말했다.

“아아, 함부로 손대지 마라. 그건 선택받은 용사만 쥘 수 있는 성검이니까.”

“…….”

사제들이 갖가지 표정을 지었다.

그건 무슨 소린가.

지금 자신이 선택받은 용사다 이 말인가?

하는 짓마다 기가 막혔지만 사제들은 경계를 늦추지 않고 테오발트를 단단히 포박했다.

교황을 암살하려고 한 자객을 허투루 다룰 수는 없었다.

콰지지직!

그때 아무것도 없는 허공에서 불똥이 튀며 찢어지는 소음이 났다.

사제들이 깜짝 놀라 그 광경을 쳐다봤다.

순간 테오발트는 몸을 틀어 사제들의 팔을 뿌리치며 성검을 불러들였다. 굳이 소리를 치지 않아도 성검이 알아서 그의 뜻을 읽고 튕겨 나오듯 회전하여 테오발트에게 날아갔다.

성검은 교묘하게도 테오발트에게 상처 입히지 않고 밧줄만 잘랐다.

팔이 자유로워지자마자 그는 불똥이 튀는 일점을 향해 곧장 성검을 꽂았다.

그 모든 것이 눈 깜짝할 사이에 일어난 일이다.

콰앙!

"크악!!"

두꺼운 벽이 부서지듯 허공이 무너졌다.

왜곡된 공간이 파괴되고 그 충격에 라우지 토가가 신음을 지르며 밖으로 튀어나왔다.

교황이 암살당하길 기대하며 히죽거리고 있던 진짜 배후가 드디어 모습을 드러냈다.

"제기랄!"

라우지 토가는 짜증스러운 목소리로 몸을 털어내며 욕지기를 토해냈다.

그리고 악터스를 노려보며 으르렁댔다.

"네놈이 감히 나를 배신해?"

"왕을 거스르는 것, 그보다 어리석은 짓은 없기 때문입니다."

악터스는 테오발트의 곁으로 걸어갔다.

사실 그는 오래전부터 라우지 토가의 간자(間者) 노릇을 했다.

그러나 한편으로는 자신의 행위를 빠짐없이 테오발트에게 고하고 있었다.

근래엔 라우지 토가가 신전 어딘가에 숨어 있으며, 무고한 교황을 살해당하게 만들 계획이라는 사실까지 모조리 고해바쳤다.

"주인님의 말을 잘 따랐다면 저는 당신의 피를 얻어 열성마족이 되었을 것이고 오랜 염원을 이룰 수 있었을 것입니다. 하지만 제가 마족이 된 순간 주인님은 저를 찢어 죽이고 당신의 피를 다시 회수해 가시겠지요. 겨우 수분 동안 감격에 젖어보자고 왕을 거스를 생각은 추호도 없습니다."

진성마족이든 열성마족이든, 마족을 죽이고 마력을 빼앗는 것은 금기 중의 금기이다.

위 행위를 조금이라도 용납하면 마족들은 서로 죽이고 잡아먹는 행위를 반복하다가 결국은 공멸할 것이기 때문이다.

그러나 불사왕을 죽이지 못해 안달이 난 라우지 토가가 불사왕의 금령을 따를 리 만무하다.

테오발트는 간단히 악터스를 치하한 뒤 라우지 토가를 내려다보았다.

"자랑은 아니지만, 나는 매사에 음흉하고 능청스러운 편이다. 내가 너무 쉽게 당했다는 생각은 들지 않더냐? 어찌 그렇게도 나를 모르느냐. 마족이라면 누구보다도 나에 대해 잘 알 터인데, 네가 진정 마족이 맞는지 의심스러울 지경이다."

"시끄러워!! 이놈이고, 저놈이고!"

라우지 토가는 온갖 짜증을 다 내며 바락바락 대들었다.

한편, 사람들은 교황 암살 시도부터 시작해 낯선 인물의 출현에 이르기까지 갑작스러운 사건들에 어리둥절해져 있었다.

그러나 마기에 민감한 사제들은 본능적으로 테오발트보다는 라우지 토가를 더욱 경계했다.

테오발트가 가지고 있는 백색 검은 스스로 신성력을 뿜어내고 있었다.

전설의 성검이라는 것까진 몰라도 상당한 신물(神物)이라는 것은 충분히 미루어 짐작할 수 있었다.

그뿐 아니라 완벽한 찬트를 보여주었고 신조(神鳥)의 선택을 받은 적도 있다.

반면 불쑥 튀어나온 라우지 토가는 신성력의 침범을 막기 위해 온몸에서 사악하고 불길한 기운을 뿜어내고 있다.

신물을 가진 테오발트와 사기를 풀풀 날리는 라우지 토가, 어찌 비교하겠는가.

"그러게 왕을 거스르면 될 일도 안 된다니까."

눈치를 보던 뷜로도 스리슬쩍 앞으로 나왔다.

완벽하게 포위된 라우지 토가는 이를 으드득 갈았다.

그러나 일이 마음대로 안 됐다고 짜증을 부리던 것도 잠시다.

그는 한숨을 푹 쉬며 어깨를 쭉 폈다.

"이거 미치겠군. 주제를 몰라도 정도가 있지."

그는 먼저 악터스를 응시했다.

"너절한 발닭개야. 잊고 있는 듯해서 묻겠는데, 네놈에게 마법을 빌려주고 있는 것이 도대체 누구더냐?"

잠깐 동안 악터스의 눈동자가 흔들렸다.

라우지 토가는 그것을 놓치지 않았다.

그는 이를 드러내서 웃으며 손가락으로 그를 가리켰다.

"원한다면 다시 버러지로 돌아가는 것도 좋으리라!"

꼿꼿이 서 있던 악터스가 순간 뒤로 크게 휘청했다.

노인이 평생 몸을 의지하고 있던 지팡이를 빼앗긴 것과 비슷했다.

악터스는 간신히 두 다리로 바닥을 딛고 선 뒤 자신의 손을 들여다보았다.

마력을 불러올 수 없었다.

모든 마법을 빼앗기고 버러지 같은 일개 인간으로 전락해 버린 것이다.

끔찍한 무력감에 얼굴이 저절로 일그러졌다.

상상했던 것 이상의 충격이 강타했고, 그는 비명이라도 지를 듯 머리채를 움켜쥐었다.

"악터스."

테오발트는 쓰러지기 직전인 악터스를 부축했다.

그때 라우지 토가가 자신을 포위하고 있는 사제들을 두루

둘러보며 말했다.

"그리고 버러지는 눌러 죽여야 제 맛이지."

쿠웅!

그의 발밑이 둥글게 파였다.

쿠웅!

이어서 또 한 번 묵직한 소음이 울렸다.

테오발트는 악터스의 목덜미를 당겨 멀찍이 던져 놓는 한편, 황급히 사제들에게 시선을 주었다.

그러나 한발 늦었다.

사제들이 서 있던 자리가 둥글게 파였고 그곳에 끔찍하게 짓뭉개진 피륙이 한 덩어리씩 담겨 있었다.

"……!"

뷜로는 둥글게 파인 공간 바로 옆에 주저앉은 채 입을 뻥끗거렸다.

한발만 늦게 피했어도 사제들과 똑같은 운명이 되었으리라.

살아남은 자는 또 있었다.

바로 헤문 교황이었다.

그는 경악 어린 표정으로 그 자리에 서 있었다.

대륙을 통틀어도 몇 안 되는 최강의 성기사와 최고위 사제들이 갑자기 사라졌다.

오스발과 젊은 성가대원들, 줄란 사제조차 더 이상 그 형체를 찾아볼 수 없었다.

이것은 혹시 기분 나쁜 꿈이 아닐까?

라우지 토가는 교황을 비웃었다.

저 얼굴을 보기 위해서 일부러 살려둔 것이 분명했다.

"라우지 토가……!"

테오발트가 노한 음성으로 말했다.

왕의 진노를 사고도 라우지 토가는 코웃음을 쳤다.

"웬 버러지 같은 놈 때문에 여흥이 줄었지만 뭐 좋아. 어차
피 당신의 심장을 직접 파내려고 여기까지 온 거니까."

라우지 토가는 마력을 한 군데에 집약시켰다.

무색의 마력 덩어리.

크기도 작고 간단하지만 위력은 산맥을 관통하는 구멍을 뚫
을 수 있을 정도이다.

테오발트는 마력 덩어리를 피하려고 했다.

그러나 짧은 순간에 악터스와 빌로가 눈에 밟혔다.

한 놈은 무력한 인간이 되어버렸고, 한 놈은 감히 피할 엄두
조차 못 내고 있었다.

놈들을 내버려 두고 혼자 몸을 피할 수가 없었다.

테오발트는 성검을 들고 공격을 막을 준비를 했다.

이깟 검으로 감당할 수준이 아니라는 것을 알고 있음에도.

절체절명의 순간.

"왕을 위협하는 행위는 용납할 수 없다."

담담한 목소리와 함께 백발의 사내가 테오발트의 앞으로 뛰
어들었다.

그는 무모하게도 양팔을 교차해 라우지 토가의 마법을 막았
다.

마력 덩어리가 닿는 순간 연약한 근육과 뼈 따윈 단번에 부
서져야 마땅했다.

그러나 사내는 약간 뒤로 밀려났을 뿐 멀쩡하게 공격을 막
아냈다.

화르륵!

그의 몸에서 화염이 치솟아올랐다.

마력 덩어리는 불에 휩싸여 곧 형체를 잃고 사라지고 말았
다.

테오발트는 뒤늦게 백발 사내의 이름을 불렀다.

"지그문트."

지그문트는 마을 밖에서 에스트리트와 로지나를 보호하고
있었다.

그런데 무슨 수로 신전 한복판에 나타났단 말인가.

"성검 덕분입니다."

성검 브룬힐트는 주인의 곁으로 이동하는 능력을 가지고 있
다.

또한 주인을 자신의 곁으로 이동시키는 능력도 있다.

그 특성을 이용하여 지그문트가 단숨에 화원 내로 이동한
것이다.

쉽게 말해 테오발트가 성검을 화원으로 이동시켰고, 성검이
다시 지그문트를 화원 내로 이동시킨 것이다.

지그문트는 증명이라도 하려는 듯이 성검을 불렀다.

테오발트가 쥐고 있던 성검이 눈 깜짝할 사이에 지그문트의 손안에 나타났다.

"어쨌든 적절한 시기에 나타나 주었다. 덕분에 살았구나."

테오발트는 악터스와 뷜로를 구석으로 데려가며 말했다.

헤문 교황도 강제로 끌어가다시피 하여 안전한 곳으로 자리를 옮겼다.

과연 여기에 안전한 장소 같은 게 있는지 의심스럽지만.

테오발트의 인사치레에 지그문트가 정중하게 대답했다.

"주인님께서 불사왕 폐하를 보호하라고 명하셨습니다."

"주인님이라……."

테오발트는 눈살을 찌푸렸다.

한편 라우지 토가는 불쑥 튀어나온 방해꾼을 노려보며 짜증을 냈다.

"이건 또 뭐야?"

지그문트는 라우지 토가를 경계했다.

동시에 성검을 바닥에 내버렸다.

화원으로 이동시켜 주었으니 더 이상 볼일없다는 듯.

지그문트는 성검 브룬힐트 대신 마법으로 만든 불의 검을 움켜쥐었다.

그리고 양손으로 높이 치켜들어 바닥에 박힐 만큼 힘껏 내려쳤다.

콰과과!

검에서 비롯된 불길이 수십, 수백 갈래로 쪼개지며 라우지 토가를 덮쳤다.

"한낱 마법사 주제에 가, 감히…… 윽?"

라우지 토가는 지그문트를 깔보다가 상상한 것보다 훨씬 강력한 위력에 당황하고 말았다.

미처 걷어내지 못한 불길이 어깨를 태우며 지나가자 그는 허공에서 비틀거렸다.

고위 마족 그류페인이 지그문트에게 당했다는 사실을 알고 있다.

그러나 당시에 그류페인은 힘을 다 빼앗기고 머리통만 남은 상태였다.

멀쩡했었다 해도 어차피 서열 89위의 쓰레기.

그에 반해 라우지 토가는 거대한 영지를 다스리는 제후이고, 서열 9위의 최고위 마족이다.

집 안에서 기르는 개돼지나 다름 아닌 마법사 따위가 그에게 위해를 가하는 것은 당연히 불가능한 일이다.

그는 그 사실을 꿈에서조차 믿어 의심치 않았다.

"그런데 감히!!"

부릅뜬 두 눈에 시뻘겋게 핏발이 가득 섰다.

라우지 토가가 노성을 내지르자 그것만으로 불길이 좌우로 갈라졌다.

바로 그 사이로, 지그문트가 3미터가량을 도약하여 들이닥쳤다.

“헉?”

어느새 적이 코앞에 서 있자 라우지 토가는 깜짝 놀랐다.

지그문트가 어깨부터 몸통을 두 동강 낼 양으로 검을 휘둘렀다.

라우지 토가는 몸을 보호하기 위해 벌집 형태의 투명한 막을 펼쳤다.

콰즈즉.

그러나 보호막이 귀퉁이부터 찢어지기 시작했다.

지금 대마족이 구현한 마법을 그가 힘으로 부수고 있는 것이다.

파앗! 지그문트의 검에 보호막이 완전히 찢어졌다.

라우지 토가는 간발의 차로 물러났고, 어깨가 약간 스쳤다.

그는 마기를 일으켜 다친 어깨를 수복하면서 지그문트를 노려보았다.

좀 전처럼 이성을 잃고 괴성을 지르지는 않았다.

그도 완전히 바보는 아니다.

“어떤 놈이 만든 마법사지? 어떤 놈이 나 모르게 이런 걸 만들었어? 그 불길은 낯익은 것도 같은데.”

라우지 토가는 오래전부터 뛰어난 마법사를 만드는 데 관심이 많았다.

영리한 개를 얻었다고 자랑하듯이 잘난 마법사를 거느리고 있다고 거들먹거리고 싶었기 때문이다.

한데 지그문트는 그런 라우지 토가조차도 들어본 적이 없는 마법사였다.

"때가 되면 주인님께서 스스로 모습을 드러내실 것이다."

지그문트는 온몸에 불길을 휘감고 다시금 라우지 토가를 공격했다.

돌바닥에 금이 갈 만큼 강하게 땅을 박차고 뛰어올라 검을 휘둘렀다.

콰르르!

라우지 토가를 베는 순간 그의 몸을 휘감고 있던 화염이 폭발적으로 강해졌다.

멀리서 전해지는 열기만으로 유리로 된 벽이 비닐처럼 말려 들어 갔다.

지그문트의 공격을 막기 위해 라우지 토가는 드물게도 딱딱하게 굳은 표정으로 손을 뻗었다.

무기 같은 것은 사용하지 않는다.

마력을 휘감은 그의 전신이 바로 무기였다.

이윽고, 지그문트의 검과 라우지 토가의 손이 서로 마주쳤다.

아무 소리도 들리지 않았다.

인간의 청력으로는 들을 수 없는 마찰음.

그다음엔 천지를 뒤흔드는 거대한 굉음이 터져 나왔다.

콰과광!!

지그문트가 충격파에 휘말려 지상으로 수직 낙하했다.

라우지 토가는 손을 거두면서 오만하게 지그문트를 굽어보
고 있었다.

땅에 처박히기 직전이다.

사그라지던 불길이 다시 치솟으며 지그문트의 몸이 공중에
멈추었다.

그가 사납게 고개를 들어 라우지 토가를 노려보았다.

"마족……."

인형처럼 무표정한 지그문트의 입에서 으르렁거리는 목소
리가 흘러나왔다.

"죽어라!"

그가 증오를 담아 말했다.

그러나 지그문트는 오래전 비슷한 상황에 사용한 말을 똑같
이 반복하고 있을 뿐이다.

바닥의 불꽃이 폭발하면서 지그문트는 다시 공중으로 날아
올랐다.

그리고 거대한 불덩어리로 라우지 토가를 공격했다.

라우지 토가는 팔을 크게 뒤로 당겨 반탄력을 담아 주먹을
휘둘렀다.

뻐억!

그의 주먹에 집채만 한 불덩어리가 박살이 났다.

산산조각이 난 덕에 자잘한 불덩어리가 사방에 흩날렸다.

시야가 어지러운 틈을 이용해 지그문트가 거리를 좁혔다.

하지만 라우지 토가는 그의 기척을 놓치지 않은 상태였다.

"같은 수를 두 번 쓰겠다고?"

오만하게 중얼거린 바로 다음이다.

"이런 제길!"

라우지 토가는 낮게 욕지기를 뱉었다.

파편 사이로 튀어나온 지그문트가 팔을 뻗었는데, 강력한 화계 마법 대신 얼음성검이 튀어나온 것이다.

성검을 움켜쥐자 지그문트의 손과 팔이 시커멓게 썩어 들어갔다.

마력을 운용하는 상태로 성력이 담긴 검을 사용했기 때문이다.

지그문트는 한 손으로는 불꽃이 이글거리는 마검을, 다른 손으로는 성검을 쥐고 동시에 휘둘렀다.

팟!

마검이 라우지 토가의 가슴을 깊숙하게 베었다.

그 정도 상처야 눈 깜짝할 사이 수복할 수 있기에 일부러 피하지 않았다.

라우지 토가는 성검을 피하는 데 집중하고 있었다.

하지만 성검이 귓불 끄트머리를 스치고 말았다.

성검으로 입은 상처라면 손톱만 한 생채기라도 결코 가볍지 않다.

검에 담긴 성스러운 힘이 사악한 육신과 피를 태우며 마력을 파괴하기 때문이다.

그러나 라우지 토가는 상처를 입은 순간 자신의 귀를 통째로 잘라 던져 버리고, 바닥을 향해 주먹을 뻗었다.

쩌엉!

아무것도 없는 공간을 향해 뻗은 주먹이다.

그로 인하여 공간 자체가 찌그러지며 아래로 가라앉기 시작했다.

라우지 토가의 특기는 공간을 다루는 마법이다.

악터스는 그의 마법을 겨우 비슷하게 흉내 낸 것에 불과했다.

지그문트는 붕괴하는 공간에 휘말려 지상 4미터 아래로 추락했다.

쿠우웅!!

바닥이 짓뭉개지며 반원의 구멍이 뚫렸고, 2차로 다시 한 번 둥글게 패었다.

모든 것이 붕괴하는 가운데 갑자기 검붉은 불길이 치솟았다.

전신에 화염을 휘감은 채 지그문트가 모습을 드러냈다.

놀랍게도 그 압력을 버텨낸 것이다.

"내구성도 좋고, 성검까지 쓰다니 정말 대단하군. 누가 만들었는지 몰라도 정말로 잘 만들어진 놈이야. 진짜로 누가 만든 거야?"

라우지 토가는 휑한 자신의 귀를 손끝으로 팅기며 말했다.

몇 차례 커다란 격돌이 있었으나 그는 여전히 허공에 뜬 채로 지그문트를 내려다보고 있었다.

지그문트는 땅바닥에 무릎을 꿇은 채 그를 올려다보았다.

갑자기 그의 코에서 피가 흘러나왔다.

양쪽 귀와 두 눈에서도 피가 쏟아졌다.

이어서 그는 입으로 핏물과 검붉은 덩어리를 토해냈다.

지그문트는 성검을 집어 던지고 다른 모든 일을 전부 내팽개친 채 육신을 수복하는 데 전념했다.

치유 마법을 시행하자 쪼개진 틈 사이로 빛이 새어 나오듯 얼굴에서부터 온몸에 뒤덮인 상처에서 빛이 흘러나왔다.

상처가 너무나 많았다.

아주 잘게 찢어버린 휴지를 어느 재주 좋은 기인이 이어 맞춰놓은 것 같았다.

한데 상처의 대부분은 라우지 토가에게 입은 것이 아니었다.

"누더기 같은 놈이군."

라우지 토가는 투덜거리다가 그쯤에서 관심을 끊고 고개를 돌렸다.

마법사에 관심이 있다 해도 그건 장난감이고 더러운 가축일 뿐, 사실은 아무래도 좋았다.

라우지 토가는 폐허가 된 땅 위에 내려왔고 손가락을 까딱거렸다.

"이제 슬슬 나오는 것이 어때? 언제까지 저런 조무래기 상대나 하는 건가, 불사왕이시여!!"

그의 손가락이 테오발트를 가리키고 있었다.

"불사왕……!"

교황이 숨을 멈추며 테오발트를 돌아보았다.

신조의 선택을 받았고 성검까지 사용하는 자가 마족들의 왕, 불사왕이라니!

테오발트는 교황의 동요를 보았다.

하지만 지금은 그런 게 문제가 아니다.

그는 몸을 일으켰다.

그때 뷜로가 불안한 얼굴로 그의 옷자락을 꽉 붙잡았다.

"저, 저기. 이, 이번에는 진짜 위험한뎁쇼."

"그렇구나."

테오발트는 뷜로는 머리를 다독거렸다.

그리고 새파랗게 질려 있는 악터스를 보고 그의 머리도 한 번 문질러 주었다.

그러나 악터스는 쉽게 안정을 찾을 것 같지 않았다.

적어도 마법을 되찾기 전까지는 절대로 불가능할 터였다.

테오발트는 세 사람을 뒤에 남겨놓고 앞으로 걸어나왔다.

라우지 토가는 오만하게 선 채 테오발트가 볼일을 다 마칠 때까지 기다려 주었다.

이윽고 둘이 마주 서자, 숨 쉬는 소리조차 나지 않았다.

멋모르는 벌레까지도 숨을 죽이는 듯하다.

그때 갑자기 라우지 토가의 모습이 사라졌다.

테오발트는 인상을 썼다.

눈을 한 번 깜빡했더니 2미터 바깥에 있던 라우지 토가가 코앞에 있었다.

퍼억!

라우지 토가가 주먹으로 테오발트의 얼굴을 후려쳤다.

테오발트는 그대로 바닥을 나뒹굴고 말았다.

뼈가 완전히 내려앉았는지 말도 못하게 아팠다.

그뿐 아니라 얻어맞은 오른쪽의 어금니가 흔들리고 입가로 피가 흘렀다.

그는 손으로 얼굴을 감싼 채 겨우 일어나 앉았다.

불쑥 씁쓸한 마음이 들어 고소를 지었다.

"아비를 치다니. 패륜아 같으니라고."

그 말을 듣고 라우지 토가도 웃었다.

"큭큭큭! 뭐야, 힘을 잃으면서 기억도 잃어버렸다고 하지 않았나?"

"사실이다. 웬진 몰라도 아무것도 기억이 안 나는구나."

"확실히 사실인 것 같아. 당신을 이렇게 두들겨 팰 수 있는 걸 보면. 죽정이를 상대로 괜히 무서워했잖아."

"…그렇군. 계속 몸을 사리더니 어째서 갑자기 전면에 나설 생각을 했을까? 게다가 마력의 일부를 잃어버렸는데도 전혀 개의치 않는구나."

테오발트가 라우지 토가의 귀를 응시했다.

잘려 나간 귀가 아직 회복되지 않았다.

나중에 귀를 원상 복귀한다 해도 잃어버린 마력은 영영 되찾지 못할 것이다.

라우지 토가는 조롱했다.

"과연 위대하신 불사왕, 이제야 그 사실을 깨달았어? 킥킥.

그래도 여흥은 여기까지 하고 서둘러 본론에 들어가야겠군.
상대가 상대이니만큼 위험해질 수도 있으니까.”

“……!!”

테오발트의 신형이 크게 흔들렸다.

그는 잔기침을 하며 검붉은 피를 토했다.

라우지 토가의 갈고리 같은 손이 테오발트의 가슴을 꿰뚫었다.

가슴을 뚫고 튀어나온 손에는 펄떡이는 심장이 쥐어져 있었다.

쿵!

라우지 토가는 테오발트를 바닥에 내던졌다.

구겨진 옷처럼 그가 바닥에 아무렇게나 쓰러졌다.

“이것이 불사왕의 심장이다! 세상 어디를 뒤져도 이보다 더한 진미는 없으리라!”

라우지 토가는 자랑스럽게 말하며 입을 크게 벌려 심장의 반을 단번에 뜯어먹었다.

“으윽!”

헤문 교황이 저도 모르게 신음을 내질렀다.

너무나 끔찍하고 역겨운 광경이었다.

악터스는 매일 보는 광경이라 새삼 경기를 일으킬 필요는 없었으나, 왕에 대한 예우 차원으로 잠시 눈을 돌렸다.

그래서 두 사람은 모두 심장 덩어리가 어디론가 사라지는 것을 보지 못했다.

꿀꺽!

라우지 토가는 그걸 삼키는 흉내만 냈을 뿐이다.

눈을 말똥말똥 뜨고 있던 뷜로만이 유일하게 그 광경을 목격했다.

그는 고개를 갸우뚱했다.

자신이 잘못 보았던 것일까?

사실 뷜로는 확실하게 보았다.

사람들 앞에 서 있는 라우지 토가는 심장을 먹지 않았다.

어둠 속에 또 다른 라우지 토가가 몸을 숨기고 있었는데, 바로 그가 피가 뚝뚝 떨어지는 왕의 심장을 씹어 삼켰다.

이제 어떻게 될까? 정말 곰 같은 힘이 샘솟을까?

하지만 변화는 없었다.

라우지 토가는 인상을 쓰며 침을 뱉고 심장 덩어리도 멀리 던져 버렸다.

"크윽! 이럴 줄 알았어. 마족이 사악함의 대명사이긴 하지만 인육을 주식으로 즐기진 않는다. 그것도 생살이라니, 마력을 얻을 유일한 방법이 아니라면 그 비린 걸 왜 처먹겠어. 카악 퉤! 이봐, 언제까지 그렇게 누워 있을 셈이냐?"

그는 테오발트의 시체를 노려보며 소리쳤다.

"꼴사나우니까 연극은 그만 하시지! 이 정도로 뒈져 버린다면 불사왕이란 칭호가 우습지 않은가!"

꿈틀.

테오발트가 천천히 몸을 일으키기 시작했다.

가슴에 구멍이 뚫리고 심장이 뜯겨 나간 몸이 움직이고 있었다.

아니다.

커다란 구멍은 어느새 메워져 있었고 새로 돋아난 심장이 힘차게 박동했다.

라우지 토가에게 살해당했던 그는 괴물 같은 재생력으로 또 한 번 부활했다.

테오발트는 가슴을 어루만지며 쓴웃음을 지었다.

"…기분 더럽군."

혼잣말을 하던 그는 뒤늦게 한 가지 사실을 깨달았다.

그가 중상을 입고 죽을 고비에 처했을 때마다 쿠르트가 바람처럼 나타나 그를 치료해 주었다.

하지만 사실은 치료하는 척하며 붕대만 둘러놓았을 것이다.

부활한 테오발트가 어떤 기분일지 미리 짐작하고 있었기 때문이다.

쿠르트는 그의 속내를 제 손바닥 보듯 훤히 알고 있었다.

테오발트는 한숨을 토하며 물었다.

"자, 이제 어찌할 셈이냐? 네가 무슨 수를 써도 나는 절대로 죽지 않을 텐데. 어디에 영원히 가둬놓을 참인가?"

"그런 쓸데없는 짓은 하지 않아."

"쓸데없다고? 상당히 유용한 수단인 것 같은데."

테오발트는 고개를 갸우뚱했다.

위기에 처한 사람답지 않게 태평한 자세였다.

라우지 토가는 눈썹을 꿈틀했으나, 다시 오만하게 미소를
띠었다.

"껍데기를 움켜쥐고 있어봤자 쓸데가 없지. 중요한 것은 알
맹이거든."

"알맹이?"

"당신은 모든 힘을 봉인당한 껍데기에 불과하다. 왕의 권능
을, 알맹이를 가지고 있는 것은 바로 쿠르트라는 놈이겠지!"

쿠르트의 이름이 나오자 테오발트의 얼굴이 굳었다.

"쿠르트… 라고? 뜬금없군."

"따져 보면 그렇지도 않아."

얼마 전 라우지 토가는 비밀리에 베르그이젤 성내로 잠입했
다.

무엇 때문에 그곳을 무성한 나무로 단단히 봉인해 놓았는지
알고 싶었기 때문이다.

고생 끝에 숲으로 변해 버린 성에서 숨겨진 사실을 발견할
수 있었다.

2년 전, 마링겐 왕비가 보낸 인간 병사들이 테오발트에게 검
을 휘둘렀다.

병사들을 저지하는 와중에 쿠르트가 치명상을 입고 쓰러졌다.

그 순간 테오발트는 잠시나마 힘을 되찾았고 성을 잿더미로
만들었다.

어째서일까.

테오발트는 몇 번이나 위기에 처했고 죽었다 부활하기도

했다.

그러나 여전히 힘은 되돌아오지 않았다.

수많은 지인들과 사랑하는 여인이 죽었을 때조차 변화는 없었다.

그런데 그 수상쩍은 하인 놈이 죽을 지경에 처하자 테오발트는 갑자기 힘을 되찾았다.

"그건 당신의 모든 힘이 그놈에게 봉인되어 있기 때문이 아닐까?"

"…라우지 토가, 너는 항상 망상이 지나치군. 그 탓에 네 자신을 망치게 될 것이다."

"시치미 떼지 마! 불사왕은 힘을 봉인한 뒤 아무도 모르는 곳에 숨겨놓았던 거다! 왜 그런 짓을 했을까? 약해진 틈을 타서 당신의 신체를 노린다면 곤란하기 때문일지도 모르지. 위험천만한 마족이 마구잡이로 양산될 테니까. 뭐, 그런 건 내 알 바가 아니야. 중요한 건 과연 어디에 그 힘을 숨겨놓았을까 하는 점이다. 그것도 당신이 필사적으로 숨기려고 했던 것이 무엇이었는지 생각해 보면 쉽다. 왕의 진정한 힘을 가지고 있는 것은 다름 아닌 쿠르트라는 놈이다!"

라우지 토가는 확신했다.

아니라면 무엇 때문에 쿠르트의 존재 자체를 인식하지 못하도록 마법을 걸었는가?

왜 불사왕의 얼굴이 저렇게 경직되어 있냔 말이다!

"걱정하지 마. 죽이지는 않을 테니까. 놈을 죽이면 아마 1년 전처럼 당신은 모든 힘을 되찾을 테지. 그럼 내 입장이 아주 곤란해질 것이다. 그러니까 죽이지는 않고 암흑 속에 영원히 유폐하겠다. 이로써 불사왕은 완전히 손발이 묶이는 것이다.”

라우지 토가는 설명을 끝낸 뒤 거만하게 옷자락을 걷고 돌아섰다.

그때 테오발트가 바닥에 떨어져 있는 성검을 발로 튕겨 손에 쥐고 곧장 라우지 토가에게 집어 던졌다.

성검이 무서운 기세로 허공을 가르고 날아갔다.

라우지 토가는 뒤를 돌아보았다.

“큭큭, 우킥킥킥.”

그는 기괴한 음성으로 웃었다.

궁지에 몰린 나머지 이따위 시시한 공격을 감행한 불사왕을 조롱하는 것이다.

퍼억!

성검은 라우지 토가의 가슴을 정확히 꿰뚫고 지나갔다.

일부러 피하지 않았다.

라우지 토가의 몸이 천천히 쭈그러들더니 키가 작은 인간의 모습으로 변했다.

“으윽! 처음부터 그는 본체가 아니었어!”

뷜로가 소리 질렀다.

라우지 토가는 지금까지 인간을 꼭두각시로 만들어서 움직이고 있었다.

꼭두각시의 술은 사해에서 아주 조잡한 수법으로 취급당하고 있다.

바보가 아닌 이상 엉성한 꼭두각시에 속지 않기 때문이다.

하지만 누구도 이 조잡한 마법을 간파하지 못했다.

그뿐 아니라 꼭두각시를 상대로 꼼짝도 못하고 참패를 당했다.

서열 9위, 마도남왕 라우지 토가.

그는 이제까지 상대했던 마족들과는 차원이 다른 대마족이었다.

"토가! 쿠르트에게 손대지 마라!"

테오발트가 다급히 외쳤다.

"큭큭큭큭."

꼭두각시 대신 허공으로부터 음산한 웃음소리가 흘러나왔다.

잠시 뒤엔 웃음소리조차 사라졌다.

Chapter 04
대공습

THE KING OF IMMORTALITY

　신마전쟁의 영웅은 얼음성검 브룬힐트의 주인 지그문트 폰 베르그이젤, 빛의 신궁 가르시아를 사용하는 요정 공주 엔하, 그리고 바람의 성검 카칸을 사용하는 난쟁이족 기사 론, 이렇게 세 사람이다.

　엔하는 마족의 준동을 감지하고 론의 힘을 빌리기 위해 난쟁이 마을을 찾아가고 있었다.

　빠른 이동을 위해 시종이나 호위는 하나도 동행하지 않았다.

　그의 뒤를 따르는 것은 레논 한 사람뿐이었다.

　엔하가 바람같이 나무 사이를 뛰어넘었고, 레논도 소드 마스터라는 위명에 걸맞게 지친 기색 없이 손쉽게 산을 올랐다.

해가 저물고 있었다.

적당한 공터를 발견한 레논이 말했다.

"엔하님, 여기서 하룻밤 쉬다 가는 것이 어떤지요."

"그리하지."

엔하는 무뚝뚝하게 대답하고 공터 바닥에 털썩 주저앉았다.

여왕다운 위엄은 있으나 섬세함이나 우아함은 눈 씻고 찾아 봐도 없었다.

레논은 피식 웃었다.

그 순간 엔하가 눈썹을 치켜들었다.

"왜 자꾸 웃는 거냐?"

"예?"

레논은 어리둥절한 얼굴로 되물었다.

"네놈이 내 행동을 훔쳐보며 비웃고 있다는 것을 내 모를 줄 아느냐?"

엔하는 자리를 박차고 일어나서 소리쳤다.

레논은 그제야 말뜻을 이해하고 오해를 풀기 위해서 말했 다.

"비웃었던 것이 아닙니다."

"비웃는 게 아니면 뭐야?"

"저는 그저 엔하님을 귀엽다고 생각했을 뿐입니다."

"……!!"

엔하는 흠칫 움직임을 멈추었다.

한 박자 늦게 얼굴이 조금 붉어졌다.

그녀는 고개를 홱 돌리고 일부러 멀찍이 떨어진 곳에 가서 주저앉았다.

수줍어하는 것이 분명했다.

레논은 최근 들어 엔하가 남녀관계에 완전히 숙맥이라는 사실을 깨달아가는 중이다.

"엔하님."

레논은 내심 미소를 지으며 일부러 엔하에게 가까이 접근했다.

그녀는 정색을 하고 외쳤다.

"어, 어딜 따라와!"

"그러는 엔하님은 어째서 이런 구석자리에 앉아 계신 겁니까?"

"나는 이 자리가 마음에 든다! 내가 어디에서 뭘 하든 그게 너랑 무슨 상관이냐!"

"그런 말씀 말아달라고 청하지 않았습니까. 저는 엔하님의 모든 것을 알고 싶습니다. 당신을 사랑하기 때문에 당신과 모든 것을 공유하고 싶습니다."

레논은 일부러 느끼한 말을 골라서 했다.

그녀가 당황하는 모습이 재미있었기 때문이다.

새빨갛게 변한 그녀를 보다가 레논은 손을 뻗었다.

한편 엔하는 가까이 다가오는 손을 보며 어찌할 바를 몰라 했다.

식은땀까지 뻘뻘 흘리던 그녀는 손끝이 닿는 순간 레논의 배를 힘껏 걷어찼다.

"윽!"

레논이 신음을 흘리며 몸을 움츠리자 그녀는 그 틈을 타서 번개처럼 숲 속으로 도망갔다.

"엔하님?"

레논은 당황하면서 그녀를 쫓아갔다.

엔하가 등 뒤를 향해 소리 질렀다.

"쫓아오지 마!"

"알았으니 잠시만 멈춰보십시오!"

레논이 나무수풀을 헤치며 외쳤다.

"시, 시끄러워! 건방진 놈! 무엄한 놈! 머리에 피도 안 마른 자식이!"

그러나 엔하는 레논의 목소리를 듣고 더욱 멀찍이 달아났다.

그녀를 놓치지 않기 위해 레논도 젖 먹던 힘까지 다해서 달렸다.

해 질 무렵의 깊은 산속에서 난데없이 격렬한 추격전이 벌어졌다.

날이 완전히 저물고 한 치 앞도 보이지 않을 정도로 깜깜해졌을 때 겨우 추격전이 멈췄다.

두 사람 다 숨이 턱까지 차올라 헐떡거렸다.

레논은 간신히 숨을 가다듬고 말했다.

"헉헉. 엔하님, 그렇게 도망칠 필요까진 없지 않습니까?"

“하아, 하아. 누가 도망쳤단 말이냐. 네놈이야말로 쥐새끼
처럼 쫓아오지 말고 당장 스톰폴트로 돌아가라!”

“그럴 수는 없습니다. 저도 이곳에 용무가 있습니다.”

“인간 주제에 난쟁이족에 무슨 용무가 있어?”

“…….”

레논은 침묵을 지켰다.

이미 같은 질문을 몇 번이나 던진 적이 있지만 그는 제대로
대답을 하지 않았다.

아마 할 일이 있을 거라는 둥, 직감이 그렇다는 둥의 애매한
말만 할 뿐이다.

엔하는 미심쩍은 눈으로 레논을 흘겨보다가 휙 돌아섰다.

그 뒷모습을 보고 레논이 다시 장난기 어린 얼굴을 한 채 말
했다.

“엔하님, 또 도망치시는 겁니까?”

“누, 누가!!”

명당자리를 내팽개치고 추격전을 벌인 탓에 두 사람은 비탈
진 길에서 선잠을 자야 했다.

다음날 아침 일찍 두 사람은 다시 산을 타기 시작했다.

“드디어 도착이로군.”

엔하가 땀을 닦으며 말했다.

레논도 오라를 이용하여 오감을 넓혀 인기척을 감지할 수
있었다.

그는 난쟁이족을 한 번도 본 적 없다.

가벼운 기대감을 가지고 그는 발을 내딛었다.

그런데 엔하가 앞을 가로막았다.

"너는 이곳에서 기다리고 있어라."

"엔하님, 말씀드렸듯이 저도 용무가 있습니다."

"마을을 발로 짓밟아 버릴 셈이냐?"

"예?"

그때였다.

자그마한 것들이 풀숲을 가로지르며 다가왔다.

사사사삭!

처음에는 무슨 벌레인가 했다.

그러나 자세히 보니 그들은 손바닥만 한 크기의 인간들이었다.

그들이 창을 들이대면서 외쳤다.

"거기 서라! 인간이 여긴 무슨 일로 찾아온 거냐!"

이쑤시개 같은 창으로 위협하는 모습을 보니 솔직히 웃음이 나왔다.

그러나 난쟁이들을 자극했다간 도움을 받을 수 없을지도 모른다.

레논은 웃음을 삼키고 공손히 머리를 숙였다.

"수상한 이가 아니니 경계를 풀어주십시오. 저는 스톰폴트 왕국에서 온 레논 이글아이라고 합니다."

엔하도 나섰다.

“나는 아다나타 일족의 여왕 엔하다.”

난쟁이들은 서로 얼굴을 마주 보며 수군거렸다.

잠시 뒤 그들의 몸집이 커지기 시작했다.

요정들이 둔갑을 하듯이 난쟁이들도 인간으로 둔갑할 수 있었다.

인간으로 둔갑한 모습을 보니 엔하와 레논을 위협했던 난쟁이들은 전부 일고여덟 살가량의 어린아이들이었다.

나름 예를 갖추고 있던 레논은 맥이 탁 풀렸다.

“녀석들, 어른을 놀리면 못쓴다. 부모님은 어디에 계시지?”

그는 쓴웃음을 지으며 아이의 머리를 가볍게 쥐어박아 주려고 했다.

그러나 아이가 중간에 레논의 손을 잡아챘다.

“나는 아무리 못해도 네 녀석보다 50년은 더 살았을 것이다. 코흘리개 주제에 뉘 앞에서 감히 어른 타령이냐?”

아이는 눈썹을 치켜올리며 손아귀에 힘을 더했다.

분명 열 살도 안 되는 어린아이에다가, 키도 가슴 어림밖에 안 오는데 엄청난 악력이 전해졌다.

레논은 당황하면서 반사적으로 오라를 운용해서 근육을 강화한 뒤 팔을 빼려고 했다.

으드득!

두 사람 간에 팽팽한 힘겨루기가 이루어졌다.

아이의 눈이 이채를 띠었다.

“호오, 대단한데.”

레논도 굉장히 놀랐다.

오라까지 사용하고 있는데도 이 조그마한 아이가 그의 힘을 버티고 있는 것이다.

"요정들에게 날개가 있다면, 난쟁이들은 엄청난 괴력을 가지고 있지. 난쟁이와 힘을 겨루는 건 바보들만 하는 짓이다. 혈기 왕성한 문지기여, 마을 안으로 안내해 주겠는가?"

난쟁이는 그제야 레논의 팔을 놓아주며 말했다.

"당신이 진정 요정족의 여왕이 맞는지 확신할 수 없어 잠깐 동안 실례를 하겠습니다. 이해해 주십시오."

"좋다."

"한데 저 인간은……."

난쟁이가 레논을 흘겨보았다.

엔하는 힐끗 레논을 보더니 갑자기 욕지기를 했다.

"제길, 저걸 버려놓고 갈 수도 없고."

이번만큼은 레논도 많이 무안했다.

"엔하님, 저는 장난삼아 당신을 쫓아온 것이 아닙니다. 고국이 혼란한 상태임에도 자리를 비운 데는 그만한 이유가 있기 때문이 아니겠습니까?"

엔하는 레논을 노려보다가 갑자기 몸에서 빛을 발하기 시작했다.

핑!

그녀가 자그마한 요정으로 다시 둔갑했다.

레논의 코앞으로 날아온 그녀가 다시 외쳤다.

"이해 못하겠느냐? 나는 이쪽이 본래의 모습이다. 물론 난쟁이들도 처음 보았던 자그마한 크기가 본래 모습이고!"

"아!"

그제야 레논은 감탄사를 터뜨렸다.

벼랑 아래를 내려다보니 장난감처럼 자그마한 집들이 옹기종기 모여 있는 것이 보였다.

"무슨 인형의 집 같군."

레논은 신기함에 난쟁이족의 마을에서 쉽게 눈을 떼지 못했다.

갑자기 마을 위에서 누워서 한 바퀴 굴러보고 싶다는 생각이 불쑥 솟았다.

그는 얼른 고개를 저었다.

그런 짓을 했다간 바로 전쟁이다.

소드 마스터와 맞먹는 악력을 가진 난쟁이들과 싸우면 분명 큰 낭패를 겪을 것이다.

게다가 저런 어린아이들이 상대라면 군대의 사기도 크게 떨어질 게 분명하다.

웅성웅성.

나무 사이사이에 조그만 어린애들이 다닥다닥 붙어서 레논을 구경하고 있었다.

레논이 난쟁이를 보고 신기하게 여기는 것처럼 난쟁이들도 인간인 레논이 신기한 것이다.

그때 난쟁이들이 옆으로 물러서며 길을 만들었다.

그 사이로 수십여 명의 수행원을 거느린 채 콧수염을 멋지게 기른 꼬마가 걸어나왔다.

얼굴은 여덟 살 꼬마인데 콧수염을 기른 것이다.

그런데 자세히 보니 붙인 수염이었다.

역시 수염을 기르는 건 불가능한 거지?

"…크흠!"

레논은 산만하게 떠오르는 잡념을 지우려고 노력했다.

그동안 엔하는 수염을 붙인 난쟁이와 인사를 나누었다.

"일부러 예까지 걸음을 하게 만들어 정말 미안하오, 포푼 일족의 왕이여."

"바깥바람 한번 쐬었다 치면 되니 대단치 않소이다. 한데 아다나타 일족의 여왕이여, 불청객을 데려오셨더군. 인간을 마을 앞까지 데려오다니."

난쟁이족의 왕은 몹시 못마땅한 얼굴로 레논을 노려보았다.

"거듭 사과하겠소. 하지만 그는 믿을 수 있는 자요."

"본왕이 인간 삼십 명을 이끌고 그대의 성을 방문한 다음 미안하다고 말하면 그대는 용납해 줄 거요?"

"경우가 다르지 않소. 내가 데려온 것은 한 명뿐이오."

"한 명이고 서른 명이고, 당장 저놈이 벌렁 누워서 몇 바퀴 구르기만 해도 마을은 초토화될 것이오."

나설 기회를 찾고 있던 레논은 흠칫했다.

솔직히 그런 생각을 한 적이 있기 때문이다.

그는 가슴을 쓸어내리고 최대한 정중히 말했다.

"난쟁이족의 왕이시여, 저는 스톰폴트 왕국의 레논 이글아이라고 합니다. 난쟁이 일족의 사정을 미처 알지 못하고 제가 막무가내로 엔하님의 뒤를 쫓아왔습니다. 뒤늦게나마 깊이 사죄드리겠습니다. 그리고 설혹 어명이 떨어진다 해도 절대로 마을의 위치를 외부에 발설하지 않겠습니다."

"말로는 뭔 소리를 못해."

난쟁이 왕은 콧방귀를 거세게 뀌고 고개를 돌렸다.

여덟 살짜리 어린아이의 외모와 어울리는 행동이지만 왕의 품격에는 어울리지 않는 행동이다.

엔하가 눈살을 찌푸렸다.

"난쟁이족은 여전히 품위라는 걸 모르는군."

"여왕은 여전히 따분한 분이시구려."

레논은 분위기를 통해 두 일족의 사이가 좋지 않다는 것을 감지했다.

그 기색을 느끼고 난쟁이 왕이 물었다.

"어째서인지 알고 싶은가?"

왕이 말을 걸자 기다렸다는 듯 모든 난쟁이들이 동시에 레논을 쳐다보았다.

어지간히도 나이 먹은 인간이 신기한 모양이다.

그들이 꾸밈없이 행동하고 있으므로 레논은 솔직하게 고개를 끄덕였다.

“알고 싶습니다.”

“흠, 사실 난쟁이족과 요정족은 같은 뿌리에서 태어났네.”

난쟁이 왕이 이야기를 시작했다.

난쟁이족과 요정족은 모두 내기와 장난을 좋아하는 유쾌한 종족이었다.

그러나 자세히 들여다보면 두 종족 사이엔 차이점이 있다.

일단 요정들은 장난을 즐기되 평상시에는 거드름을 피우며 격식 차리길 좋아했다.

반면 난쟁이들은 규칙과 격식에 얽매이는 것을 싫어하고 그것을 어리석은 일로 치부했다.

당연히 두 일족 사이에 의견 충돌이 발생했다.

“하루가 멀다 하고 대립하던 난쟁이족과 요정족은 끝내 서로 등을 돌리고 말았네. 그러나 천여 년 전만 해도 우리들은 난쟁이 요정이라고 불렸었네. 그리고 저들은 날파리 요정이라고 불렸지.”

난쟁이 왕이 엔하를 가리켰다.

엔하의 얼굴이 사정없이 일그러졌다.

한편 레논은 표정 관리에 애를 먹고 있었다.

진지하게 나가다가 갑자기 날파리 요정이라니, 이게 농담인가 아니면 진담인가.

일국의 왕이 한 말이라 섣불리 웃어넘길 수가 없었다.

“농담인 게 당연하지 않은가.”

그때 난쟁이 왕이 능청스럽게 말했다.

엔하가 언성을 높였다.

"그대는 일족의 왕이오! 체면을 지키시오!!"

"왕은 농담도 못하오? 역시 날파리 일족과는 말이 안 통해."

"요정족을 모독할 셈인가!"

"여왕이야말로 뉘 앞이라고 감히 훈계질인가! 지금 예까지 선전포고를 하러 온 거요?"

촤장!

왕을 호위하던 난쟁이 기사들이 동시에 검을 뽑아 들었다.

엔하는 인상을 찌푸렸다.

레논도 난감한 표정을 지었다.

그들은 싸우려고 온 게 아니었고, 용건을 꺼내기 전에는 싸워서도 안 된다.

그때 등 뒤에 있던 난쟁이 병사가 창끝으로 레논의 엉덩이를 쿡 찔렀다.

고개를 돌리자 병사가 위협적인 목소리로 말했다.

"농담이 안 통하는 놈들은 죽어야 돼."

"……."

농담이 확실한 것 같지만 진심도 상당수 섞여 있는 것 같다.

난쟁이들이 괴팍하다더니 그 뜻을 알 것 같다.

엔하는 정중히 말했다.

"내가 경솔한 모습을 보인 것 같소."

그에 난쟁이 왕이 손짓을 했고 기사들은 검을 바로 갈무리했다.

아무리 요정족과 사이가 좋지 않다 해도 엔하를 진짜로 핍박할 생각은 없었다.

혹여 모든 요정들이 적이 돼도 그녀만은 난쟁이족의 손님이었다.

그녀는 신마전쟁의 영웅이었으니까.

난쟁이 왕이 물었다.

"여왕께서 예까지 온 이유는 론 경을 뵙기 위해서요?"

"그렇소. 그분의 도움이 꼭 필요하니 왕께서 좀 도와주셨으면 하오. 알다시피 론 경은 약간 괴팍한 부분이 있어서……."

엔하의 말을 중간에서 막고 난쟁이 왕은 고개를 저었다.

"안타깝게도 론 경은 얼마 전에 운명하셨소."

"뭐라고? 어째서!!"

엔하는 크게 놀랐다.

설마 여기까지 마족의 마수가 뻗쳤단 말인가!

그렇다면 정말로 큰일이다.

그녀가 서둘러 대책을 생각하고 있을 때 난쟁이 왕이 말했다.

"아니, 론 경은 수명이 다하셔서 돌아가셨소만."

"아……!"

난쟁이 기사 론은 엔하보다 마흔 살 이상 나이가 많았다.

나이가 이백을 넘겼으니 신의 품으로 돌아갈 때도 된 것이다.

그러나 근래까지도 워낙에 정정하여 아직 수십 년은 더 살

거라고 생각했다.

"여왕이 모르셨던 것도 무리는 아니오. 그분은 마지막까지 약한 소리 한 번 않으시고 의자에 꼿꼿하게 앉은 채로 눈을 감으셨소."

엔하는 침통하게 고개를 숙였다.

론은 이유도 말하지 않고 목숨을 내놓으라고 해도 선뜻 그렇게 할 수 있을 정도로 크게 신뢰하던 동료이고, 존경하는 선배였다.

하지만 오랫동안 슬픔에 잠겨 있을 수는 없었다.

세상에 마족이 준동하고 있었고, 그들을 물리치기 위해 바람의 성검 카칸의 힘이 필요했다.

"혹시 성검의 후계자는 나타났소?"

"본왕도 새로운 영웅이 난쟁이족에서 탄생하길 바라는 마음에 온 나라의 사람들을 불러놓고 성검을 쥐어보게 했소. 그러나 성검의 주인을 아직 찾아내지 못했소."

엔하는 크게 낭패한 기색을 보였다.

성검을 사용할 수 있는 것은 선택받은 강인한 용사들뿐이다.

그래서 성검이나 신궁은 백여 년 이상 주인 없이 묻혀 지내는 것이 보통이다.

사실 세 무구에 모두 주인이 있는 경우는 매우 드문 일이었다.

그게 가능했던 것은 아마 신마전쟁 때문이리라.

마족 앙브라스를 물리치지 않으면 전 인류가 몰살당할 판이었기 때문에 그 절박함으로 인하여 곳곳에서 영웅들이 탄생한 것이다.

그때 레논이 나섰다.

"제가 성검의 주인이 되겠습니다."

광오한 말에 난쟁이들이 크게 술렁거렸다.

난쟁이 왕도 눈살을 찌푸렸다.

"이제 보니 아주 건방진 놈이었군!"

"저는 사람들 앞에서 한 번도 허튼소리를 해본 적이 없습니다. 자신이 있기 때문에 그리 말씀드리는 것입니다."

그러나 레논은 한 걸음도 물러나지 않았다.

이번엔 엔하가 그를 말렸다.

"레논, 어찌 경솔하게 말하는가. 내가 그대를 잘못 보았던가."

"저는 억지를 부려 난쟁이 마을까지 따라왔습니다. 이곳에서 무언가 할 일이 있을 거라고 느꼈기 때문입니다. 할 일이란 아마도 성검을 손에 넣는 일이겠지요."

"…그대는 가끔 이해 못할 소리를 하는군."

엔하는 고개를 갸우뚱했다.

굳이 그녀를 이해시키려고 하지 않고 레논은 난쟁이 왕에게 요청했다.

"왕이시여, 제게 기회를 주십시오."

"자네가 스톰폴트가 자랑하는 소드 마스터라는 것을 알고 있네. 주위에서 찬사만 던져 준 덕분에 오만이 하늘에 닿아버린 것 같군. 매 시대마다 소드 마스터는 여러 명씩 존재해 왔지만, 성검은 수백 년 이상 주인을 찾지 못한 적도 많네. 자네는 그 사실을 상기해야 할 것이야.”

“기회를 주십시오! 단 한 번이면 족합니다!”

레논은 강경하게 같은 말을 반복했다.

난쟁이 왕은 코웃음을 치며 망토를 크게 걸었다.

“공짜는 안 돼! 기회를 주긴 하되, 네놈은 본왕과 내기를 해야 한다! 답해보아라. 만약 성검의 주인이 되지 못한다면 어찌하겠느냐?”

“주인이 되지 못한다면 그 자리에서 목숨을 끊겠습니다.”

“그런 건 재미없어! 너는 일주일 동안 난쟁이족의 노예가 되어 매일 도토리를 따야 한다!”

레논은 얼빠진 얼굴로 난쟁이 왕을 쳐다보았다.

그러나 이내 괴팍하고 즐거운 난쟁이들에게 적응했다.

테오발트와도 쉽게 친해졌던 레논이 아닌가.

“내기에 응하겠습니다!”

레논은 유쾌하게 대답했다.

“우와아!!”

난쟁이들이 축제라도 시작한 것처럼 다 함께 환호성을 올렸다.

레논은 엔하에게 말했다.

“엔하님, 실례인 줄 알지만 긴히 부탁이 있습니다. 성검을 취하자마자 움직일 수 있도록 테오발트의 행방을 찾아봐 주셨으면 합니다. 테오발트가 곤란하다면 쿠르트의 행방도 좋습니다.”

“이미 성검을 얻은 것처럼 말하는군.”

그녀는 탐탁지 않은 표정을 지었다.

그러나 레논의 청을 거절하진 않았다.

“여긴 국경선 부근이다. 테오발트는 몰라도 쿠르트는 아마 가까운 데 있을 테니 성검을 얻는 데만 집중해라.”

*　　　*　　　*

둠 왕국과 스톰폴트 왕국의 국경 지대에서는 벌써 6년째 자잘한 국지전이 이어지고 있었다.

그런데 근래 들어 전투가 점점 더 격화되고 규모가 커지기 시작했다.

두 나라 간의 관계가 악화되고 있는 것을 증명하려는 듯이.

현재, 국경 지대의 전투 양상은 스톰폴트에 불리한 형세로 진행되는 중이었다.

슈욱!

종군마법사 플랫이 고개를 숙이는 순간 화살이 머리 위를 스치고 지나갔다.

일 초만 늦었어도 머리통에 화살이 박혔을 것이다.

그는 안도의 한숨을 내쉬었다.

“으악!”

그때 바로 옆자리에 있던 동료가 화살을 맞고 뒤로 꼬꾸라 졌다.

플랫은 마른침을 꿀꺽 삼켰다.

“이, 이러다가 전부 죽는 거 아냐?”

아니야, 설마.

하지만 망루 위에서 지휘를 하고 있는 장교도 얼굴색이 좋 지 못하다.

“컥!”

또 근방에서 활을 당기던 병사가 비명을 지르며 바닥에 쓰 러졌다.

부대에서 가장 나이가 어린 녀석이었다.

설마가 아니라 정말로 이곳에서 전멸당할지도 모른다.

플랫은 새삼스럽게 더럭 겁을 집어먹었다.

그는 초조함을 견디다 못해 소리를 질렀다.

“지원은 도대체 언제 오는 거야! 우리가 전부 뒈진 다음에 올 생각이냐?”

“늦어서 미안하군.”

플랫은 낯선 목소리를 듣고 고개를 들었다.

새파랗게 어린 청년이 성벽 위로 올라오고 있었다.

그의 뒤를 따라 마법사 다섯도 올라왔다.

그들은 화살이 비처럼 쏟아지는데도 몸을 숨길 생각도 않았 다.

스무 살도 채 안 된 어린 청년이 마법사들에게 눈짓을 보냈다.

그러자 마법사 한 명이 전방을 향해 손을 내밀었다.

그때 쏟아지던 화살이 마법사를 노리고 날아왔다.

'뭐 하는 짓이야! 바보처럼 고개를 치켜들고 있으니까 그렇지!'

플랫은 고개를 숙인 채 인상을 썼다.

화살이 그 멍청한 마법사의 가슴을 꿰뚫기 직전이었다.

"어?"

플랫은 눈을 휘둥그레 떴다.

마법사의 바로 한 뼘 앞에서 화살이 멈추었기 때문이다.

피를 너무 많이 본 나머지 착란현상을 겪고 있는 건가?

그때 무수히 쏟아지던 화살비가 갑자기 멎었다.

무슨 일인가 싶어 얼굴을 슬쩍 내려보니 놀랍게도 모든 화살이 허공 위에 멈춰 있었다.

꼭 시간이 멈춘 것처럼 말이다.

플랫은 드디어 제가 미쳤다고 생각해서 온몸을 벌벌 떨었다.

"이, 이럴 수가!"

그런데 근처에 있던 동료 마법사와 병사들도 퍼렇게 질려 있는 광경이 눈에 띄었다.

성 아래에 있던 적병들도 얼이 빠진 모양이다.

플랫은 그제야 정신을 차렸다.

이제 보니 낯선 마법사의 주위에 거무튀튀한 마력이 일렁거리고 있었다.

화살의 움직임을 멈춘 것은 착란 같은 게 아니라 이 마법사의 마법으로 인한 것이다.

'사해의 마법사다! 사해의 마법사가 분명해!'

플랫은 속으로 외치며, 동시에 등줄기를 타고 소름이 돋는 것을 느꼈다.

그도 마법사이지만 아무리 실력이 늘어난다 해도 저런 이적을 일으킬 자신은 없었다.

사해의 마법사를 올려다보며 그는 말로 표현하기 힘든 흥분과 전율을 느꼈다.

플랫의 시선을 느낀 것처럼 사해의 마법사가 입꼬리를 올렸다.

그는 앞으로 뻗었던 팔을 좌로 크게 휘둘렀다.

손끝을 따라 한차례 빛이 번쩍거렸다.

잠시 후.

콰과과광!!

빛이 스치고 지나간 자리에 연쇄적으로 폭발이 일어나기 시작했다.

공중에 무수히 떠 있던 화살들은 힘을 잃고 바닥에 떨어지다가 폭발에 휘말렸다.

콰앙! 꽈앙!

엄청난 폭음과 함께 땅이 5미터 이상 깊게 파였다.

한 번 폭발이 일어날 때마다 적병이 수십 명씩 죽어나갔다.

마법사가 하나 가세했을 뿐인데 전세가 순식간에 바뀌었다.

하지만 그는 일반 마법사가 아닌 사해의 마법사다.

소드 마스터가 몸소 나선 격인데 적병 수십 명쯤을 감당하지 못하면 말이 되지 않는다.

장교가 뒤늦게 허겁지겁 쫓아왔다.

"때맞춰 오셨군요!"

"그렇습니까? 늦은 줄 알았는데."

젊은 청년이 지원이 없다고 짜증을 냈던 플랫에게 시선을 주었다.

"아, 아닙니다! 딱 맞춰 오셨습니다!!"

플랫은 황급히 고개를 저었다.

청년은 가볍게 웃은 뒤 망루 위에 서 있는 사해의 마법사를 불러들였다.

"이제 충분하다. 그만 내려오너라."

놀랍게도 20세도 채 안 되어 보이는 이 청년이 사해의 마법사들에게 명령을 내리고 있었다.

그러나 사해의 마법사들이 고분고분한 것은 아니었다.

마법사가 거만하게 턱끝으로 도망치고 있는 적병을 가리켰다.

"벌써 내려오라고요? 지금은 후퇴하고 있지만, 병력이 건재하니 얼마 안 있어 다시 공격을 감행할 것입니다."

장교도 고개를 끄덕이며 그 의견에 동의했다.

지원을 해주러 왔으면서 어째서 확실하게 적을 물리쳐 주지 않는 건가?

병사들도 남은 적을 섬멸해 주길 바라며 마법사를 쳐다보았다.

주위의 성원에 힘입어 사해의 마법사가 자신의 의견을 말했다.

"적을 쫓아내기만 할 게 아니라 이쪽에서 공격을 하는 것이 바람직하다고 생각합니다. 마링겐 왕비 때문에 듐 왕국을 치기가 어렵다면 근방의 적대적인 왕국을 점령해서 사기를 높이시지요. 마법사가 사백이니 인간들의 왕국 따윈 일주일이면 점령할 수도 있을 것입니다."

일주일에 나라를 하나씩 점령하겠다고?

사해의 마법사들이 나서주길 바랐던 사람도 이번에는 눈을 휘둥그레 떴다.

"큭큭큭, 이미 천 명의 마법사로 대륙의 4할을 초토화시킨 적도 있습니다. 당시엔 마도왕국 출신인가, 사령왕국 출신인가, 각기 출신지에 따라 명령 계통이 일곱으로 분산되어 있었지만, 지금은 하나로 통일되어 있으니 나라 몇 개 멸망시키는 일이야 손바닥 뒤집기만큼 쉽겠지요."

90년 전의 마법사 전쟁을 이야기하는 것이다.

마법사는 입꼬리를 당기며 젊은 청년에게 허락을 구했다.

청년은 고개를 주억거리더니 근처에서 굴러다니는 돌멩이를 냅다 집어 던졌다.

뻐억!

돌멩이가 정확하게 마법사의 이마에 명중했다.

그런데 작은 돌멩이로 얻어맞아서 나는 소리 같지 않았다.

마법사는 고개를 뒤로 젖히고 휘청거리다 쭈루룩 성 아래로 추락했다.

"헉! 마법사님!"

장교와 병사들이 기겁을 해서 성 아래를 내려다보았다.

그러나 돌멩이를 던진 청년은 태연한 얼굴이었다.

"매가 약이란 말이 괜히 생긴 게 아니지."

그는 성 아래를 가리켰다.

"내려가서 주워와."

"예, 쿠르트님."

다른 사해의 마법사가 식은땀을 삐질 흘리면서 추락한 마법사를 데려왔다.

꿈틀거리는 것을 보니 이 높이에서 떨어지고도 죽지 않은 모양이다.

쿠르트는 술렁거리는 좌중을 뒤로하고 막사 안으로 들어갔다.

잠시 뒤 전선의 총지휘자인 메르 자작이 뒤따라 들어왔다.

"베르그이젤 공."

쿠르트는 이름을 알리지 않고 가문을 내세우고 있었다.

그래서 사람들은 그를 베르그이젤 공이라 불렀다.

메르 자작이 현 상황을 설명하기 시작했다.

"주변 동맹국이 적대적으로 돌변하면서 경계를 강화해야 할 지역이 늘었습니다. 각 지역으로 군사를 투입한 덕분에 병력이 부족한 상태입니다."

"스무 명씩 일곱 부대를 편성해서 각 지역에 파견하겠소. 지원은 과하지도 않고 부족하지도 않을 것이오."

"베르그이젤 공, 좀 더 적극적으로 지원해 주실 수는 없겠습니까?"

밖에서 그랬듯 이번에도 쿠르트의 대답은 부정적이었다.

메르 자작은 답답한 마음에 직접적으로 물었다.

"이럴 거면 무엇 때문에 사해의 마법사를 스톰폴트로 불러 모은 것입니까? 괜히 스톰폴트만 곤란한 상황에 처하지 않았습니까?"

"이유는 이미 국왕 폐하께 말씀드린 바 있소. 대륙 곳곳에 사악한 마족이 도사리고 있소. 사해의 마법사들이 은거를 깬 이유는 오직 하나, 마족을 섬멸하기 위함이오. 지금 지원군을 보내는 것은 본의 아니게 스톰폴트의 명예를 실추시켰기에 최소한의 지원을 하는 것뿐이오. 마법사들은 마족을 처단하는 일에만 관심이 있으며, 왕국의 다른 일에는 절대로 간섭하지 않을 것이오."

뻔히 보이는 거짓말이다.

좀 전에 사해의 마법사가 적군을 치자고 의견을 제시하기도 했다.

마법사들은 왕국의 사정에 관심이 많고 간섭을 하고 싶어

안달이 났다.

그것을 쿠르트가 일방적으로 막고 있을 뿐이다.

하긴 사해의 마법사들이 본격적으로 스톰폴트의 정치를 좌지우지하려 든다면 그거야말로 재앙이다.

저 엄청난 마법사들을 통제하고 있는 베르그이젤 백작 가문이 새삼 대단하게 느껴졌다.

역시 영웅의 핏줄이란 말인가.

메르 자작이 막사를 떠난 뒤 쿠르트는 마법사들을 보고 말했다.

"들었느냐? 네놈들을 데리고 나온 것은 마족을 상대하기 위함이다. 인간의 일에 간섭하려 든다면 머리에 혹이 나는 것으로 끝나지 않을 것이다."

"예."

사해의 마법사들은 쿠르트의 눈치를 봤다.

아무리 봐도 저 수상한 녀석은 불사왕을 닮았다.

사고방식도, 말투와 분위기까지 너무나 흡사하다.

대체 저놈의 정체가 뭘까.

"대체 그 젊은이는 누구지?"

그 시각 병사들도 한자리에 모여서 사해의 마법사를 한 손으로 부리던 청년에 대한 이야기를 나누고 있었다.

다들 고개를 갸웃대고 있을 때 종군마법사 플랫이 얼굴을 들이밀었다.

“그자는 아마도 베르그이젤 백작 가문의 적장자일 거야!”

“베르그이젤? 영웅 지그문트의 자손이란 말인가?”

“맞아. 마링겐 왕비와 사자왕의 음모로 베르그이젤 백작 가문이 멸문당하고 후계자만이 간신히 살아남았지. 그는 복수를 위해 조국을 버리고 스톰폴트로 향했고…….”

플랫은 여기저기서 주워들은 이야기를 사람들에게 해주었다.

테오발트 폰 베르그이젤의 이름이 알게 모르게 사람들 사이에서 퍼져 나가고 있었다.

그러나 쌍둥이 동생에 대한 소문은 그다지 알려지지 않았다.

쿠르트가 전면에 나선 상태에서도 그를 숨기고자 하는 마법의 영향은 아직 남아 있었다.

“엇?”

이야기를 늘어놓던 플랫은 문득 고개를 들었다.

쿠르트의 명을 받은 사해의 마법사가 막사에서 나와 적의 동태를 살피고 있었다.

모든 마법사들은 막연하게 사해의 마법사를 우상으로 여긴다.

한데 그들의 힘을 직접 목격하고 나니 흥분을 주체할 수가 없었다.

그는 결심을 하고 사해의 마법사에게 다가갔다.

“처, 처음 뵙겠습니다. 저는 파페라 학파 출신 마법사로 플랫 심슨이라 합니다.”

사해의 마법사가 힐끗 그를 쳐다보더니 입을 뒤틀었다.

“네까짓 놈이 마법사라고?”

플랫이 사용하는 마법은 너무 하잘것없어서 마법이라고 말하기도 민망한 지경이다.

겨우 마력을 운용하는 방법만 알고 있을 뿐, 마족의 그림자조차 본 적이 없는 놈들.

일반적으로 사해의 마법사들은 그런 자들을 마법사로 인정하지 않았다.

과격한 반응에 플랫은 당황했다.

그러나 금방 깨달음을 얻고 겸손하게 대답했다.

“무, 물론 여러분에 비한다면 저 같은 놈은 마법사라고 할 수도 없지요. 그저 인사라도 드리고 싶어 실례를 범했습니다. 용서해 주십시오.”

그건 겸손하길 원한 것이 아니라, 애초에 마법사라고 인정을 못하겠다는 뜻이었다.

하지만 플랫이 한없이 우러러보며 굽실거리자 굳이 긴말을 하진 않았다.

마법사는 오만하게 서서 조소를 던졌다.

그러나 플랫의 눈에는 그 오만한 태도조차도 위엄 넘치는 모습으로 보였다.

“마법사님, 서, 성함은 어찌 되시는지요?”

“델파소다.”

“델파소님이시군요! 혹시 필요하신 것이 있으면 꼭 저를 불러주십시오.”

“필요없으니 꺼져.”

델파소는 코웃음을 쳐준 뒤 플랫을 뒤로하고 걸어갔다.

하지만 얼마 못 가 갑자기 멈추고 뚫어져라 전방을 쳐다봤다.

플랫은 의아한 표정을 지으며 고개를 내밀어 앞쪽을 훔쳐보았다.

웬 낯선 여성이 서 있었다.

전쟁터에 어찌 여자가 돌아다니고 있단 말인가.

“저 여잔 뭐야?”

플랫이 혼잣말을 했을 때였다.

델파소가 기겁을 하며 외쳤다.

“다, 닥쳐!”

“델파소님?”

플랫은 고개를 갸웃하며 다시 낯선 여자에게 시선을 주었다.

뒤늦게 깨달았는데 여자는 상당한 미인이었다.

그녀가 아름다운 입술을 일그러뜨리며 말했다.

“델파소, 오랜만에 보는구나. 한데 참으로 이상한 일이다. 네가 주제를 안다면 응당 개돼지처럼 네 발로 기어다니고 있을 텐데, 무슨 생각으로 감히 두 발로 서 있단 말이냐?”

플랫은 정말 황당하고 어이가 없었다.

그러나 델파소는 주춤거리며 뒤로 물러섰다.

갖은 거만을 다 떨던 사해의 마법사 델파소가 겁에 질려서 떨고 있었다.

"주, 주인님……!!"

여인의 이름은 쉴라, 서열 32위의 고위 마족이며 델파소에게 마력을 제공하는 주인이기도 했다.

델파소는 벌벌 떨면서 엎드렸고 명령대로 쉴라를 향해 네 발로 기기 시작했다.

플랫은 도저히 믿기지가 않아 연방 자신의 눈을 비볐다.

그 광경을 본 병사들도 크게 술렁거렸다.

그때 쿠르트가 바닥을 기고 있는 델파소의 목덜미를 쥐고 일으켜 세웠다.

"그만 해라."

"하, 하지만…….”

쿠르트의 말은 곧 불사왕의 말.

불사왕이 그만 해도 된다고 말한 이상, 그는 비굴하게 기지 않아도 된다.

하지만 왕이 힘을 거의 잃어버렸다는 것을 알기에 그는 어찌할 바를 몰라 하며 두려운 표정으로 자신의 잔혹한 주인을 바라보았다.

쉴라는 입매를 비틀어 조소했다.

"델파소, 네가 모여서 무엇을 계획하는지 들었다. 마족을 없애겠다고? 그것참 유쾌한 이야기로구나."

“저, 저는 주인님을 배반하려 한 것이 아니라, 왕의 명에 따라야 하기에…….”

델파소의 안색이 더욱 새파래졌다.

쿠르트가 겁에 질린 그를 뒤로 물렸다.

“어린 녀석 그만 괴롭히고 나와 이야기하자. 용건은 내게 있지 않느냐?”

“훗, 괴롭히는 것이 아니라 제 주제를 가르쳐 줬을 뿐입니다.”

쉴라는 대답을 하던 와중에 흠칫했다.

자신도 모르게 존대를 하고 말았다.

그녀는 오직 불사왕과 자신보다 강한 마족에게만 존대를 했다.

“…….”

쉴라는 불편한 표정으로 쿠르트와 가능한 멀리 거리를 벌렸다.

갑자기 그녀가 팔을 높이 들었다.

그녀의 부름을 받고 나이 지긋한 노인이 다가왔다.

뒤따라 나타난 젊은 사내는 성곽에 걸터앉았다.

막사의 지붕 위에 올라앉은 자, 성벽에 기대어 선 자, 어느새 수십 명의 낯선 이들이 모습을 드러냈다.

“누, 누구냐!! 어떻게 성안으로 침입한 거야?”

플랫이 한발 늦게 침입자 무리를 발견하고 소리를 질렀다.

병사들도 창칼을 꺼내 경계하고 급히 지원을 불렀다.

하지만 기이한 침입자들은 소리없이 조소만 지을 뿐이다.

가소로워 죽겠다는 듯이.

플랫은 이상을 느끼며 델파소를 붙잡고 물었다.

"저들도 델파소님과 같은 사해의 마법사입니까?"

"입 닥치란 말이다. 멍청한 놈들……!"

멋도 모르는 인간들이 차라리 더 태평했다.

사해의 마법사들은 사방을 포위하고 있는 마족을 보고 숨도 제대로 못 쉬었다.

마족의 수가 오십이나 됐다.

그들도 한자리에 이렇게 많은 수의 마족이 모인 것은 본 적이 없다.

이기적인 성정을 가진 마족들은 단체 행동보다는 개별 행동을 주로 했다.

게다가 혼자서 대륙 전체를 말아먹을 수도 있을 정도인데, 수십 명씩 우르르 몰려다니며 해야 할 일이 있겠는가?

"왕을 닮은 인간만 남기고 모조리 죽여라."

이 중 가장 서열이 높은 마족 쉴라가 명령을 내렸다.

그런데 그녀는 쿠르트와 대화를 나눈 뒤부터 표정이 영 안 좋았고, 명령을 내릴 때도 내키지 않는 것처럼 떨떠름한 목소리였다.

어쨌든 명령은 떨어졌고, 마족들이 움직이기 시작했다.

"잠깐. 할 말이 있다."

그때 쿠르트가 손을 들고 앞으로 걸어나왔다.

"듣기 싫다!"

그러나 쉴라는 단칼에 잘라 버렸다.

쿠르트는 혀를 끌끌 찼다.

"매정한 녀석이로군. 그러지 말고 한번 들어보아라. 나는 왕의 대리이니 내 말을 왕의 말이라 생각해도 좋을 것이다. 당장 사해로 돌아가라. 그리하면 허가없이 사해에서 벗어난 죄, 인간들을 겁박한 죄를 불문에 부쳐 주겠다."

다들 기가 막힌다는 반응이었다.

"기껏 하는 말이라는 게 그런 것인가? 똑같은 말로 그류페인을 방심시켜 죽여 버리지 않았던가. 똑같은 수법을 두 번 쓰다니 어지간히도 급한 모양이지."

"분명 왕께서는 그류페인을 죽였다. 하지만 그류페인은 응분의 대가를 치른 것뿐이다. 열성마족 노비아는 에스트리트 공주를 노렸고, 스톰폴트 왕궁에 침입하여 수백의 인간을 학살했다. 이상의 행위는 노비아가 독단으로 행한 것이 아니라 그류페인의 충동질로 일어난 일이다. 그류페인은 직접 살인을 행하지는 않았으나 그보다 더한 중죄를 저질렀다."

그류페인은 열성마족 노비아를 항상 옆에 끼고 다녔다.

귀엽고 예뻐서가 아니라 함정에 빠뜨리는 등 여러 방법으로 골탕을 먹인 뒤 허둥대는 꼴을 즐기기 위해서이다.

애초에 노비아는 목줄에 묶인 개처럼 그류페인의 허가 없이는 밥도 먹지 못하는 놈이었다.

노비아만 모를 뿐, 그의 모든 행동이 그류페인의 조종하에 이루어져 왔다.

그간의 사례를 봐도 그류페인의 부추김에 넘어갔을 가능성이 9할 이상이다.

"그류페인과 달리 너희들은 아직 아무 짓도 하지 않았다. 다시 말해 기회가 남았다는 뜻이다."

마족들은 힐끔 서로의 얼굴을 쳐다봤다.

일리가 있는 말이었다.

쿠르트는 명령권자인 쉴라를 향해 말했다.

"흔치 않은 기회인데 냉큼 붙잡는 게 좋지 않겠느냐?"

내내 인상을 찡그리고 있던 쉴라는 이를 으드득 갈았다.

표정이 더욱 흉하게 일그러졌다.

콰앙!

그녀는 성벽을 주먹으로 찍었다.

그것만으로도 바닥과 성벽에 거미줄 같은 금이 갔다.

"멍청한 놈들! 지금 외유 나왔다고 착각이라도 하고 있는 것이냐? 우리는 라우지 토가님의 명령으로 이곳에 왔다. 명령에 따르지 않는 자는 예외없이 목이 날아갈 것이다. 그는 자신의 명령에 따르지 않는 자를 살려두지 않아. 마족을 죽여서는 안된다는 불사왕의 금령(禁令) 따윈 더 이상 통하지 않는단 말이다!!"

쉴라는 죽일 듯이 쿠르트를 노려보았다.

쿠르트는 이상할 만큼 불사왕과 닮았다.

직접 대화를 나누어보니 별개의 인물이라고 생각하기가 힘들 지경이다.

그래서 쉴라는 쿠르트를 건드리고 싶지 않았다.

아마 라우지 토가도 쉴라처럼 정체를 알 수 없는 쿠르트에게 직접 손을 쓰기가 껄끄러웠던 것이 분명하다.

그래서 자신은 몸을 숨긴 채, 쉴라에게 쿠르트를 생포하라고 명령했다.

쉴라를 미끼로 써서 쿠르트의 정체를 가늠해 볼 속셈인 것이다.

라우지 토가의 속을 뻔히 알면서도 쉴라는 떠밀려 나올 수밖에 없었다.

명령에 따르지 않으면 라우지 토가의 손에 먼저 죽을 테니까.

"도대체 불사왕은 무슨 생각을 하고 있지? 힘을 잃어버렸다는 둥 기억을 잃어버렸다는 둥 웃기지도 않는 소리나 지껄이고 다니는 동안 사해의 질서가 완전히 무너지고 말았다. 이 사태를 어떻게 책임질 셈이야!!"

사해의 질서 따윈 눈곱만치도 관심없다.

하지만 자신의 목숨이 위태로워진 것은 참을 수가 없다.

실은 얼마 전까지만 해도 그녀 역시 힘을 잃은 왕을 해하고 살점을 훔쳐 낼 생각만 하고 있었다.

그러나 정작 자기가 아쉬워지자 불사왕을 찾으며 보호해 줄 것을 요구했다.

왕의 비호가 사라진 것을 깨닫고는 모든 것을 불사왕의 탓으로 돌리고 화를 냈다.

"그러니까 지금부터 일어날 일은 내 탓이 아니야! 모든 것은 바로 당신이 자초한 일이다!!"

쉴라의 손가락이 똑바로 쿠르트를 가리켰다.

그녀의 전신에서 녹색의 독 기운이 흘러나왔다.

닿자마자 돌이 녹아버릴 정도로 강력한 산성의 독이었다.

교섭은 실패했다.

"인간들을 보호해라!"

쿠르트가 독기로부터 얼굴을 가리는 한편 사해의 마법사들에게 명령했다.

약간의 망설임이 있었지만 델파소는 인간들이 독무를 뒤집어쓰기 직전에 그의 앞을 가로막고 전력을 다해 보호진을 펼쳤다.

쿠르트의 명을 따르고 있는 것은 쉴라가 자신을 살려둘 용의가 없음을 깨달았기 때문이다.

독무가 들이닥치자 보호진도 별수없이 녹아내리기 시작했다.

그러나 진을 녹여 버린 뒤 독무도 위력이 다해서 사라졌다.

사해의 마법사들이 독을 막는 동안 병사들은 서둘러 방패를 꺼내 들었다.

당장 도망치는 것이 모두를 위한 일이었지만 그리하지 않았다.

그들은 훈련된 병사들이었다.

플랫이 용기를 내어 과감하게 소리쳤다.

"적의 기습이다!! 사해의 마법사 분들을 도와라!"

대체 무슨 수로 도와?

델파소는 짜증이 치밀어 고함을 질렀다.

"당장 뒤로 물러나지 못해! 이 버러지 새끼들아!"

"델파소님! 저희들은 성을 지켜야 할 의무가 있습니다!"

플랫과 병사들은 정체불명의 침입자들이 얼마나 강대한 존재인지 꿈에도 상상할 수 없었다.

쉴라는 정신없이 방어진을 만드는 델파소를 보며 실소를 흘렸다.

"지금 내가 베풀어준 마법으로 내가 행하는 일을 방해하겠다는 것이냐?"

특별히 거창한 조치도 필요없었다.

쉴라는 휘하 마법사들에게 허락했던 본신의 마력을 모두 거두었다.

이로써 델파소는 더 이상 마법을 사용할 수 없게 되었다.

델파소는 허둥거리며 허공에 팔을 휘저었다.

그러나 아무리 멋들어지게 팔을 움직여도 방어진은 생성되지 않았다.

그사이 어설프게나마 독무를 막아주던 방어진이 전부 사라졌다.

델파소는 쿠르트를 향해 손을 뻗었다.

"쿠르트님, 살려주……!"

미처 말을 잇기도 전에 독무가 번지며 델파소를 집어삼켰다.

플랫과 병사들은 이를 악물고 방패를 치켜들었다.

그리고 방패와 함께 녹아버렸다.

우르릉!

산성 독은 성벽과 돌바닥까지 녹였다.

성이 무너지며 썩어문드러진 인간들의 시체가 아래로 추락했다.

마족들은 시체 더미를 발로 짓밟고 불길을 일으켰다.

"크하하하하!"

그들은 살이 타는 냄새에 흥분하여 광소를 터뜨렸다.

마족 중 대다수는 라우지 토가의 강요로 인해 어쩔 수 없이 여기까지 끌려 나왔다.

그러나 지금 행하는 짓이 껄끄러운가 하면 절대 아니다.

마족들은 라우지 토가를 핑계 삼아 마음껏 살육을 즐겼다.

그때 쿠르트가 불길을 뚫고 튀어나오며 오라 블레이드를 휘둘렀다.

번쩍!

번개라도 친 것처럼 눈앞이 번쩍거렸다.

그러나 괜히 마족이 아니다.

중급 마족 리앙은 눈에 보이지도 않는 공격을 손톱으로 건어냈다.

검 따위 쓰다니 가소롭기 그지없지만, 그래도 방심할 수는 없다.

불사왕과 어떤 연관이 있을지 알 수 없는 녀석이니까.

그때 쿠르트가 검을 내리고 완전히 전투 태세를 풀었다.

"저항하지 않을 테니 날 라우지 토가에게 끌고 가라. 그 대신 살육을 멈추고 물러나다오."

콰르릉!

불길에 휩싸인 동문이 무너지기 시작했다.

사방에서 비명 소리가 터져 나왔다.

병사들은 어째서 이런 일이 일어났는지, 자신을 도륙하는 자가 누구인지도 모른다.

폭발 속에서 튀어 오른 파편이 쿠르트의 뺨을 스쳤다.

쿠르트는 이를 이득 갈았으나 무방비 상태를 유지한 채 리앙을 노려보았다.

마치 왕이 노려보는 것 같아 몹시 신경이 쓰였다.

리앙은 떨떠름한 얼굴로 손가락을 두 개 꼽았다.

"라, 라우지 토가님께 받은 명령은 두 가지다. 첫째는 무슨 일이 있어도 절대로 네놈을 죽이지 말 것. 둘째는 네놈을 생포해 올 것… 이 아니라, 네놈의 성질을 건드리고 도발시켜 볼 것. 알다시피 불사왕의 성질을 건드리는데 인간을 도살하는 것만큼 좋은 방법도 없지."

"도저히 협상의 여지가 없군."

쿠르트는 뒤를 돌아보며 소리쳤다.

"아직 마법을 쓸 수 있는 마법사가 있을 것이다!! 한눈팔지 말고 독을 걷어내는 데 집중하라!"

마도남왕 라우지 토가가 휘하 마족들에게 공격 명령을 내렸고, 그 마족들이 마법사들의 힘을 빼앗았다.

그러므로 힘을 잃은 마법사는 대개 마도남국 출신이었다.

타 지역 출신 마법사들은 아직 마법을 쓸 수 있었다.

남은 마법사들은 마력을 잃지 않은 것에 안도하며 쿠르트의 말에 따라 움직였다.

"흥, 도망칠 수 있을 것 같으냐?"

리앙은 나지막하게 코웃음을 치며 마기를 뭉쳐 수만 개의 화살을 만들었다.

그는 쿠르트가 아니라 도망가는 마법사와 병사들을 겨냥했다.

마치 진짜 왕이라도 되는 양 점잔을 빼고 있는 쿠르트가 허둥거리는 꼴이 보고 싶었기 때문이다.

그것은 즉흥적인 행동이었지만, 쿠르트를 도발하라는 명령을 충실하게 이행하고 있는 셈이다.

하늘이 보이지 않을 만큼 새까만 화살비가 떨어졌다.

과연 쿠르트는 급한 얼굴로 인간들이 있는 쪽으로 달려갔다.

중간쯤에서 멈추어 선 그는 한곳에 마력을 집중했다.

와드득!!

돌바닥을 뚫고 거목들이 솟아났다.

나무의 키가 성채에서 가장 높은 망루의 두 배를 넘어설 정도이다.

하늘을 찌를 듯 돋아난 거목들이 검은 화살들을 모조리 가로막았다.

그뿐 아니라 둘레가 거의 10미터에 육박하는 나무뿌리가 불길을 억누르고 사람들을 보호했다.

마족이 그 뒤를 쫓으려 하자 새로운 거목이 불쑥 자라서 시야를 방해했다.

무서울 정도로 빠르게 엄청난 수의 나무들이 자라났고, 어느덧 성 전체가 숲으로 변해 버렸다.

인간을 보호하기 위해서 인위적으로 만들어진 살아 있는 숲이었다.

"하, 하인 주제에 마법도 쓸 줄 아는군."

리앙이 볼을 씰룩거렸다.

쿠르트가 사용한 것은 왕이 즐겨 쓰는 마법이다.

모든 마족들이 주춤거리며 소극적인 모습을 보였다.

상대는 불사왕! 또는 그에 준하는 존재.

그 앞에서 함부로 날뛰다가 만에 하나라도 노비아나 그류페인처럼 될까 봐 두려웠다.

저벅.

그때 쉴라가 목이 꺾인 인간의 시체를 양손에 하나씩 쥐고 걸어나왔다.

그녀는 시체를 바닥에 내던진 뒤 녹색 기운으로 이글거리는 손을 불쑥 뻗었다.

불길한 느낌을 받은 쿠르트는 뒤를 돌아보았다.

한 번 어깨를 떨고 고개를 돌리는데 걸린 시간이 전부이다.

그런데 그 찰나간에 이미 숲의 절반이 독에 녹아 문드러져 있었다.

숲의 보호를 받던 힘없는 인간들의 말로는 굳이 설명할 필요도 없을 것이다.

"설마 이런 장난 같은 마법으로 인간들을 지킬 수 있을 거라 생각한 것은 아니지? 아니면 왕과 비슷한 마법을 사용해서 마족들을 동요하게 만들 참이었나?"

쿠르트는 대답하지 않았다.

죽어가는 인간들을 내려다보며 주먹을 움켜쥐었다.

쉴라가 입매를 비틀어 올렸다.

"인간들을 동정하는가. 하지만 당신에겐 동정할 자격도 없다. 바로 당신이 참사를 조장했으니까."

"너는 유쾌해 보이는군. 내 핑계를 대며 마음껏 살육을 일삼을 수 있게 되었으니."

퍼억!

쉴라가 쿠르트의 가슴을 발로 찼다.

이 단순한 공격을 피할 수가 없어 쿠르트는 뒤로 밀려 나동그라졌다.

"핑계가 아니라 진실이다! 나에겐 감히 왕에게 도전할 용기가 없다. 왕의 금령(禁令)을 어기고 인간을 대량 학살할 배짱도 없어. 그러나 라우지 토가님에게 협박을 당해서 어쩔 수 없이 여기에 있는 것이다. 혹시 당신이 왕으로서 귀환한다 하더라도 책임소재를 분명히 해야 해! 이건 라우지 토가님의 탓이다. 더 나아가서는 당신이 자초한 일이지. 내겐 터럭만큼도 죄가 없단 말이다!!"

쉴라는 크게 소리치며 다시 팔을 들었다.

남은 숲 반절도 날려 버릴 기세로.

인간들이 독을 뒤집어쓰고 죽어갈 것을 상상하자 저절로 입꼬리가 올라가고 온몸이 희열로 들떴다.

그녀는 광기에 얼룩진 얼굴로 자지러질 듯이 웃어 젖혔다.

"후하하하! 아하하하하하하하하하하하하!!!"

손바닥에서 독기가 터져 나가려던 순간이다.

"그만둬!"

쿠르트가 그녀의 팔을 붙잡고 늘어졌다.

다른 방식으로 공격했다면 쉽게 막았을 텐데 이런 식으로 달려들 거라고는 생각해 본 적도 없어 쉴라는 그만 크게 휘청거렸다.

마법을 구현하는 데도 실패하고 말았다.

쉴라는 자세를 바로잡고 오만상을 다 썼다.

"기, 기가 막혀서! 불사왕이 밑바닥까지 떨어졌군. 떨어지지 못해?"

"마지막으로 기회를 주마. 네게 이렇게 부탁하겠다! 여기서 살육을 멈춰라."

쉴라는 눈을 크게 떴다.

어떻게 놀라지 않을 수 있겠는가.

위대한 제왕이며 모든 마족들의 어버이가 제 팔을 붙잡고 애절하게 사정하는데.

이런 광경을 봤으니 이제는 도저히 그냥 넘어갈 수가 없게 되었다.

그를 진흙탕에 처박고 그의 바람을 처참히 뭉개주지 않고서는 견딜 수 없게 된 것이다!!

"모조리, 갈가리 찢어발겨 죽여주겠다!!"

쩌렁!

그녀의 목소리가 천공을 강타했다.

극도의 희열로 인해 사지가 부들부들 떨리고 두 눈에 시뻘겋게 핏발이 섰다.

그때 멀리서 한 줄기 빛이 날아왔다.

쉴라는 극도의 흥분 상태에 빠져 한 박자 늦게 그걸 깨달았다.

그녀는 뒤늦게나마 피하려고 했다.

그 순간,

우드득!

쿠르트의 손에서 나무뿌리가 뻗어나가 쉴라의 팔뚝 안으로 파고들었다.

뼈까지 완전하게 옭아매어 움직이지 못하게 만든 것이다.

"너……!!"

쉴라는 눈을 부릅떴다.

쿠르트는 슬프게 말했다.

"내가 간절히 부탁하지 않았느냐."

아주 잠깐이라도 그녀가 연민이라는 것을 깨달았다면 얼마나 기뻤을까.

옛날처럼 선량한 얼굴로 그의 부탁을 들어주었다면 어땠을까.

하지만 기적이 일어난 적은 단 한 번도 없다.

예상대로 쉴라는 그의 비참한 모습을 보고 몹시 즐거워했고, 흥분하는 사이에 커다란 틈이 생겼다.

"이거 놓……!"

쉴라는 쿠르트를 뿌리치려 했다.

그러나 이젠 너무 늦었다.

번쩍!

성스러운 화살이 휘황하게 빛을 흩뿌리며 쉴라의 심장 어림을 꿰뚫었다.

왼쪽 어깨와 뱃가죽이 순식간에 썩어 들어갔고, 팔뚝 전체가 그녀의 몸뚱이에서 떨어져 나갔다.

"꺄아아아아악!! 내 팔!! 내 파아알!! 아아아악!"

상반신의 반을 잃은 쉴라가 미친 듯이 비명을 내지르며 바닥을 나뒹굴었다.

이 일격으로 그녀는 마력의 1/4을 잃어버렸다.

일단 명중시키기만 하면 신궁의 공격은 마족에게 치명적인 피해를 안겨줄 수 있었다.

피잉!

손가락만 한 빛 구슬이 하늘을 한 바퀴 돌다가 아름다운 여인으로 둔갑해 바닥에 내려왔다.

"레논 말에 따르길 잘했군. 아주 절묘한 순간에 도착했어. 난쟁이 마을에서 바로 출발하지 않았다면 때를 놓쳤겠지."

요정 여왕 엔하가 안도의 한숨을 내쉬었다.

때를 잘 맞춘 덕분에 마족에게 큰 상처를 입힐 수 있었다.

물론 사악한 기운을 가진 놈들이 마흔아홉이나 더 남아 있었지만.

쿠르트가 다가왔다.

"도와준 것은 고맙다만, 예까지 안 오는 게 나았을 것을 말이다."

"무슨 말이지?"

"여기가 위험하다는 뜻이지."

"위험할수록 힘을 합쳐야 하는 게 아닌가."

엔하는 엄격하게 말하고 신궁을 힘껏 당겼다.

성스러운 화살이 눈부시게 빛을 뿜어냈다.

한때 마족을 보고 움츠러든 적이 있었지만, 더 이상은 아니다.

그녀도 영웅으로 추앙받던 인물 중 하나이다.

"힘을 합친다고 해결될 일이 아니라서 문제다만."

쿠르트는 혼잣말을 했다.

그러나 딱히 싫은 얼굴은 아니다.

파앗!!

엔하가 쏜 화살이 허공을 갈랐다.

한 놈이 코웃음을 치며 화살을 걷어내려 했다.

그때 쿠르트가 나무덩굴을 움직여 그의 다리를 옭아맸다.

그러나 방심한 상태가 아닌 이상 이 정도에 당하지는 않는다.

마족은 덩굴을 찢어발기는 동시에 방어막을 펼쳐 화살을 막았다.

"동시에 폭격을 퍼부어 모조리 없애 버렷!!"

시시한 공방이 이어지자 쉴라가 하나 남은 손으로 바닥을 벅벅 긁으며 소리 질렀다.

마족들은 서로 시선을 나누며 고개를 끄덕였다.

다 함께 힘을 합쳐 합동 공격을 하다니 아마 마족 역사상 유래를 찾기 힘들 것이다.

하지만 이때만은 마음이 하나가 되었다.

괜히 혼자 튀었다가 쉴라처럼 불상사를 당하기 싫었다.

무리 속에 묻혀 있으면 누가 누구인지 알게 뭔가.

게다가 시간을 끌수록 예기치 못한 화를 입을 가능성이 높아질 것이다.

'단 일격으로 쿠르트를 제외한 모든 존재를 소멸시킨다!'

마족들이 하나둘씩 공중으로 떠올랐다.

스스스.

구름 한 점 없는 하늘이 갑자기 어두워지기 시작했다.

마흔아홉의 마족 중 한 명만 나서도 이깟 성채 따윈 순식간
에 날려 버릴 수 있을 것이다.

한데 눈에 띄기 싫다는 이유로 그들이 동시에 마력을 한곳
에 집중했다.

무시무시할 정도로 막대한 마기가 몰려들었다.

그 사악한 기운이 하늘을 가리고 신의 눈조차도 가렸다.

빛의 신궁 가르시아가 마기에 억눌려 신체를 가늘게 떨었
다.

엔하는 신궁을 진정시키며 이를 악물고 시커먼 악의 결정체
를 올려다보았다.

"그만두라 했을 텐데!"

쿠르트는 숲의 모든 나무를 움직여 그들을 공격했다.

그러나 마족의 발치에 닿지도 못하고 수수깡처럼 부서져 나
갔다.

애초에 통할 거라고 생각해서 공격한 것이 아니다.

절친한 친우를 위해서 잠깐 시선을 끌어주었을 뿐이다.

그 시각 중급 마족 리앙은 마력을 모으다가 하늘 위 아득한
곳에서부터 무언가가 빠르게 접근하는 것을 느꼈다.

마족도 아니고 마법사도 아니다.

그렇다면 남은 것은 하늘을 날 수 있는 유일한 종족 요정뿐,
여왕을 지키기 위해 요정군단이라도 나타난 건가?

물론 요정군단 따윈 떼거지로 몰려와도 여흥거리만 늘어날
뿐이다.

그러나 이내 예측이 틀렸다는 것을 깨달았다.

요정치곤 크기가 너무 컸다.

몸을 숨기고 있던 레논이 하늘 꼭대기에서부터 수직 낙하했다.

그가 쥐고 있는 것은 분명 성검이었다.

그는 오만하게도 성검의 주인이 될 수 있을 거라 큰소리를 쳤으며, 자신한 대로 정말 성검으로부터 인정을 받고 말았다.

리앙이 신경질적으로 외쳤다.

"이런 빌어먹을! 성검이 또 있어!!"

"세 번째 신물, 바람의 성검 카칸이다!"

쿠콰콰콰!!

기척을 완벽하게 갈무리 중이던 성검 카칸이 가지고 있는 모든 성력을 폭발시켰다.

레논은 온몸에 바람을 휘감고 리앙을 향해 돌진했다.

완벽하게 허를 찌른 공격!

"따지고 보면 네놈들은 참 불쌍해. 할 수 있는 일이라곤 온종일 눈치를 살피고 다니다가 방심한 상대의 등을 냅다 찌르는 것뿐이잖아."

리앙은 한 치 앞에서 공격을 막았다.

일말의 흐트러짐조차 없었고, 한편으로 여전히 다른 마족들처럼 마력을 모으고 있었다.

"으, 윽!"

성검은 투명한 막에 가로막혀 더 이상 전진하지 못하는 상태였다.

레논의 팔뚝에 핏줄이 투툭 솟아올랐다.

그는 전력을 다해 성검의 힘을 끌어올렸다.

그러나 잠자리 날개만큼 얇은 막은 꿈쩍도 하지 않았다.

성검으로부터 터져 나온 바람이 갈 길을 잃고 사방으로 터져 나갔다.

마족을 공격하기 위한 바람이 레논의 얼굴을 사정없이 난도질했다.

"크으으으윽!!"

레논은 이를 더욱 악물었다. 이렇게 무력할 수가!

많은 것을 바란 것도 아니다.

아주 조금이라도 제 역할을 할 수 있다면 그것으로 족했다.

그것만을 바라며 떨떠름한 기분을 무시하고 성검까지 구해 왔거늘.

쿵!

그때 리앙이 투명한 막에 얼굴을 들이댔다.

얼굴을 이리저리 문대자 코와 뺨이 추악하게 일그러졌다.

"아앙? 언제쯤 정정당당하게 적과 싸울 거냐고 묻고 있잖아! 정의의 용사 새끼야!!"

"……!!!"

레논은 눈을 부릅떴다.

순간 쿠르트가 다급히 외쳤다.

"그만 되었다, 레논!"

그러나 쿠르트의 목소리는 레논에게 닿지 않았다.

이렇게 될 줄 알았다면 공격할 수 있는 기회를 만들어주지 말 것을 그랬다.

그러나 레논은 이미 한 번 금기를 범했다.

일부가 부서진 제방이었으니 완전히 무너지는 것은 시간문제였던 것일지도 모른다.

우우우우우!

바람 소리가 점점 더 커져 장엄하게 들릴 지경이다.

소리가 커질수록 레논이 일으키는 바람도 거세졌다.

이젠 성검이 바람을 일으키는지 그 자체가 바람이 된 것인지 분간하기도 힘들었다.

레논은 이를 드러냈고 마치 짐승처럼 크게 괴성을 질렀다.

송곳니가 유난히도 날카롭게 보였다.

"크아아아아아아아!!"

투명한 막에 얼굴을 들이대고 한창 약을 올리던 리앙은 깜짝 놀랐다.

"억? 네놈은……!"

그는 주춤거리며 뒤로 물러났다.

그동안에도 레논은 점점 더 기세를 더해가고 있었다.

설사 마족이라 해도 무시할 수 없을 정도로 강대한 힘이 모여들었다.

레논이 다시금 성검을 내려쳤다.

그러자 영원히 부서지지 않을 것 같던 리앙의 보호막이 단번에 산산조각이 났다.

"젠장할!!"

리앙은 욕지기를 터뜨리며 저 멀리 몸을 피했다.

신력이 담긴 바람이 닿기라도 하면 엄청난 낭패다.

근방의 다른 마족들도 하던 일을 멈추고 뿔뿔이 사방으로 흩어졌다.

"이봐! 그냥 몸을 빼버리면!!"

남아 있던 마족이 소리쳤다.

거대한 마력 덩어리를 만들어놓고는 갑자기 손을 놓고 빠져버리면 마력이 폭주할 것이 뻔했다.

하지만 마족들은 나 몰라라 하고, 저질러 버린 김에 더 멀리 몸을 피했다.

상황이 이렇게 되자 마족들이 너나 할 것 없이 전부 손을 떼고 물러났다.

애초에 책임감이라곤 찾아볼 수도 없는 그들이 힘을 합친 것부터가 잘못이었을지도 모른다.

쿠우웅!

제어를 잃은 마력이 길게 튀어나와 채찍처럼 땅을 내려쳤다.

연이어 튀어나온 마력이 마구잡이로 허공을 후려갈겼다.

팽팽하게 당겨서 감아놓았던 고무줄들이 풀려 나온 듯한 모습이다.

마족들도 저걸 상대로는 성할 수가 없다.

마흔아홉이나 되는 마족들이 직접 힘을 합쳐 만든 것인데
어련할까.

그런데 재앙은 이것 하나만이 아니었다.

"쿠오오오오오오오!!!"

마족들의 머리 위에서 레논이 다시 커다랗게 괴성을 질렀
다.

그의 부름에 화답하듯 광포한 바람이 휘몰아쳤다.

물론 성검의 정화력은 고스란히 담겨 있었다.

마족들은 아주 질겁했다.

사실 레논의 공격이 굉장하긴 해도 정신을 바짝 차리면 대
응하지 못할 정도는 아니었다.

그런데 지금 바로 등 뒤에 자신들이 만든 마력 덩어리가 폭
주하고 있었다.

쿠구구구궁!

레논이 불러온 성스러운 바람에 폭주 중인 마력 덩어리까지!

게다가 상극인 두 힘은 부딪칠 때마다 커다란 폭발까지 일
으켰다.

"저, 저리 비켜!"

"끄악! 재수가 없으려니!!"

곳곳에서 마족들의 비명이 터져 나왔다.

재수없으면 폭발에 휘말려 한군데가 날아가거나, 눈먼 바람
에 베여 마력을 잃을 것이다.

이젠 라우지 토가의 명령도 알 바 아니다.

마족들은 이 위험천만한 지역에서 정신없이 도망치기 시작했다.

그런데 도망치지 않고 남아 있는 마족이 하나 있었다.

한쪽 팔을 잃고, 마력의 1/4을 잃어버린 쉴라였다.

"이대로 도망칠 수는 없어……!!"

보통 마족들이 그렇듯, 쉴라도 자신보다 약한 놈들은 벌레 취급하며 짓밟아왔다.

한데 이 꼴로 돌아가면 바로 그놈들로부터 그녀가 벌레 취급을 당하게 될 것이다.

그 하등했던 놈들에게!

생각만 해도 눈앞이 아찔했다.

마족들이 마력에 집착하는 데는 이러한 이유도 컸다.

"이대로 돌아갈 수 없어!! 절대로!!"

쿠르트는 불사왕과 너무나 닮았다.

닮은 정도가 아니라 쉴라는 자신도 모르는 새에 그를 불사왕과 동일시하고 있었다.

어쩌면 쿠르트는 진짜 불사왕일지도 모른다!

그렇다면 쿠르트의 피와 살 속에는 무한한 마력이 잠들어 있을 것이다.

그의 살점을 먹으면 잃어버린 마력을 전부 회복할 수 있다.

회복하다 뿐인가, 그 이상의 강대한 마력을 손에 쥘 수도 있다.

쉴라는 생각에 잠겼고 도박을 하기로 결정했다.

결정을 내리자마자 그녀는 쿠르트가 아니라 레논을 향해 돌진했다.

전신을 마력으로 보호하며 움직이는데, 폭주 중인 마력의 파편이 등 뒤를 덮쳤다.

다행히 방어진이 찢겨 나가는 데 그쳤으나 이어서 성력을 담은 바람이 들이닥쳤다.

바람이 살갗을 깊숙이 베고 지나갔다.

그로 인해 육신이 지독히도 역겨운 냄새를 내며 타 들어가기 시작했다.

"빌어먹을!!"

서둘러 상처 부위를 베어내야 했으나 쉴라는 그리하지 않았다.

아예 방어조차도 무시하고 욕지기를 토하며 무조건 돌진했다.

무수한 바람 칼날이 그녀의 전신을 베어내고 태웠다.

얼굴의 반이 끔찍하게 눌러 붙었으나 그녀는 오직 레논 한 사람만을 노렸다.

전신에서 낯익은 녹색 독무(毒霧)가 물씬 뿜어져 나왔다.

"크르르……."

쉴라가 접근하자 레논은 낮게 으르렁거리며 독무를 막으려 했다.

"얼간이 같은 새끼! 막을 수 있을 것 같으냐!!"

쉴라는 노성을 터뜨렸다.

죽기 아니면 살기다!

죽음까지 각오한 그녀를 누가 막을 수 있단 말인가!

"레논!!"

그때 쿠르트가 뛰어들어 그녀의 앞을 가로막았다.

레논이 일으킨 바람은 신비하게도 인간들에게는 피해를 주지 않았다.

숲의 나무들도 성벽과 성문도 전부 멀쩡했다.

사람들은 폭주하는 마력에서 몸을 보호하기만 하면 되었다.

하지만 말이 쉽지 어디 그게 간단한 일이겠는가?

그래도 마족들보다 움직이기 수월한 것만은 사실이다. 덕분에 쿠르트가 이처럼 쉽게 레논의 곁에 접근할 수 있었던 것이다.

쿠르트가 레논을 보호하기 위해 뛰어나온 순간, 쉴라의 얼굴이 희열로 바뀌었다.

그래! 이렇게 나올 거라고 생각했다!

"저놈이 왕을 꾀어낼 최고의 미끼인 것을 내 진작에 알았지!!"

쉴라는 독을 뿌리는 척하다가 번개처럼 손을 뻗어 쿠르트의 어깨를 움켜쥐었다.

와드득!!

끔찍한 소음이 쉴라의 귀에는 천상의 음악보다도 경쾌하게 들렸다.

쿠르트의 팔뚝 전체를 뜯어냈다.

끝내 왕의 팔을 손에 넣고야 만 것이다!

만년장로 적무연이 왕의 한쪽 팔을 먹고 서열 1위의 마족이 되었는데, 그녀 또한 같은 능력을 지금 손에 넣었다.

쿠르릉!

그때 채찍 모양의 마력 덩어리가 그들 셋을 덮쳤다.

머리 위를 뒤덮는 시커먼 그림자에 쉴라는 기겁을 하며 전력을 다해 옆으로 몸을 날렸다.

으직.

피하는 와중에 뜯어낸 팔뚝 중 일부가 마력 속에 휘말려 들어갔다.

쉴라의 손에 남은 것은 겨우 한 덩어리였다.

그녀는 몹시 분노했으나 그 자리에서 얼쩡대는 대신 남은 살점이라도 들고 재빨리 도망가는 길을 택했다.

한편, 쿠르트는 이를 악물고 하나 남은 손을 레논의 가슴 어림에 댔다.

"두 번 죽게 만들지 않겠다."

쿠르트는 작은 잎사귀를 쥐고 있었다.

손에 생기를 불어넣자 찰나의 순간 잎사귀가 작은 묘목으로, 거대한 나무로 폭발적으로 자라났고, 덕분에 레논이 저 아래로 떠밀렸다.

레논은 아득히 지상으로 추락하면서 위를 올려다보았다.

시커먼 그림자 아래서 쿠르트가 슬쩍 미소를 지었다.

문득 짐승 같은 음성만 내던 레논의 입에서 인간의 말이 흘러나왔다.

“테오… 발트…….”
이윽고 이성을 되찾은 레논이 팔을 뻗었다.
“테오발트!!”
순간 마력 덩어리가 쿠르트를 집어삼켰다.

Chapter 05
음모

THE KING OF
IMMORTALITY

쉴라는 전력을 다해 뛰고 있었다.

한 걸음 뗄 때마다 수십 미터씩 거리가 벌어졌다.

그렇게 한 시간여나 달린 뒤 멈추었다.

전신에 성한 곳이 없었다.

기습을 받아 왼쪽 팔이 날아간 뒤, 레논이 불러들인 바람 속으로 뛰어들어 다시 큰 상처를 입었다.

그 결과 쉴라는 마력을 무려 7할이나 잃었다.

그녀는 더 이상 고위 마족이라 할 수 없었다.

보잘것없는 하급 마족으로 전락한 것이다.

"아니야! 아직, 아직 기회는 있다! 내 생각이 틀리지 않았다면……."

쉴라는 이를 이득 깨물고 소중하게 보관해 온 것을 끄집어냈다.

마력을 잃었지만 그 대신 쿠르트의 살점을 한 움큼 훔쳐 올 수 있었다.

만약 쿠르트가 불사왕이라면, 이 살점이 불사왕의 피와 살이라면!

잃어버린 7할의 마력 따윈 조금도 아깝지 않다.

불사왕의 피와 살이 쉴라에게 수십 배의 힘을 안겨줄 테니까.

라우지 토가가 쿠르트를 공격하라고 강요한 데는 틀림없이 이유가 있을 것이다.

게다가 그녀는 분명 쿠르트에게서 불사왕의 향수를 느꼈다.

다른 건 몰라도 이 느낌만은 분명하다.

그래!

그 수상한 하인 놈이야말로 진정한 불사왕이었던 것이다!!

왕의 피를 눈앞에 두고 쉴라의 눈이 벌겋게 변했다.

피 냄새에 흥분한 들짐승과 비슷한 꼴이었다.

쉴라는 미친 들개처럼 피가 흥건한 살점을 뜯어먹으려고 했다.

"그렇게는 안 되지."

그때 귀에 익은 음성이 등 뒤에서 들렸다.

쉴라는 흠칫 어깨를 굳히고 목소리가 들린 지점으로 눈알만 굴렸다.

라우지 토가가 미소를 머금은 채 서 있었다.

쉴라의 얼굴이 백지장처럼 창백해졌다.

그녀는 황급히 왕의 살덩어리를 삼키려고 했다.

퍼억!

하지만 라우지 토가가 먼저 그녀의 머리를 박살 내버렸다.

머리가 잘려 나간 것 정도로는 죽지 않기 때문에 남은 몸뚱이도 철저하게 뭉갰다.

라우지 토가는 쉴라의 시체를 소중하게 한곳에 보관했다.

나중에 마력을 흡수하기 위해서이다.

"멍청한 년 같으니! 하마터면 쿠르트가 죽을 뻔했잖아. 쭉 지켜보고 있었기에 망정이지……. 하지만 쉴라 년 제법 기특한 짓도 했군."

라우지 토가는 쿠르트의 살점을 보고 씩 웃었다.

길게 시간 끌지 않고 그는 즉시 살덩어리를 입안에 넣었다.

으적, 으적!

꿀꺽!

라우지 토가는 질끈 눈을 감았다.

주먹을 움켜쥐고 전신의 모든 마력을 빠르게 활성화시켰다.

한 시간 뒤.

라우지 토가가 두 눈을 부릅떴다.

온몸에서 일렁거리던 광포한 기운이 오히려 싹 자취를 감추었다.

그의 신체는 극도로 고요했다.

마치 공간 속에 녹아 있는 것처럼.

인간들은 눈앞에 뻔히 서 있는 것을 보고도 그의 존재를 미처 인지하지 못할 것이다.

"후우."

라우지 토가는 가늘게 숨을 마시고 내뱉었다.

그러자 세상이 조용하게 바스러졌다.

라우지 토가가 바라보고 있는 일직선 방향에는 더 이상 무엇도 존재하지 않았다.

그러나 억지로 힘을 갈무리했기에 이 정도다.

기분 같아서는 대륙 전체를 반으로 쪼개놓을 수도 있을 것 같았다.

겨우 한 덩어리를 삼켰을 뿐인데 그 위력이 이 정도였다.

"역시 내 생각대로 그놈의 몸뚱이에 왕의 마력이 봉인되어 있었군."

라우지 토가는 조용히 미소 지으며 생각에 잠겼다.

생각해 보았는데 쿠르트를 죽이지만 않으면 테오발트는 권능을 되찾지 못하는 것 같았다.

인간이 대량학살당하는 가운데에도 꼼짝을 못하는 것을 보면 쿠르트도 봉인된 권능을 활용하지 못하는 것이 분명하다.

그러므로 절대로 죽이지는 말고, 일단 쿠르트를 깊숙한 감옥 따위에 가두어야 한다.

그리고 매일매일 죽지 않을 만큼 살점을 발라먹도록 하자.

놈을 우리 속에 가둬놓고 가축처럼 키우면서 마력을 짜내는 것이다.

마력의 원천을 가지고 있는 불사왕은 전능했기 때문에 모든 마족들의 지배자가 되었다.

하지만 그가 자신의 힘을 제대로 운용하지 못하는 나약한 존재라면 어떻게 될까?

"크흐흐흐흐흐!"

기분 나쁜 웃음을 띠며 라우지 토가는 천천히 국경의 성채로 향했다.

이윽고 막이 최고조에 올랐다.

＊　　　＊　　　＊

테오발트는 자신의 팔을 뚫어지게 쳐다보았다.

갑자기 무형의 힘이 대량으로 흘러나왔다.

그는 인상을 썼고 망토를 둘러 팔과 전신을 숨겼다.

뷜로가 그 모습을 보고 물었다.

"어디가 불편하십니까?"

"쉴라… 라는 이름을 들어봤느냐?"

갑작스러운 질문에 뷜로는 고개를 기울이며 말했다.

"마도남국의 쉴라 백작이라면 아는데요."

"역시 마족이로군."

테오발트는 고개를 저었다.

잠들지도 않았는데 옛 기억이 저절로 불쑥 떠올랐다.

쉴라는 담금질을 아주 잘하는 여자 대장장이였다.

어떤 시대든 여성이 대장장이가 되기는 아주 힘들다.

심지어 여자가 화덕에 있으면 재수가 없다는 미신까지 있었다.

수많은 핍박을 받았으나 쉴라는 묵묵히 자기 일에 전념했다.

그녀는 무척 과묵하고 그 이상으로 책임감 강한 여성이었다.

그런 점이 정말 마음에 들었다.

"다 지나간 일이지."

마족이 된 쉴라에게서 더 이상 과거의 모습은 찾아볼 수 없었다.

테오발트는 잡념을 전부 털어냈다.

급한 일이 도처에 산재해 있었기 때문이다.

우선 그는 폐인 비슷하게 변한 악터스에게 다가갔다.

"악터스."

테오발트가 이름을 부르자 멍청하게 서 있던 악터스가 그제야 움직였다.

그는 퀭한 얼굴로 말했다.

"왕을 위하여 충성을 다했습니다. 마법을 잃어버리게 될 것을 알면서도 주인님을, 라우지 토가님을 배신했습니다."

"그래서 책임을 지라는 것이냐?"

"이 천한 놈을 불쌍하게 여기시고 동정을 베풀어달라고 애

원하고 있는 것입니다."

쿵!

악터스는 무릎을 꿇었다.

쿵!

다시 피가 날 정도로 머리를 땅에 처박았다.

테오발트는 악터스의 뒷덜미를 잡아 일으키고 이마에 엉겨 붙은 피와 흙을 털어주었다.

"세상 어디를 뒤져 봐도 네놈만큼 잘난 인간은 존재하질 않는데 말끝마다 천한 놈이라 하는구나."

"저는 인간이 되고 싶지 않습니다."

할 수만 있다면 전신을 뒤덮고 있는 인간의 껍질을 전부 벗겨내고 싶을 정도이다.

테오발트는 악터스의 의지를 읽을 수 있었다.

수십 년이 지난 현재에도 그의 생각엔 전혀 흔들림이 없었다.

"……."

테오발트는 고개를 돌렸다.

"네가 최선을 다했다는 것을 알고 있다. 그러니 적어도 잃어버린 마법은 되찾아주마."

그는 중앙화원을 여기저기 짚어가며 무언가를 찾기 시작했다.

완전히 폐허가 되어버린지라 찾는 것이 어려웠다.

하지만 어차피 눈으로 찾는 것이 아니라 기운을 짚어가는 것이다.

테오발트는 금방 원하는 물건을 찾아냈다.

푹!

그는 마법으로 해당 지점을 팠다.

잠시 뒤 고개를 넣고 들여다봐도 깊이를 가늠하기 힘들 정도로 굉장히 깊은 구덩이가 생겼다.

"무, 무슨 짓을 하는 것이냐?"

헤문 교황이 아직 살아 있었다.

그는 테오발트를 노려보며 외쳤다.

테오발트가 불사왕이라고 밝혀진 이상 그의 경계심은 당연한 것이다.

교황의 외침을 무시하며 테오발트는 손을 뻗었다.

그러자 구덩이 안에서 진주 반지가 불쑥 튀어나왔다.

"무한의 반지 람페티. 마신기(魔神器)의 일종이오. 이런 건 신전에 없는 편이 낫겠지."

반지에서는 사이한 기운이 물씬 풍겨 나오고 있었다.

헤문 교황은 경악하여 더욱 언성을 높였다.

"어, 어째서 저런 것이 신전 내에……! 대체 무슨 짓을 꾸미고 있었던 것이냐?"

"삼백만 년을 흘려보내고 나니 삶이 너무 무료하고 따분하였소. 그래서 혹시 재미있는 일이 생길까 싶어 이곳에 반지를 묻었는데 수백 년 뒤 그 위에 신전에 들어섰더군. 그러나 워낙 깊이 묻어놓은 탓에 아무런 사건도 발생하지 않았던 것 같소.”

“아무 일도 없었다고 그냥 넘어갈 일이라고 생각하는가!”

“…….”

테오발트는 잠시 반지를 응시했다.

헤문 교황의 말이 맞다.

장난으로 넘어가기는 지나치게 위험한 행동이었다.

그는 잘못된 일이라는 것을 알면서도 길고 긴 세월을 살다가 때때로 충동을 참지 못하고 과오를 범하곤 했다.

“부정하지 않겠소. 그러나 불사왕은 전능하며 불멸이오. 나는 수십 번을 죽여도 수천 번을 부활할 것이오. 나는 신의 축복조차 흙발로 짓밟을 수 있소. 그러므로 나의 실수로 수백만의 무고한 사람들이 살해당해도 그것을 막을 수 있는 자는 존재하지 않소. 나로 인해 온 세상이 지옥으로 변한다 한들 누가 감히 나의 과오를 묻고 징벌할 수 있겠소?”

광오한 발언이었다.

헤문 교황이 크게 분노해도 할 말이 없을 지경이다.

그럼에도 교황은 잠시간을 망설였는데, 그건 테오발트가 씁쓸한 표정을 짓고 있기 때문이다.

헤문 교황은 무슨 생각을 하는 것인지 그대로 침묵을 지켰다.

테오발트는 악터스에게 반지를 던져 주었다.

“임시로 쓰거라. 라우지 토가 대신 이 반지를 통해 힘을 얻으면 될 것이다. 그것은 신물 중의 신물이다. 게다가 너라면 그 능력을 극한까지 이끌어낼 수 있을 것이다. 적어도 저 녀석과 비슷한 수준까지 올라갈 수 있을 게야.”

테오발트는 지그문트를 가리켰다.

지그문트는 라우지 토가의 마법을 맨손으로 받아낸 바도 있다.

추측컨대 중급 마족과 비슷한 수준의 힘을 가지고 있는 것으로 보였다.

악터스는 비틀린 미소를 지으며 반지를 힘껏 움켜쥐었다.

“호오, 인체개조 같은 거 안 해도 그렇게 세진단 말이지?”

그때 뷜로가 입맛을 다시며 반지에 손을 내밀었다.

악터스는 인상을 쓰며 뷜로를 발로 걷어찼다.

뷜로는 허무할 정도로 쉽게 떠밀려서 떼굴떼굴 굴러갔다.

그러더니 갑자기 배를 움켜쥐고 벌떡 일어났다.

“잘난 척하기는!! 그깟 배신 뭐 어렵다고! 나도 기회만 되면 백번이고 천 번이고 주인님을 배신할 수 있단 말이다! 그거 한 번 하고 저런 보물을 얻다니 부럽고 질투나서 배가 다 아프네! 아이고, 배 아파!”

퍽!

테오발트가 뷜로의 뒤통수를 후려갈긴 뒤 서슬 퍼런 눈으로 노려보았다.

뷜로는 에헤헤 웃었다.

“물론 배신은 아주 나쁜 짓입지요. 전 절대로 배신 안 할 겁니다. 다만 옛 성현께서도 말씀하셨듯이 남이 잘되면 배가 아

프고 질투가 나는 것이 인지상정이라 하였기에……. 켁! 페하,
살려주십쇼. 과, 과연 그렇군요. 남이 잘되면 함께 기뻐해 주
는 것이 도리였군요!"

빌로는 억지웃음을 만면에 띠고 악터스에게 축하의 말을 건
넸다.

테오발트가 혀를 차며 말했다.

"악터스, 빌로도 힘을 얻을 수 있게 반지를 넘겨주어라. 반
지의 근원과 한 차례 접촉만 하면 이후부터 그자는 아무 조건
없이 반지의 힘을 끌어내어 사용할 수 있다. 반지를 굳이 끼고
있을 필요조차 없다는 뜻이다. 지나치게 제약이 없고, 너무 쉽
게 힘을 얻을 수 있어서 위험한 물건이 바로 이 반지이다. '무
한의 반지' 라고 불리는 것도 그 때문이지."

빌로에게도 반지를 주라고 하자 악터스는 입을 꾹 다물었
다.

모양새가 어울리지 않게도 불만에 가득 찬 어린애처럼 보였
다.

그러나 항명하지 않고 즉시 반지를 내밀었다.

정작 반지를 주자 빌로는 망설였다.

"이, 일단은 이대로 있으렵니다. 주인님께서 아셨다간 궁둥
이에 불이 날 때까지 얻어터질 거 같아서……."

결국 빌로는 반지를 거부했다.

그러나 아쉬움이 큰지 구석에 쿡 처박혔다.

악터스는 조용히 미소를 지으며 반지를 손가락에 꼈다.

테오발트는 혼잣말을 하며 고개를 끄덕였다.

"역시 내가 애를 잘 키웠어."

그동안 지그문트는 한자리에 석상처럼 서서 그들의 행동을 빤히 쳐다보고 있었다.

치명상은 어느새 대부분 치료한 상태였다.

악터스 문제를 해결한 뒤, 테오발트는 지그문트를 불러들였다.

진짜 급한 일은 이쪽이었다.

"라우지 토가가 쿠르트를 노릴 것이다. 하지만 나는 스톰폴트의 동부에 있고, 쿠르트는 남단 국경선에서 움직이고 있다. 쿠르트가 있는 곳까지 가자면 최소 보름은 걸리겠지. 그동안 기다릴 시간이 없다. 지그문트, 네가 쿠르트를 보호해다오."

지그문트도 멀리 떨어져 있는 것은 매한가지인데 왜 그에게 이런 명령을 내리는 것일까?

"성검 브룬힐트는 장거리를 단번에 이동하는 특별한 능력을 가지고 있다. 하지만 원래 브룬힐트에게 그런 능력은 존재하지 않았다. 그건 너와 성검 사이의 강한 유대감으로 기인하여 새로 만들어진 특성이다. 나도 성검을 내 주위로 소환하는 것 정도는 가능하다. 하지만 내 몸을 이동시켜 성검의 곁으로 이동할 수는 없다. 무슨 뜻인지 알겠느냐?"

"주인님께서 왕의 명에 따르라 하셨습니다. 명령을 내려주십시오."

주인님이라는 단어에 테오발트는 살짝 인상을 썼다.

그는 한숨을 토하고 다시 이야기를 이었다.

"성검의 힘을 빌려 쿠르트가 머무르고 있는 장소까지 단숨에 날아가라. 쿠르트의 곁에 신궁 가르시아와 성검 카칸이 함께 있을 것이니, 그 기적을 찾으면 될 것이다. 할 수 있겠느냐?"

"명령에 따르겠습니다."

지그문트가 고개를 끄덕였다.

테오발트는 한참 그를 쳐다보고 있다가 똑같은 질문을 또 했다.

"정말 할 수 있겠느냐?"

성검과 주인 쌍방간에만 이동이 가능한지, 다른 장소로도 이동이 가능한지, 솔직히 그도 잘 몰랐다.

뷜로가 끼어들었다.

"왜 다른 장소로 이동이 가능할 거라고 생각하셨습니까?"

"브룬힐트는 이동형 마법과 비슷한 원리로 대상을 이동시키고 있을 것이다. 이 가정이 들어맞는다면 다른 장소로의 이동도 충분히 가능하다."

"어떻게 성검의 기동원리와 마법의 기동원리가 비슷할 수가 있습니까요?"

"……"

테오발트는 인상을 썼다.

기억이 잠깐 돌아왔다가 다시 사라졌다.

근래 들어서는 꿈을 통하지 않고서도 과거의 일부를 기억해 내곤 했다.

지그문트는 성검을 쥔 채 정신을 집중했다.

검신 가운데에 새겨진 문자가 미미하게 빛을 발했다.

그렇게 몇 초 정도 지났다.

어느새 지그문트의 모습이 감쪽같이 사라졌다.

성검 브룬힐트가 흘리고 간 냉기만 미미하게 남아 있을 뿐이다.

일단 지그문트를 쿠르트의 곁으로 보내는 일은 성공한 것으로 보였다.

그때 악터스가 입을 열었다.

"지그문트 폰 베르그이젤은 사실상 최강의 마법사이고 성검을 사용할 수 있다는 이점까지 갖추고 있으나, 이미 증명되었다시피 라우지 토가님의 적수가 되지는 못합니다. 시간을 끌 요량으로 그를 보내셨습니까? 하지만 라우지 토가님은 마음만 먹는다면 그를 순식간에 먼지로 만들어 버릴 수도 있을 것입니다. 그는 시간 끌기 용도로도 적합하지 않습니다. 왕께서 그 사실을 몰랐다고 생각되지 않습니다. 어째서 그를 쿠르트님의 곁으로 보내셨습니까?"

악터스는 쿠르트에게 존칭을 쓰고 있었다.

왕과 직간접적으로 연관이 있다는 것이 명백해진 지금 감히 하대를 할 수는 없는 일이다.

"사해의 일곱 제후 중 하나인 라우지 토가조차 지그문트의 주인이 누구인지 짐작하지 못했다. 그도 모르는 강력한 마족이 지그문트의 뒤에 버티고 서 있다는 뜻이다. 그것이 누구일 것 같으냐?"

테오발트의 질문에 악터스는 눈을 크게 떴다.

일곱 제후국과 완전히 동떨어져 별개의 생활을 영위하는 대마족이 셋 존재한다.

아니, 그중의 하나인 호운이 자살을 했으니 둘만 남았다.

"만년장로……!"

작은 단서로부터 순식간에 결론이 도출되었다.

지그문트는 자신의 주인을 사랑하고 있다고 말했다.

'그녀'가 때가 되면 모습을 드러낼 것이라 언급했다.

죽어버린 호운까지 포함해도 만년장로 중 한 사람만이 여성이었다.

"마족 서열 1위. 온 세상을 불구덩이 속으로 집어넣었던 적염(赤炎)의 마녀 적무연!"

"지그문트는 라우지 토가의 적수가 될 수 없다. 필시 위기에 처하게 되리라. 때가 되었을 때, 마녀가 자신의 마법사를 회수하기 위하여 나타날 것이다."

그것으로 시간 벌기가 가능하면 좋겠지만.

쾅쾅!

바깥에서 문을 두드리는 소리에 테오발트는 고개를 돌렸다.

이 공간은 라우지 토가의 힘으로 격리되어 있었다.

그렇지 않다면 이 난리가 났는데도 지금까지 아무도 찾아오지 않을 리가 없다.

시간이 지나자 다시 공간이 정상화되고 있는 모양이다.

"우리도 서둘러 이동해야겠구나."

사제들과 성기사들이 살해당했으니 신전이 발칵 뒤집어질 것이다.

오래 머물렀다간 발목이 잡힌다.

테오발트와 일행이 모두 떠난 뒤, 헤문 교황만 폐허가 된 화원에 남았다.

Chapter 06
적염의 마녀

THE KING OF IMMORTALITY

성채가 서 있던 자리에 무성한 숲이 들어섰다.

병사들이 나무 사이사이에 간이 막사를 세웠고, 레논은 막사를 둘러보며 인원을 파악했다.

생존자는 생각보다 많았다.

마족들이 만든 마력 덩어리가 온 세상을 멸망시킬 기세로 폭주했으나, 어찌 된 일인지 갑자기 우그러들며 소멸해 버린 덕분이다.

둠 왕국 측의 공격도 다행히 없었다.

하긴, 갑자기 하늘이 어두워지고 거대한 숲이 생기는 등 온갖 기이한 일이 발생했는데 그런 곳에 접근하고 싶지 않을 것이다.

레논은 한숨을 토하며 어느 막사 앞에 멈추어 섰다.

"그의 상태는 어떤가?"

어느새 엔하가 다가와서 물었다.

레논은 안을 가리켰다.

"같이 들어가시죠."

"…좋다."

막사 안에는 쿠르트가 죽은 듯이 잠들어 있었다.

레논은 다시 한숨을 쉬었다.

그때는 정말로 그가 죽어버리는 줄로만 알았다.

엔하가 나름대로 레논을 위로했다.

"걱정 마라. 이 수상쩍은 녀석의 정체를 밝혀낼 때까지는 내가 절대로 죽지 못하게 만들 것이다."

"그렇군요. 저도 이번에야말로 진지하게 대화를 나눠볼 생각입니다."

레논은 엔하를 향해 부드럽게 웃었다.

두 사람의 시선이 마주쳤다.

아름다운 두 남녀가 그윽한 눈빛으로 서로를 마주 보니 자연스럽게 묘한 분위기가 만들어졌다.

순간 엔하는 얼굴을 확 붉히며 레논을 냅다 발로 차버렸다.

불의의 기습이란 언제나 위험한 법이다.

소드 마스터 레논이 천막 귀퉁이까지 날아가서 푹 처박혔다.

"크윽? 엔하님, 대체 왜……."

"다, 닥쳐라. 이 음흉한 놈!"

이번만큼은 레논도 무척 억울했다.

그냥 쳐다보기만 했는데 음흉하다니?

그는 억울한 김에 투정을 부려보았다.

"엔하님께서 평소 음흉한 생각만 하시니 의미없는 행동도 전부 음흉하게 보이는 것이 아닙니까."

"뭐라고!!"

엔하는 두 눈에 불똥을 튀기며 번개처럼 달려가 레논의 멱살을 붙잡았다.

그리고 믿기지 않는 괴력으로 레논을 번쩍 집어 들더니 커다랗게 소리 질렀다.

"나, 나는 음흉한 생각을 한 적이 없어!!"

"엔하님! 아, 알았으니 이것 좀 놓아주십시오……!"

가녀린 여성에게 멱살을 잡힌 채 번쩍 들렸으니 그 꼴이 얼마나 우습겠는가.

그러나 흥분한 엔하는 레논을 놓아줄 생각이 전혀 없는 듯했다.

여성을 함부로 칠 수도 없는 일이고, 레논은 식은땀만 삘삘 흘리며 버둥거렸다.

"환자 앞에서 연애질이나 하다니 이런 썩을 것들을 봤나."

문득 엔하가 움직임을 멈추었다.

레논은 체면 불구하고 멱살을 잡힌 꼴로 고개를 돌렸다.

쿠르트가 침상에 누운 채 피곤한 얼굴로 두 사람을 쳐다보고 있었다.

“테오발트!”

엔하가 손을 놓아주었고 레논은 그 길로 곧장 침상으로 달려갔다.

“내 이름은 테오발트가 아니라 쿠르트다.”

쿠르트는 바로 정정해 주었다.

그리고 잠시 동안 멍하니 천장을 쳐다보았다.

“…이번에야말로 죽는 줄 알았는데 아직도 살아 있군.”

“그래, 진짜 운이 좋았어.”

“글쎄다. 과연 운일까?”

쿠르트는 혼자 중얼거리며 몸을 일으키려 했다.

그러나 바보처럼 몸을 버둥거리기만 하고 다시 침대에 쓰러지고 말았다.

팔이 하나밖에 없다는 것을 미처 인식하지 못하고 움직인 탓이다.

뒤늦게 왼손으로 모포를 걷어보니 오른쪽 팔뚝이 완전히 잘려 나가고 빈 소매만 남아 있었다.

“…….”

레논과 엔하 모두 침묵했다.

쿠르트는 제 팔을 잠깐 쳐다본 뒤 왼팔로만 힘을 주어 몸을 일으켰다.

“잠깐, 아직 일어나면 안 돼.”

“움직일 만하구나.”

쿠르트는 대수롭지 않게 말하고 막사 밖으로 걸어나왔다.

성이 숲으로 변해 버렸기 때문에 나무뿌리가 튀어나와 길이 울퉁불퉁했다.

레논이 쿠르트를 부축하기 위해 팔을 내밀었다.

그런데 말을 꺼내기도 전에 쿠르트가 먼저 훌쩍 뿌리를 뛰어넘었다.

당황한 얼굴로 레논이 물었다.

"괘, 괜찮은 거야?"

"당연하지 않은가. 팔이 없어도 걷는 데는 아무런 문제가 없다."

그럴 리가 없다.

팔은 균형을 잡는 데 상당한 역할을 맡는다.

익숙해진다면 괜찮겠지만 갑자기 한쪽 팔이 없어지면 당연히 달리거나 뛰는 데 다소 불편이 따를 것이다.

"이놈이 내 균형감각을 완전히 무시하는군."

하지만 쿠르트는 코웃음만 쳤다.

그 반응에 왜인지 레논이 발끈했다.

"그렇게 여유 부려도 되는 거냐? 오른팔을 잃었으니 검을 쓸 수도 없을 텐데?"

"쓸 수 있다. 나는 양손잡이니까."

"양손잡이라고 끝날 일이냐! 팔이 하나밖에 없으니 힘을 제대로 실을 수가 없어!"

"너는 못하겠지. 그러나 나는 할 수 있다."

레논은 입을 뻐끔거리다 다시 말했다.

"검은 휘두를 수 있을지 몰라도, 이제 혼자서는 옷도 제대로 입지 못할 거다. 손이 하나밖에 없는데 바지를 입을 수 있을 것 같아?"

쿠르트가 걸음을 멈추고 그를 쳐다봤다.

레논은 노성이 떨어질 것을 각오하고 어금니를 지그시 물었다.

"옷은 하인이 입혀주는 것이다. 왜 내 손으로 옷을 입어야 한단 말이냐?"

"……"

레논이 넋을 놓은 사이 쿠르트는 나무뿌리를 유유히 건너 혼자서 저만치나 앞서 갔다.

엔하가 레논의 어깨에 손을 얹었다.

그제야 정신을 차린 레논은 엔하를 남겨놓고 얼른 쿠르트를 쫓아갔다.

몸도 불편한 녀석이 어찌나 빠른지 전력으로 달려서 겨우 거리를 좁힐 수 있었다.

뒤를 따라잡은 레논은 쿠르트의 등에 대고 외쳤다.

"이봐! 계속 이렇게 재수없게 굴 거냐?"

"본디 잘나신 몸들은 범인들의 질시를 받는 법."

쿠르트는 싱긋 웃으며 고개를 돌렸다.

반면 레논의 얼굴이 더욱 일그러졌다.

"날 위해서 아무렇지도 않은 척하지 마라. 팔 하나가 완전히 날아갔는데 아무렇지도 않을 리가 없잖아. 나를 도와주려다

그리되었으니 내게 화풀이라도 해!! 계속 짜증만 부리면 좀 실망스럽겠지만, 서너 달 정도라면 참아줄 테니까!"

"그걸 사과라고 하는 게냐?"

"미안하다!! 내가……!"

레논은 큰 소리로 사과를 한 뒤 말문이 콱 막히는 것을 느끼고 가슴을 손으로 움켜쥐었다.

숨통까지 같이 막혀 버린 것 같았다.

죄책감이라는 것이 이렇게 무겁고 고통스러운 것인지 처음 알았다.

평생 아쉬운 소리 한 번 안 하고 살았던 그가 진짜 죄책감이 뭔지 어찌 알았겠는가.

그 모습을 보고 쿠르트는 고개를 절레절레 저었다.

"보기 안타깝구나. 그래서 외팔이가 된 내가 수고롭게 너를 위로까지 해줘야 하는 게냐?"

레논은 못마땅하게 그를 바라보았다.

"끝까지 약한 소리 안 하겠다 이거지?"

지독한 녀석이라고 중얼거리며 그는 가슴에 얹고 있던 손을 털어냈다.

정 그걸 원한다면 바람대로 해줘야지 어쩌겠는가.

"흠! 너무 쉽게 죄책감을 털어내는군. 솔직히 말해봐라. 실은 별로 미안하지도 않았던 게지?"

"어, 어쩌라는 거야!!"

"금방 달아오르기는. 젊어서 좋군."

쿠르트는 끌끌 웃었다.

놀림을 당한 레논은 약간 붉어진 얼굴로 쿠르트의 곁으로 걸어왔다.

"네가 보통이 아닌 줄은 알고 있었지만 이 정도인 줄은 몰랐다. 팔을 잃었는데 정말로 아무렇지도 않은 거냐? 혹시 이게 연기라면 테오발트 너는 천생 배우감이야."

"…나는 테오발트가 아니라 쿠르트다."

쿠르트가 미간을 살짝 찡그리며 한 번 더 정정했다.

레논은 그때가 되어서야 제 실수를 깨달았다.

무의식중에 그를 자꾸 테오발트와 동일시한 것이다.

"아, 넌 테오발트의 하인, 아니아니, 쌍둥이 동생이었지."

"바로 그거다."

"……."

레논은 눈을 가늘게 뜨고 쿠르트를 의심스럽게 쳐다봤다.

"그런데 정말 기이하군. 그 늙은이 같은 말투는 테오발트의 특기다. 쌍둥이라서 얼굴이 닮을 수는 있지만, 말투나 성격까지 그렇게 비슷할 수 있는 건가?"

"테오발트님의 행동거지가 재밌게 보여서 따라 하는 중이다. 그러니 말투나 성격이 매우 비슷할 것이다."

"따라 하는 중이라고?"

"그렇다. 이거 재미있지 않느냐?"

쿠르트는 웃는 낯으로 뻔뻔스럽게 물었다.

레논은 반박할 말을 잃고 말았다.

솔직히 말해서, 그동안 재미있다고 생각했었다.

"능구렁이같이 둘러대는 거 하곤. 게다가 네가 정말 쿠르트라면 우리가 제대로 대화하는 것은 오늘이 처음인데 보자마자 말 놓는 것 좀 봐라. 그런 성격으로 잘도 하인 신분으로 위장해서 허드렛일까지 했어."

"허드렛일이야 어렵지 않다만 본성을 숨기가 좀 어렵더군. 그래서 아예 입을 닫고 살았지."

"확실히 범상한 성격은 아닌 것 같아."

레논은 피식 웃었다.

그러나 장난을 치던 것도 잠시, 그는 갑자기 정색을 했다.

"항상 이런 식으로 웃어넘겼지만 오늘만큼은 그냥 넘어가지 않겠다. 네 주장대로 너는 테오발트의 쌍둥이 동생일 뿐이라고 해두자. 더 이상 너에 대해서는 묻지 않겠어. 나는 테오발트에 대한 질문만 할 테니까 너도 테오발트에 대한 것만 대답해라. 자, 그럼 묻겠는데 그 녀석의 정체가 뭐지?"

"그 대화엔 나도 참가하고 싶군."

엔하가 수풀 사이로 걸어나오며 말했다.

그녀의 등장에 레논이 약간 곤란한 표정을 지었다.

"엔하님, 저희들끼리 할 이야기가 있습니다."

"따돌릴 생각일랑 말거라. 이미 말한 바 있지만 나도 테오발트의 정체가 무척 궁금하다."

"……"

잠시 생각에 잠겨 있던 레논은 더 이상 그녀를 말리지 않기로 했다.

엔하도 승낙으로 이해하고 쿠르트에게 질문을 던졌다.

"어제 일로 모든 것이 명확해졌다. 마족들의 최우선 목표는 대륙을 침공하는 것이 아니었어. 수십의 마족들이 모두 테오발트를 노리고 있었던 것이다. 대체 그에게 무슨 비밀이 숨겨져 있기에?"

"……."

쿠르트는 그답지 않게 입을 꾹 다물었다.

말하기 싫다는 뜻을 유치하게, 하지만 가장 확실한 방법으로 표현했다.

엔하는 난감한 표정을 지었다.

이렇게 나오면 비밀을 알아낼 방도가 없다.

그때 레논이 먼저 말을 꺼냈다.

"호운이라는 이름을 가진 마족이 내게 이런 질문을 한 적이 있다. 혹시 내가 죽어버리면 테오발트가 어떻게 행동할 것 같으냐고. 죽은 채로 내버려 둘 것인가, 그렇지 않으면 죽어버린 나를 되살릴 것인가……. 사실 그는 중간에 말을 끊고 그냥 자리를 떠나 버렸지만, 어쩐지 알 것 같더군."

"그놈이 쓸데없는 소릴 했군."

평생 입을 다물 것처럼 굴던 쿠르트가 갑자기 말했다.

레논은 이야기를 계속했다.

"그리고 나는 한 가지 사실을 더 알고 있다. 마족은 죽어버린 인간을 되살릴 수 있다는 것."

이야기가 예상 밖으로 흘러가자 엔하는 눈을 크게 떴다.

"테오발트가 마족이란 말인가?"

하지만 그럴 리가 없다.

테오발트는 성검을 다룰 줄 알았고, 찬트를 부르기도 했다.

마족이라면 절대 그럴 수 없다.

엔하의 반박에도 불구하고 레논은 의혹을 철회하지 않았다.

"테오발트는 마족과 똑같은 부활의 힘을 가졌다. 마족들은 테오발트를 노리면서도 한편으로 막연히 그를 존중하고 있다. 단서가 그리 많지는 않지만 확신이 왔지. 아마 테오발트의 정체는……."

"불사왕. 영원의 세월을 걷는 자. 지상의 모든 사악한 것들의 창조주이며 지배자."

쿠르트가 레논의 말을 대신했다.

엔하가 참다못해 다시 끼어들었다.

"두 사람 다 무슨 소리를 하는 건가. 불사왕은 마왕의 또 다른 이름이다!"

무슨 말이든 해주길 바랐건만 레논도 쿠르트도 입을 다물고 있었다.

엔하는 도대체 어떻게 행동해야 할지 판단이 서지 않았다.

침묵이 내려앉았다.

먼저 침묵을 깬 것은 쿠르트였다.

"호운을 만난 뒤부터 수상한 소릴 하더라니 역시 짐작하고 있었군. 계속 입을 다물고 있어주었으면 좋았을 텐데, 갑자기 그걸 입 밖으로 꺼냈다는 것은 더 이상 테오발트님을 믿을 수 없다는 뜻인가?"

"단언하건대 테오발트는 믿을 수 있는 놈이다!! 네가 불사왕이든 마왕이든 내 판단은 변하지 않아. 그런 것에 연연하고 있었다면 불사왕의 팔뚝이 잘린 것에 쌍수를 들고 기뻐해야지 죄책감 따위 느낄 리가 없잖아!"

"그러니까 나는 테오발트님이 아니라 쿠르트라니까."

"그런 건 아무래도 상관없어."

"아주 막무가내로군."

쿠르트는 웃음을 지었다.

"그래도 기분이 나쁘진 않구나."

레논은 멋쩍은 얼굴로 굳이 이 화제를 들춘 이유를 밝혔다.

"단지 사태가 여기까지 왔으니 확실히 알아둬야겠다고 생각했을 뿐이다."

엔하는 여전히 갈피를 잡지 못하고 있었다.

테오발트가 불사왕이라니, 도저히 납득이 가지 않았다.

차라리 신이 보낸 전인이라 했으면 덥석 믿었을 터였다.

"나온 김에 산책이나 하지."

쿠르트의 권유로 세 사람은 숲을 돌아보았다.

"생존자가 상당히 많아."

레논의 말을 듣고 쿠르트는 애매한 표정을 지었다.

성에 주둔 중이던 병사의 8할이 사망했기 때문이다.

생존자가 많다는 것은 어디까지나 수십의 마족들을 감안한 말이다.

병사들도 자신이 살아남은 것을 기적이라 여겼다.

쿠르트와 레논, 엔하가 나타나자 병영이 크게 술렁거렸다.

"오오! 영웅들이다!"

낯간지러운 찬사가 터져 나왔으나 세 사람 모두 의연하게 대처했다.

엔하는 신마전쟁의 영웅으로 이런 일에 익숙하고, 레논도 최연소 소드 마스터로 주목받는 일에 익숙했으며, 쿠르트는 원래 얼굴 가죽이 두꺼웠다.

그때 다 부서진 갑옷을 입은 기사가 무례를 무릅쓰고 레논에게 말을 걸었다.

"레, 레논 경! 경황 중에 성검을 얻으셨다는 말을 들었는데 그게 정말입니까?"

"아……."

레논은 반사적으로 허리에 차고 있는 검에 눈길을 주었다.

기사는 탄성을 터뜨렸다.

"그것이 바로 바람의 성검 카칸이로군요!!"

레논이 용맹하게 성검을 휘두르자 엄청난 바람이 몰려왔고, 이를 본 마족들이 크게 동요하여 뿔뿔이 흩어져 버렸다.

약간의 과장과 진실이 섞인 이야기가 사람들 사이에 오가던 중이었다.

엔하가 문득 레논에게 물었다.

“당시의 네가 보여준 힘은 정말 놀라운 것이었다. 오히려 질문이 너무 늦은 감이 있군. 어떻게 그렇게 강할 수가 있지?”

“모르겠습니다. 어디서 갑자기 그런 힘이 솟았는지.”

레논은 고개를 저었다.

정말로 이유를 모르기 때문이다.

그는 옛날부터 감이 좋았다.

막연하게 어떤 직감을 받으면, 그 일은 가까운 미래에 현실로 이루어졌다.

이번에도 직감에 따라 행동하여 성검까지 손에 넣었고, 강력한 바람을 불러내기도 했다.

하지만 그는 아직 수양이 부족하므로 이렇게 강력한 능력을 가질 자격이 없었다.

직감에 지나치게 의존한 결과, 가져서는 안 될 힘을 가지게 된 것이다.

레논은 여전히 영문을 모르면서도 이것이 길한 징조가 아니라는 생각이 들었다.

그가 고민하는 것을 지켜보던 쿠르트가 갑자기 화제 전환에 나섰다.

“그런 시시한 일보다도…….”

“내겐 중요한 문제거든. 고민하는 중이니까 방해하지 말아다오.”

레논이 반항했다.

“잠시 후 엄청나게 강한 마족 한 놈이 다시 쳐들어올 것이

다. 슬슬 마음의 준비를 하는 게 좋을 거란 말을 하고 싶었는
데, 방해라면 어쩔 수 없군.”

쿠르트가 고개를 끄덕이고 등을 돌렸다.

레논이 즉시 그의 어깨를 붙잡았다.

사소한 고뇌 따윈 저 멀리 날아간 지 오래다.

그는 자신이 잘못 들은 것이길 바라고 되물었다.

“잠깐! 마족이 다시 쳐들어올 거라고? 그것도 엄청나게 강
해?”

“강하지. 어제 쳐들어왔던 마족들이 떼로 덤벼도 이기지 못
할 정도로. 서열 9위의 최고위 마족이 얼마 안 있어 이곳에 직
접 행차할 것이다.”

주위가 크게 술렁거렸다.

너무 쉽게 말을 하는 바람에 사람들은 도무지 진담인지 농
담인지 구분할 수가 없었다.

엔하가 다시 한 번 물었다.

“지금 진심인가?”

“물론이지. 테오발트님께서 주의하라고 연락을 주셨다.”

“뭐라고? 그런데 왜 이렇게 태평해!! 지금이라도 당장 사람
들을 피신시켜야지!!”

엔하는 정말로 당황했다.

운이 겹쳐서 어찌 마족을 쫓아냈으나, 아무리 생각해도 두
번은 도저히 승산이 없었다.

포기하겠다는 말은 아니다.

그러나 적어도 여기서 무방비로 적을 맞닥뜨릴 수는 없었다. 그때 쿠르트가 말했다.

"한 걸음에 천 리를 갈 수 있다면, 지금이라도 도망칠 수 있을 것이다."

"……."

엔하는 더 이상 이의를 제기할 수가 없었다.

사람들 사이에 침묵이 내려앉았다.

거리가 멀어 대화를 제대로 듣지 못한 이들도 싸늘한 공기를 통해 불길함을 읽었다.

쿠르트는 경직된 사람들을 달랬다.

"너무 걱정하지 말라. 테오발트님께서 보낸 지원군이 도착하면 어떻게든 한시름 놓을 수 있을 것이다."

"지원군?"

마족을 상대로 누가 지원을 할 수 있단 말인가?

지잉.

그때 신궁 가르시아와 성검 카칸이 동시에 몸을 떨었다.

쿠르트가 그 모습을 보고 성문을 향해 고개를 돌렸다.

물론 성문은 부서진 지 오래고, 그쪽 방향을 쳐다보았다는 뜻이다.

"때마침 도착한 모양이군."

다른 이들도 함께 시선을 돌렸다.

그러나 비슷한 형태의 나무가 무수히 서 있을 뿐이었다.

그렇게 눈만 끔뻑이고 10초 정도 기다렸을까.

아무 징조도 없이 그 장소에 불쑥 사람이 나타났다.

새파랗게 젊은데도 머리가 하얗게 세어버린 사내였다.

그는 묵묵히 걸어 일행의 앞에 당도했다.

너무 해괴하고 갑작스러운 일이라 반응이 한 박자 늦었다.

엔하가 뒤늦게나마 눈을 휘둥그레 뜨고 외쳤다.

"지그문트? 어떻게 이런 일이……!"

"성검의 도움을 받았습니다."

지그문트는 흐트러짐없이 대답했다.

레논도 놀라긴 마찬가지였으나 일단 쿠르트에게 물었다.

"혹시 네가 말한 지원군이 지그문트님인가?"

"시간 끌기 정도는 될 것이다."

솔직히 레논은 이해할 수 없었다.

엔하도 속수무책인 상태인데, 지그문트가 무엇을 할 수 있단 말인가.

"네가 괜한 소리를 하진 않겠지."

레논은 더 이상 의심하지 않기로 했다.

*　　　*　　　*

지그문트는 햇볕이 내리쬐는 길 한가운데 우두커니 서 있었다.

벌써 몇 시간째 눈을 깜빡거리는 일조차 거의 없었다.

성검 브룬힐트는 언제부터인지 땅바닥을 뒹굴고 있었다.

뭔가 해괴한 모습이었다.

그래도 병사들은 지그문트가 보초를 서주고 있는 거라고 좋게 생각하고 지나갈 때마다 감사를 표했다.

성검을 막 다루는 저의는 여전히 불명이지만.

나무 그늘 아래서 쉬고 있던 레논이 눈살을 찌푸렸다.

"저분은 여전하군. 도대체 뭘 생각하고 있는지 아무리 봐도 모르겠어."

"……."

레논은 옆자리에 앉아 있는 쿠르트에게 물었다.

"너는 알겠냐? 지그문트님이 무슨 생각을 하고 있는지."

"나도 전혀 모르겠구나."

"그건 놀랍군. 네 눈까지 속일 수 있다니."

"날 속일 수 있다는 것이 그리 놀라운 일인가?"

"물론이지. 어찌나 눈치가 빠른지 한번 쳐다보는 것만으로도 속옷 색깔까지 읽어낼 것 같은 녀석이……."

레논은 문득 상대가 테오발트가 아니라는 것을 깨닫고 입을 다물었다.

쿠르트는 어깨를 들썩인 뒤, 잠시 지그문트에 대해 생각해 보았다.

테오발트가 지그문트에 대해 잘 모르듯이 쿠르트도 지그문트에 대해 잘 몰랐다.

그러나 막연한 짐작에, 지그문트는 그를 속일 수 있을 만큼 심계가 뛰어나진 않을 것 같았다.

파스스.

나뭇잎 사이로 시원한 바람이 불어왔다.

다들 상쾌함을 느꼈으나 오직 지그문트만은 가면을 덮어놓은 것처럼 표정이 없었다.

레논이 참지 못하고 다시 입을 열었다.

"이런 말을 하면 정말로 큰 무례겠지만… 보면 볼수록 기분 나쁜 인간이야."

파삭!

갑자기 나무가 크게 흔들리며 위쪽에서 날씬한 인영이 훌쩍 뛰어내렸다.

엔하가 날카로운 눈빛으로 레논을 노려보았다.

레논은 자리에서 일어나 정중하게 사죄했다.

"죄송합니다. 지그문트님이 제 연적이기에 옹졸하게도 질투를 했나 봅니다."

"누가 연적이냐!"

엔하는 버럭 언성을 높였다.

그러나 정작 질투에 대해서는 질책하지 않았다.

레논이 비록 엉큼한 구석은 있어도, 결코 옹졸한 인간은 아니라는 걸 알고 있었다.

오히려 공사 구분이 확실하고 뒤끝이라는 것이 없는 성격이다.

그가 질투 때문에 누굴 험담한다는 일은 상상할 수 없다.

엔하는 입술을 살짝 깨물며 지그문트에게 시선을 던졌다.

150년 만에 다시 만난 지그문트는 너무나 많이 바뀌어 있었
다.

"지그문트는 이유없는 행동을 하지 않는다. 그에게 무슨 생
각이 있을 것이다."

"그럴 거라 믿겠습니다. 지그문트님은 신마전쟁의 영웅입
니다. 엔하님을 보면 세 영웅이 얼마나 뛰어난 분들인지 알 수
있습니다."

엔하는 힐끗 레논을 쳐다봤다.

칭찬하는 말이 귓가에 어른거렸고 얼굴이 저절로 붉어졌다.

수백 명의 병사가 찬사를 보내도 꿈쩍도 않는데 왜 레논이
하는 말에는 반응하는가?

그녀로선 도저히 이 간지러운 느낌을 참을 수가 없었다.

엔하는 주먹을 불끈 쥐고 레논을 향해 휘둘렀다.

탁!

그러나 이미 엔하의 행동 패턴을 파악한 레논은 능숙하게
공격을 차단했다.

그는 웃음이 터져 나오는 걸 간신히 막으며 말했다.

"엔하님은 정말로 수줍음이 많으시군요."

"다, 닥쳐!! 나는 수줍음 따위 모른다!!"

엔하는 새빨갛게 얼굴을 붉히고 크게 소리 질렀다.

그러더니 엄청난 속도로 주먹을 날리기 시작했다.

그녀는 왕족으로 태어났으나 평생 전장에서 살았고, 근골부
터 뛰어난 전사였다.

한 방 맞으면 못해도 뼈에 금이 가고 말 것이다.

레논은 웃음기를 거두고 신중히 주먹을 막았다.

팍! 팍! 팍! 팍!

난데없이 긴장감 넘치는 박투가 시작됐다.

식은땀을 흘리며 주먹을 막던 레논이 외쳤다.

"엔하님! 수줍음이 많은 것은 나쁜 일이 아닙니다!"

"그 입 닥치라!!"

"엔하님처럼 귀여운 여성이 수줍음 좀 타면 어떻습니까?"

"시, 시끄럽다니까!"

진지한 얼굴이지만 은근슬쩍 엔하를 약 올리고 있는 것이 분명하다.

쿠르트는 느긋하게 미소를 띠며 두 사람이 티격태격하는 것을 구경했다.

라우지 토가의 습격이 임박한 지금 사랑싸움이나 하고 있을 때가 아닌 것 같지만 뭐 어떤가.

"좋을 때구나."

그는 고개를 주억거리다가 문득 지그문트가 움직이는 것을 보았다.

지그문트가 어쩐 일인지 고개를 돌려 엔하와 레논을 빤히 쳐다보고 있었다.

아직 두 사람은 지그문트의 시선을 눈치채지 못했다.

"관심있느냐?"

지그문트가 움직인 건 그로서도 꽤 의외였다.

쿠르트가 손가락으로 둘을 가리키며 물었다.

그러자 지그문트가 고개를 끄덕였다.

"예."

"그래?"

왜 때 아닌 사랑싸움에 관심이 있을까.

질문을 하려는 순간 지그문트는 갑자기 달려와 그를 보호하듯 앞을 가로막았다.

지그문트는 하늘 위를 노려보며 불길을 일으켰다.

콰르르!

지그문트가 전투 태세에 들어가자 다른 사람들도 흠칫 놀라 그의 시선을 따라 하늘을 쳐다보았다.

레논과 엔하도 싸움을 멈추고 고개를 들었다.

"한가해 보이는군."

라우지 토가는 인간들을 굽어보며 입꼬리를 비틀어 웃었다.

갑자기 레논은 양팔을 껴안고 움츠렸다.

발끝에서부터 소름이 돋기 시작해서 머리털이 삐죽 곤두섰다.

쿵! 쿠쿵! 쿵!

제멋대로 날뛰는 심장을 진정시킬 수가 없었다.

어찌 이럴 수가 있는가!

단지 피식 웃었을 뿐인데 이 끔찍한 존재감은 뭐란 말인가.

"크흑!"

모든 병사들이 사지를 벌벌 떨면서 하나둘씩 무릎을 꿇기 시작했다.

도저히 두 다리로 서 있을 수가 없었다.

라우지 토가가 아낌없이 자신의 기세를 펼치자 무력한 인간들은 감히 그를 쳐다보는 것조차 불가능하게 되었다.

"가련한 버러지들은 들어라. 나는 마도남왕 라우지 토가다."

그는 오만하게 자신의 신분을 밝혔다.

악마들이 사는 세상이 어찌 돌아가고 있는지 몰라도 자신을 '왕' 이라 밝혔다.

성채를 장난감처럼 부수던 마족들이 모두 피라미이고, 눈앞의 마족은 그들보다 한 차원 높고 훨씬 강력한 마족이란 뜻이다.

도대체 그건 얼마나 엄청나다는 뜻인가?

그들의 머리로는 도저히 이해가 가지 않았다.

대신 몸이 먼저 이해를 하고 스스로 경련을 일으켰다.

라우지 토가는 벌레처럼 움츠러든 인간들을 만족스럽게 둘러보며 용건을 밝혔다.

"내가 원하는 것은 쿠르트라는 이름을 가진 인간 하나뿐이다. 놈이 저항하지 않고 얌전히 붙잡힌다면 이 자리에 있는 모든 인간들의 머리를 으깨주겠다."

단서를 달았다면 좋은 조건이 따라와야 하는데 이건 그렇지가 않다.

사람들이 이해를 못하고 있자 라우지 토가가 친절하게 부연 설명을 했다.

"산 채로 소금통에 쑤셔 넣어 천천히 말려 죽이려 했는데 내 큰마음 먹고 그 계획을 접겠단 말이다. 내 제안이 마음에 들지 않는다면 죽을힘을 다해 저항을 해도 좋아."

어차피 전혀 통하지 않을 테니까!

"끄하하하하하하하!!!"

라우지 토가는 미친놈처럼 배를 잡고 폭소했다.

아무도 웃지 않았고, 오직 그 혼자만 웃어 젖혔다.

쿠르트가 보다 못해 나섰다.

"적당히 해라. 내 너를 그런 꼴사나운 놈으로 키우지 않았다."

"꼴사나운 놈이라 너무 미안하잖아!!"

라우지 토가가 여전히 웃음기가 담긴 목소리로 소리쳤다.

딱히 공격하려고 했던 건 아니다.

그냥 조금 흥분해서 큰소리를 냈던 것인데 라우지 토가의 막대한 기세를 이기지 못해 공기가 연쇄적으로 폭발하기 시작했다.

어느 누구도 이 재앙을 막을 수 없었다.

할 수 있는 일이라곤 눈을 크게 뜨고 몸을 경직시키는 정도?

그때 쿠르트를 뒤로 밀어내며 지그문트가 튀어나갔다.

그는 전력을 다해 거대한 불의 장막을 펼쳤다.

콰쾅! 퍼퍼퍼펑!!

공기가 압축되었다가 폭발하며 수천 번 이상 장막을 두들졌다.

눈을 몇 번 깜빡거리던 순간에 일어난 일이었다.

폭발이 끝나자 장막도 힘을 다해 천천히 스러졌다.

시야가 다시 넓어지자 라우지 토가는 눈에 이채를 띠고 지그문트를 자세히 훑어보았다.

틀림없이 테오발트의 곁에 있던 그 마법사였다.

아무리 서둘러도 2주는 걸릴 거리에 있던 놈이 하루 만에 당도한 것이다.

“세상에서 가장 발이 빠른 버러지가 탄생했군. 어느 틈에 여기까지 날아온 거야?”

그는 크게 감탄했다.

그래도 어디까지나 버러지였다.

“덤비려고? 이놈이 왜 이리 주제를 몰라.”

“주인님께서 왕의 명을 따르라고 하셨다.”

지그문트는 테오발트의 명에 따라 마법검 한 자루만 꼬나들고 라우지 토가에게 덤벼들었다.

그는 바닥을 박차고 높이 솟구쳐서 투창처럼 검을 집어 던졌다.

마법검은 초고온의 불길을 봉인하고 있었다.

이 힘이 해방되는 순간 형체가 있는 것은 불에 녹는 것이 아니라 단숨에 증발해 사라질 것이다.

일부 병사들은 마법검을 보자마자 눈이 타 들어가는 착각마저 느끼며 고개를 숙였다.

라우지 토가는 고개를 삐딱하게 기울이고 아래를 내려다보았다.

그리고 발을 들어 허공을 굴렀다.

예전과 달리 라우지 토가의 공격에선 소리가 나지 않았다.

아무 소리 없이, 지그문트가 있는 한 팔 길이의 공간이 눌리고 짜부라졌다.

"……!!"

마법검 따윈 예전에 뭉개져 버렸다.

지그문트는 머리부터 짓눌러 오는 어마어마한 압박감을 느꼈다.

두 눈과 코, 귀에서 피가 왈칵 터져 나왔다.

불꽃이 그를 보호하기 위해 치솟아오르려고 했다가 압력에 사그라지기를 반복했다.

지그문트는 어금니를 와드득 깨물고 압력에서 버텼다.

핑!

어느 순간 지그문트가 무너지는 공간에서 튕겨 나왔다.

그걸 보고 라우지 토가가 혀를 찼다.

"인간은 가벼워서 문제야. 꽉꽉 안 밟으면 저렇게 튕겨 나온다니까."

그가 투덜거리는 동안 지그문트는 몸을 틀면서 바닥을 바로 디뎠다.

콰츠측.

그가 손을 뻗자 성검 브룬힐트가 모습을 드러냈다.

지그문트가 사용하는 사악한 마법과 반발하면서도 그를 도와 마족을 무찌를 의지를 분명히 하고 있었다.

"지그문트님!"

지그문트의 곁으로 레논이 뛰어나왔다.

가공할 전투를 이미 보았고 그의 실력으로는 전혀 도움이 되지 않을 것 같았으나, 그래도 지그문트에게 모든 짐을 맡겨 놓고 있을 수 없었다.

레논은 바람의 성검 카칸을 뽑아 들었다.

요정 여왕 엔하도 지그문트의 왼쪽으로 걸어와 당당히 신궁을 당겼다.

마치 전설에 나오는 한 장면처럼 세 사람이 오연하게 라우지 토가와 맞섰다.

그때 쿠르트가 다가오더니 레논과 엔하의 목덜미를 차례로 쥐고 뒤로 질질 끌어냈다.

"뭐, 뭐 하는 짓이야?"

레논이 크게 당황하며 외쳤다.

"한참 무게 잡고 있는데 방해해서 미안하다만, 끼어들지 마라."

쿠르트는 발버둥 치는 레논을 발로 꾹꾹 밟아주며 계속 끌고 갔다.

"무, 무엄한 놈! 이거 놓지 못하겠느냐!"

이번에는 엔하의 목소리다.

평생 이렇게 황당한 경우는 겪어보지 못했다.

쿠르트는 남녀 구분 없이 엔하도 꾹꾹 밟아주었다.

"조용히 따라와라. 어르신 말씀을 들으면 자다가도 빵이 생긴다고 했다."

그 광경을 보던 병사들도 황당함에 입을 떡 벌렸다.

그래도 쿠르트는 눈 하나 깜짝하지 않았다.

레논과 엔하를 끌어낸 뒤, 그는 지그문트에게 명령했다.

"죽을힘을 다해 라우지 토가와 싸워라."

"알겠습니다."

지그문트는 허리를 굽히고 대답했다.

"무슨 생각이지?"

라우지 토가는 쿠르트의 돌출 행동에 의구심을 느꼈다.

그가 다른 데 잠깐 한눈을 파는 동안이었다.

그 찰나의 시간에, 지그문트의 모습이 사라졌다가 갑자기 라우지 토가의 등 뒤에서 나타났다.

브룬힐트의 힘을 빌려 순간적으로 이동한 것이다.

그는 성검과 마검을 동시에 쥐고 휘둘렀다.

라우지 토가는 비슷한 공격에 한 번 당한 적이 있다.

아니다. 다시 생각해 보니 임시로 만들었던 허수아비 인형이 당했다.

라우지 토가는 지루한 얼굴로 말했다.

"이제 재미없다. 그냥 죽어라."

이로써 지그문트의 운명은 결정되었다.

그가 손가락을 들어 벌레를 꾹 눌러 죽이기로 결정했으니까.

지그문트는 다시 한 번 마법검을 만들어 높이 치켜들고 거대한 마법에 저항했다.

가련하게도, 그것은 산사태가 일어나는 것을 보고 나뭇가지를 방패 삼아 치켜드는 격이었다.

터엉!

결국 충격파가 지그문트의 가슴에 적중하고 말았다.

그는 뒤로 크게 밀려나며 바닥으로 추락했다.

쿵!

지그문트가 바닥에 처박히는 소리가 들릴 때까지 사람들은 꼼짝도 못하고 그 자리에 서 있었다.

“…….”

다들 상황을 파악할 수 없었다.

사람이 하늘 위에 있다가 땅에 추락했으니 죽는 게 보통이다.

그러나 워낙 상식을 넘어선 전투를 봐온지라 죽었다고 단정하기가 힘들었다.

그래서 사람들은 라우지 토가의 표정을 살폈다.

그의 표정은 귀신같이 일그러져 있었다.

공격에 당한 순간 지그문트는 폭죽을 터뜨리듯 사지의 피륙을 흩뿌리며 죽었어야 한다.

그러나 그의 사지는 너무 멀쩡했다.

“쿨럭, 쿨럭!”

아니나 다를까, 쓰러져 있던 지그문트가 기침을 터뜨리며 몸을 움직였다.

누군가 중간에 끼어들어 지그문트를 보호한 것이다.

"어떤 놈이냐!!"

라우지 토가는 오만상을 쓰며 주위를 두리번거렸다.

그리고 성문 방향에서 시선을 멈추었다.

사람들도 술렁거리기 시작했다.

특이한 복색을 한 일행이 반파된 성문을 통해 숲 속으로 들어오고 있었다.

그들이 입은 옷은 팔소매와 자락이 땅에 끌릴 정도로 길었고, 붉은 계통으로 색이 통일되어 있었다.

일행의 가운데에는 여덟 명의 일꾼이 묘한 상자를 들고 있었다.

묘한 상자란 고대에 '가마' 라고 불렸던 물건으로, 신분이 높은 사람들이 마차 대신 타고 다니던 것이다.

도무지 이 급박한 상황과는 어울리지 않는 기묘한 일행이었다.

일꾼들이 조심스럽게 가마를 땅에 내렸다.

가마의 입구를 드리운 휘장을 걷고 밖으로 나온 것은 여인이었다.

그녀 역시 다른 일행과 비슷한 복색의 옷을 입고 있었다.

검은 머리카락을 바닥까지 길렀으며, 물기를 머금은 고운 꽃과 같은 분위기를 가졌다.

그녀가 모습을 드러내자 라우지 토가는 이를 딱딱 부딪치며 말했다.

“마, 만년장로 적무연! 다, 당신이 어떻게 여기에……!!”

적무연은 라우지 토가에겐 시선도 주지 않았다.

그녀는 가장 먼저 쿠르트를 향해서 살짝 무릎을 굽혀 인사를 했다.

그리고 빠르게 걸음을 옮겨 지그문트에게 다가갔다.

상처 입은 그를 안타깝게 바라보던 그녀가 손을 뻗었다.

강력한 마법의 힘으로 만신창이가 되어 있던 몸이 빠르게 회복되기 시작했다.

문득 지그문트가 손을 뻗어 그녀의 손을 붙잡았다.

인형같이 표정이 없던 그가 놀랍게도 미소를 짓고 있었다.

지그문트는 적무연을 소중히 품에 끌어안았고, 적무연도 기뻐하며 그의 어깨에 머리를 기댔다.

때 아닌 침묵이 찾아왔다.

적무연이 주변의 시선을 의식하고 지그문트의 품에서 벗어났다.

“실례하였습니다. 경망스러운 모습을 보이고 말았군요.”

“그대의 정체가 무엇인가! 이곳엔 무슨 목적으로 왔지?!”

침묵을 깨고 엔하가 소리쳤다.

그녀는 시종 지그문트에게서 시선을 떼지 못했다.

적무연은 부드러운 음성으로 자신이 여기까지 오게 된 경위를 설명했다.

“제 이름은 적무연이라 하며, 부왕께서 곤란한 처지에 놓이

셨다는 것을 알고 힘이 되어드리려고 찾아왔습니다. 그러나 부왕을 핑계로 사해를 벗어나는 것이 과연 옳은 일인지 의문이 들었고, 고심 끝에 지그문트에게 저 대신 부왕의 힘이 되어 달라고 부탁하였습니다. 그런데 지그문트의 힘으로는 도저히 감당할 수 없는 상대가 나타난 것을 보고 부득불 여기까지 달려오고 말았습니다. 부왕께서 너그러이 용서해 주셨으면 하는 마음뿐입니다."

대부분의 병사들은 그녀의 말을 이해하지 못했다.

대체 부왕이 누구란 말인가?

그러나 중요인사들은 충분히 그 뜻을 이해했다.

레논과 엔하도 불사왕, 즉 테오발트를 가리키는 말이라는 것을 추측할 수 있었다.

'빌어먹을, 빌어먹을! 빌어먹을!'

라우지 토가는 속으로 몇 번이나 욕지기를 뱉었다.

쿠르트가 이상하게 여유롭다 했더니 전부 적무연을 믿고 그랬던 것이다.

저 백발 마법사를 만든 마족이 적무연이었을 줄이야!

라우지 토가는 다시금 적무연에게 시선을 주었다.

순식간에 식은땀으로 등줄기가 축축하게 젖어버렸다.

마족 서열 1위, 만년장로 적무연!

하급 마족 열이 중급 마족 하나를 이기지 못하고, 중급 마족 백이 상급 마족 하나를 이기지 못한다.

마족은 서열이 높아질수록 기하급수적으로 강해진다.

그리고 서열 1위인 적무연은 단신으로 사해의 모든 마족을 씹어 먹을 수도 있을 만큼 강하다.

라우지 토가는 당장에라도 이 자리에서 도망치고 싶었다.

그러나 왕의 힘을 가진 인간이 바로 지척거리에 있다고 생각하자 도저히 발이 떨어지질 않았다.

그는 미칠 듯이 머리를 굴리다가 겨우 입을 열었다.

만년장로들은 모두 온건한 성향을 가지고 있으니 잘하면 말이 통할지도 모른다는 생각도 들었다.

"오, 오랜만에 뵙겠습니다. 저는 왕을 해할 생각이 없습니다. 그저 왕을 닮은 인간에게 흥미가 있을 뿐입니다. 그놈만 제게 넘겨주신다면 조용히 물러가도록 하겠습니다."

적무연이 천천히 고개를 저어 거절했다.

"무엇 때문입니까? 저놈은 단순한 인간에 불과한데."

라우지 토가는 평정을 가장하고 그녀를 다시 설득하려고 했다.

적무연이 아직 아무것도 모르기를 바라면서.

그때 갑자기 적무연이 옛날이야기를 꺼냈다.

"옛날에 그류페인이라 불린 분이 있었답니다. 사실 그의 진짜 이름은 '페인' 이었지만, 그는 굳이 '그류페인' 이라고 자신의 이름을 개명했습니다. '그류페인' 은 부왕의 성함인 '그류가' 와 그의 이름 '페인' 을 이용해서 만든 단어입니다. 그는 이 단어를 사용함으로써 부왕과의 특별한 인연을 과시하고 싶었던 것입니다."

그녀는 라우지 토가를 올려다보았다.

"당신의 이름은 '라우지 토가' 입니다. '토가' 라고 이름만 부를 수도 있고, 이름이 마음에 들지 않으면 '라우지' 라고 부를 수도 있을 텐데, 당신은 굳이 번거롭게 성과 이름을 함께 사용해 왔습니다. 라우지 토가. 당신은 왜 라우지 토가라고 불리길 원했습니까?"

"별로 이유 따윈……."

라우지 토가가 중얼거렸으나 적무연은 상관치 않고 정답을 밝혔다.

"왜냐하면 그 옛날에 왕의 성함이 '라우지 그류가' 였기 때문이지요."

한쪽은 '라우지 토가' 이고, 한쪽은 '라우지 그류가' 이다.

누구라도 두 사람이 혈연관계임을 추측할 수 있을 것이다.

그래서 라우지 토가는 반드시 성과 이름을 함께 사용해 왔다.

자신이 전능한 불사왕의 아들이라는 것을 사방 천지에 자랑하고 싶었던 것이다.

"아, 아들이라고?"

레논과 엔하가 동시에 고개를 돌려 쿠르트를 바라보았다.

그가 테오발트가 아님을 알면서도 반사적으로 그리했다.

쿠르트는 뺨에 손을 얹었다.

테오발트가 라우지 토가에 대해 까맣게 잊고 있었으므로 쿠르트도 까맣게 잊고 있었다.

그래도 라우지 토가에게 뺨을 얻어맞았을 때는 정말 씁쓸한 기분이었다.

"라우지 토가, 당신은 항상 왕을 우롱하고 그분을 거역할 궁리만 합니다. 그러나 한편으로는 왕의 총애를 받고 싶어 참을 수가 없는 모양이로군요. 그렇기 때문에 당신은 아직도 '라우지 토가' 인 것이죠."

적무연의 지적에 라우지 토가의 얼굴이 시뻘겋게 달아올랐다.

"부끄럽게 여길 필요 없습니다. 부왕은 전능하며 불멸이니, 그분의 총애를 원하는 것은 당연한 일입니다. 자, 어리석은 짓은 그만 하시고 왕께 복종하세요. 그것이 당신을 위한 일이랍니다."

"누, 누가 왕의 총애 따윌 원해! 나는 그의 팔다리를 돼지처럼 묶어 암흑 속에 처박아 버릴 것이다! 지금 당장에라도 그것이 가능해!! 마녀야, 너야말로 꼴 같지도 않은 소리 그만 하시지!!"

라우지 토가는 크게 흥분하여 핏대를 올렸다.

그러나 실제로는 이성을 잃은 것처럼 연극을 하고 있을 뿐이다.

그는 은밀하게 쿠르트를 노렸다.

쿠르트만 손에 넣을 수 있다면 그 뒤는 무엇도 두려워할 필요 없다.

그것이 설령 적염의 마녀 적무연이라 할지라도.

파앗!

발밑의 그림자가 순간적으로 치솟아올라 쿠르트를 집어삼켰다.

라우지 토가의 특기는 공간을 다루는 마법이지만, 그렇다고 암흑 계열 마법을 사용하지 못하는 것도 아니다.

그때 하얀 손이 불쑥 들어와 그림자를 움켜쥐었고 검은 장막을 벗겨내듯이 단번에 그림자를 걷었다.

적무연의 특기는 화염 마법이지만, 그렇다고 암흑 계열 마법을 사용하지 못하는 것은 아니다.

오히려 라우지 토가보다 훨씬 강력하고 능숙하게 그림자를 다루었다.

"쿠르트님을 내줄 수 없다고 했습니다. 정말 무례한 분이시로군요."

적무연은 불편한 얼굴로 라우지 토가를 올려다보았다.

그녀의 시선을 따라 어둠이 쭉 뻗어나갔다.

까마득한 어둠은 빛을 머금고 있는 것이라면 무엇이든 집어삼켰다.

"큭!"

라우지 토가는 그녀의 마법을 막기 위해 공간을 무수히 잘라서 다른 장소와 이어 붙였다.

이것은 거의 무적에 가까운 마법이었다.

일정 지역에 마법을 사용해도 정작 마법의 효과는 그 지역과 이어진 다른 장소에서 일어난다.

라우지 토가는 이 마법으로 자신보다 서열이 높은 마족들을 종종 골탕 먹인 적이 있었다.

"어째서……!"

분명 마법의 효과는 다른 곳에서 나타나야 한다.

그러나 어둠은 단절된 공간을 거침없이 지나쳤다.

강력한 마법은 자연의 법칙을 무시하고 마른하늘에서 비를 내리거나 물속에서 불을 피우기도 한다.

그와 같은 방식으로 적무연의 거대한 권능이 라우지 토가가 만들어낸 마법의 법칙을 무시했다.

"그런 게 어딨어!!!"

라우지 토가는 제 눈으로 보고도 믿지 못해서 비명을 질렀다.

적무연이 스윽 쳐다본 것만으로 라우지 토가는 죽음에 이르게 되었다.

마지막 순간까지도 믿을 수가 없었다.

적무연이 제아무리 강하다 해도 자신을 상대로 이럴 수는 없다.

그는 서열이 무려 9위나 되는 마족 중의 마족이었다.

신의 경지에 거의 근접해 있는 초월자란 말이다!!

"멍청하긴."

그때 녹색 투명한 머리칼을 가진 사내가 불쑥 나타났다.

사내는 라우지 토가를 데리고 꺼지듯이 사라졌다.

그 직후 어둠이 허망하게 빈자리를 가르고 지나갔다.

　적무연은 그 광경을 보더니 양손을 곱게 모으고 병사들에게
말했다.
　"위험은 지나간 것 같습니다. 모두 안심하고 쉬도록 하세
요."
　목표물이 도망가고 말았으나 적무연은 신경도 쓰지 않았다.
　사람들은 한참 동안 어찌해야 할지 갈피를 잡지 못하고 서
성거려야 했다.

Chapter 07
영웅 지그문트

THE KING OF IMMORTALITY

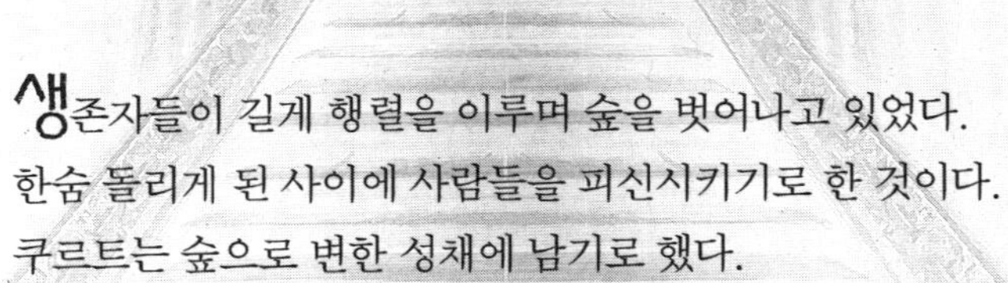

생존자들이 길게 행렬을 이루며 숲을 벗어나고 있었다.
한숨 돌리게 된 사이에 사람들을 피신시키기로 한 것이다.
쿠르트는 숲으로 변한 성채에 남기로 했다.
마족들이 인간을 앞세워 농간을 부리지 않고 직접 그를 공격하기로 결정했다면, 그도 인간들의 틈에 있을 이유가 없었다.

오히려 이 상황에서 인간들과 어울리다간 이번처럼 무고한 희생자만 대량으로 나올 뿐이다.

그러나 아무리 돌아가라고 말해도 레논과 엔하만은 숲에 남았다.

"무슨 고집이 이리 센지."

쿠르트는 혀를 끌끌 찼다.

그때 적무연이 다가왔다.

"실례지만 합석해도 괜찮을까요?"

쿠르트는 그리하라고 고개를 끄덕였다.

적무연의 곁에는 지그문트가 함께하고 있었다.

허락이 떨어지자 지그문트가 의자를 빼주었고, 적무연은 미소로 화답하며 그 자리에 앉았다.

지그문트는 그녀가 착석한 후에 근처의 의자를 가까이 당겨 앉았다.

대단히 다정한 한 쌍이었다.

"당신의 신분에 대해서 자세히 듣고 싶습니다."

엔하가 딱딱한 목소리로 물었다.

적무연은 거절하지 않고 부드럽게 고개를 끄덕였다.

"네, 정식으로 소개하지요. 제 이름은 적무연이라 합니다. 사해에서는 만년장로라고 불리고 있으며, 바깥세상에서는 종종 적염의 마녀라고 부르기도 하더군요."

어린아이들도 단순한 전설이라고 웃어넘기는 옛날이야기가 있다.

옛날 옛적 사악한 마녀가 불을 일으켜 온 세상을 불태웠다.

시뻘건 불길은 한 달이 넘게 꺼지지 않았다.

살아 있는 모든 것들이 지옥과 같은 불구덩이 속에 죽어갔으며 강과 바닷물까지 바짝 말랐다.

적염의 마녀가 강림하여 마침내 세상은 종말을 맞이하고 말았다.

"……."

레논이 겨우 침묵을 깨고 물었다.

"당신이 전설에 나오는 적염의 마녀란 말씀이십니까."

"그렇습니다."

당혹스럽게도 적무연은 상냥하게 고개를 끄덕이며 긍정했다.

레논은 어떤 표정을 지어야 할지 알 수 없었다.

"어째서 그런 짓을 하셨습니까?"

"그 옛날, 세상은 혼란에 휩싸여 있었고 전쟁이 끊이지 않았습니다. 당시에 저는 작은 나라의 왕녀였습니다. 작은 나라는 멸망의 길을 걷고 있었지요. 강력한 군세 앞에 가엾은 백성들이 무수히 도륙당했습니다. 저는 백성들의 고통을 덜어주기 위해 수많은 노력을 다했으나, 가진 바 힘이 너무나 미력하여 무엇 하나 이루지 못했습니다. 벼랑의 끄트머리에서 저는 가여운 이들을 구원해 달라고 신께 간절히 기도했습니다. 그때 부왕께서 강림하시어 제 소원을 들어주셨습니다."

"부왕이라면……."

"물론 저의 친아비는 돌아가셨고, 지금 아버지로 여기고 있는 불사왕 폐하를 가리키는 말입니다. 부왕께서는 저를 가련히 여기시어 백성들을 구할 수 있도록 힘을 나누어주셨습니다. 저는 그분의 은혜에 깊이 감사했고, 동시에 살아 있는 생물이 고통과 번민에서 완전히 벗어날 방법은 존재하지 않는다는 것도 깨달았습니다. 그래서 사랑하는 백성들을 모조리 불태워 죽음의 안식을 주었습니다. 인류를 고통으로부터 해방시키기 위해 전 세계를 불바다로 만들었지요.”

적무연은 가볍게 웃었다.

“궤변이라는 것을 알고 있습니다. 저는 그럴듯한 말로 자신의 행위를 거창하게 포장하고 싶었던 것입니다. 젊은 시절의 일이지요. 후후, 어쩐지 그리운걸요. 제게도 그렇게 혈기 왕성하던 시절이 있었군요.”

무거운 정적이 감돌았다.

수천만 명을 불구덩이에 쑤셔 넣고는 재미있는 추억을 회상하는 것처럼 웃는다.

마족이 어떤 존재인지 절실하게 알게 되었다.

또 한 가지, 적무연이 의심할 여지 없는 마족임을 확인했다.

행동과 말씨가 무척 온화해서 혹시 마족이 아닌 다른 존재일지도 모른다고 생각했지만, 그 기대는 처참하게 무너지고 말았다.

엔하가 의자를 박차고 일어났다.

“답하라! 네가 진정 마족이란 말이냐!!”

“그렇답니다.”

적무연은 부정하지 않았다.

신분을 숨겨야 할 이유가 없었으니까.

그녀는 지그문트의 어깨에 머리를 기댔다.

지그문트도 다정하게 그녀의 머리카락을 매만졌다.

엔하는 견딜 수가 없어 지그문트를 향해 소리 질렀다.

"지그문트! 마음 깊이 사모하는 여인이 있다고 했었지! 똑바로 대답해라!! 그대가 사랑하는 여인이 도대체 누구인가!!"

지그문트는 적무연에게서 시선을 떼지 않았다.

석상 같은 그가 적무연을 떠올리고, 적무연을 바라볼 때만큼은 미소를 지었다.

"주인님을 사랑하고 있습니다."

그는 적무연의 긴 옷소매를 들었고 깊이 경외를 담아 입맞춤을 했다.

"지그문트!! 너도 들었지 않은가!! 저 계집은, 저 잔악무도한 계집은 마족이다!! 어찌 저년을 사랑한단 말이냐! 왜 저 악마를 주인님이라고 모시느냔 말이야!!!"

엔하는 악을 썼다.

이건 질투 따위가 아니다.

위대한 영웅이 변절자로 전락해 버린 것에 대한 분노이다.

"마녀가 부귀영화를 준다고 하던가? 마녀의 아름다운 얼굴에 홀려 버렸는가? 아니면 마녀의 강력한 마법에 굴복하고 만 것이야? 왜 대답을 않는가. 왜 악마의 앞잡이가 되었느냐고 묻고 있잖아!!"

엔하는 이성을 잃고 지그문트에게 달려들었다.

그것은 레논이 가까스로 붙잡았다.

"엔하님, 진정하십시오!"

"이거 놓아라!"

엔하는 거칠게 레논을 뿌리쳤다.

하지만 더 이상 흥분하여 날뛰지는 않았다.

그녀는 크게 숨을 한 번 내쉰 뒤 허탈한 목소리로 말했다.

"지그문트, 나는 진심으로 그대를 존경했고… 감히 표현할 생각조차 못할 만큼 애틋하게 사모하였다. 이제 그 사실이 너무 부끄럽구나."

시선을 느낀 지그문트가 고개를 들었다.

하지만 그의 얼굴에는 터럭만큼의 후회도 없고 안타까움도 없다.

아예 저런 여자가 하는 말에 관심 자체가 없었다.

레논은 더 참지 못하고 끼어들었다.

"한때 영웅이라는 칭송까지 받았던 자가 어째서 좀 더 용감하지 못했습니까. 왜 이렇게 비굴하고 졸렬한 길을 선택했단 말입니까!"

덜컹.

"두 녀석 모두, 건방진 소리를 함부로 지껄이는 것이 아니다."

갑자기 쿠르트가 자리에서 일어나 엔하와 레논을 나무랐다.

레논은 테오발트의 말이라면 일단 한 발자국 물러서서 생각해 보는 버릇이 있었다.

그 정도로 테오발트를 신뢰하는 것이다.

그러나 이번만큼 쿠르트를 노려보며 크게 반발했다.

"지금 네 고조부님이라고 편드는 거냐?"

"레논, 네가 그렇게 당당할 수 있는 것은 한 번도 강자들에게 짓밟혀 본 적 없기 때문이다."

"웃기지 마! 설사 신이 나를 짓밟기 위해 강림해도, 나의 이 신념만큼은 절대로 꺾지 못할 것이다!"

레논은 자기 가슴을 주먹으로 쾅 내려치며 외쳤다.

쿠르트의 얼굴이 크게 일그러졌다.

레논과 똑같은 말을 지껄이던 녀석이 있었다.

하는 짓이 비슷한 줄 알고는 있지만, 가끔 놀랄 만큼 똑같은 말을 내뱉곤 한다.

새삼 죽어버린 녀석이 떠올라서 심장이 쓰라렸다.

하지만 그의 얼굴이 일그러진 것은 그것 때문이 아니다.

"어떤 자도 결코 굴종하지 않는다고 자신할 수 없다."

한때 홀베크에게 말해주었듯이 레논에게도 같은 대답을 해주었다.

그러나 레논은 받아들일 생각이 없는 듯하다.

쿠르트는 한숨을 푹 쉬며 적무연을 가리켰다.

"너희들이 얼마나 철이 없는지 봐라. 바로 이 자리에 마족이 앉아 있다. 그녀가 얼마나 강한지 방금 두 눈으로 똑똑히 보았을 것이다. 그녀에게 허리를 굽히라는 뜻은 아니나, 적어도 말을 경솔하게 해서는 안 되는 것이 아니냐?"

엔하도 레논도 그제야 행동을 멈추었다.

다른 마족이 이 자리에 있었다면 그들이 큰 소리를 내자마자 피바람이 일었을 것이다.

　그러나 적무연은 마족이라고 말만 했을 뿐, 아직 그들 앞에서 살육을 저지르지 않았다.

　얌전하게 앉아 있기만 하니 상대를 쉽게 보고 말을 함부로 한 것이 사실이었다.

　주위가 조용해지자 적무연은 고개를 들고 말했다.

　"저는 괜찮습니다. 편하게 이야기들 나누세요."

　마족은 타인을 기만하는 것을 좋아한다.

　괜찮다고 말한 뒤에 뒤통수를 치는 것은 아주 흔한 일이다.

　하지만 어쩐지 적무연은 거짓말을 하고 있는 것 같지 않았다.

　쿠르트가 한참 적무연을 바라보았다.

　"괜찮은 것이 아니라, 옆에서 욕을 하던 배를 까고 춤을 추던 흥미가 일지 않는 것이겠지."

　적무연이 아무것도 숨기지 않고 순순히 고개를 끄덕였다.

　"저는 보기보다 나이가 무척 많답니다. 늙은이가 되고 보니 세상만사가 노곤하기만 하네요. 저는 부왕과 지그문트만 곁에 있다면 그것으로 충분합니다. 그 외에는 아무래도 좋아요."

　쿠르트가 손을 뻗었다.

　적무연의 이마에 손을 얹고, 나무라듯이 툭― 툭― 두 번 두드렸다.

　"그런 말 말아라. 늙었다고 가만히 앉아 있기만 하면 기력이 더 빠져 버린다."

　적무연은 크고 까만 눈을 동그랗게 뜨고 그를 바라보았다.

그녀의 얼굴에 희미하게 미소가 돌았다.

"꼭 부왕의 곁에 있는 기분이군요. 당신은 어떤 분이세요?"

"테오발트님의 하인, 아니아니, 쌍둥이 동생이지."

레논은 인상을 썼다.

쿠르트가 제가 했던 말을 그대로 흉내 냈기 때문이다.

하지만 쿠르트도 기분이 썩 좋은 것 같지는 않았다.

그는 모두에게 쉬라고 말한 뒤 자리에 앉은 채로 눈을 감았다.

전반적으로 분위기가 가라앉아 있었다.

다들 한마디도 하지 않았다.

그러나 적무연과 지그문트는 달랐다.

두 사람은 꼭 달라붙어 가끔 닭살 돋는 애정행각까지 벌였다.

엔하는 신궁을 껴안은 채 그들을 쳐다보지도 않았다.

레논이 지그문트를 노려보다가 옆을 지나쳐 갔다.

"그는 수치마저 잊었군요."

엔하에게 물잔을 건네주며 레논은 이를 갈았다.

어쩔 수 없이 마족의 앞잡이가 되었다면 조금이라도 주춤하는 기색을 보였을 것이다.

그러나 아무리 경멸하는 눈빛으로 응시해도 지그문트는 꿈쩍도 않았다.

조금도 부끄러워하지 않고 마녀의 명령에 복종하고 그녀의 옷자락에 정중하게 입맞춤한다.

밑바닥까지 마녀에게 굴복했다는 뜻이다.

"그렇게 지그문트가 꼴 보기가 싫다면 해결책은 간단하다. 둘 다 집으로 돌아가라."

어디선가 나타난 쿠르트가 엔하와 레논의 손에서 물잔을 빼앗으며 말했다.

"그렇게는 못해. 나는 지그문트님께 화가 난 것이지, 네게 화가 난 게 아니니까. 널 혼자 두고 어떻게 떠나?"

레논은 쓰게 웃으면서 말했다.

"동감이다."

엔하도 무뚝뚝한 표정이었지만, 레논의 말에 동조했다.

쿠르트는 깊이 한숨을 쉬었다.

한결같은 신뢰를 보내주는 이들이 어찌 싫을 수 있겠는가.

그래서 쿠르트는 더욱 그들을 돌려보내려고 했다.

"이곳은 위험하다. 라우지 토가든 누구든 간에 끔찍한 마족 녀석들이 쳐들어오겠지. 나는 위험이 닥쳤을 때 너희들까지 보호해 줄 여력이 없다."

악의는 없는 것 같지만 이거야 완전히 짐 취급이다.

그러나 마족을 상대로 그들이 거의 도움이 안 된다는 것은 사실이다.

레논이 쓴웃음을 지으며 적무연을 가리켰다.

"적염의 마녀가 있지 않은가. 무슨 꿍꿍이인지는 몰라도 저 마족이 테오발트의 편을 들고 있다. 그녀 덕을 보면서 버티면 쉽게 죽지는 않겠지. 성검이 있으니 틈을 보다가……."

"적무연은 도움이 안 돼."

갑자기 쿠르트가 잘라 말했다.

레논은 물론, 엔하도 의아한 표정을 지었다.

적무연은 서열 1위의 마족이 아닌가.

"물론 정면으로 상대해서는 그녀를 이길 자가 없겠지. 그러나 그녀는 그다지 도움이 안 된다. 매사에 의욕이 없고, 아예 관심조차 없기 때문이다. 그녀는 멍청하게 앉아 있다가 교활하게 허를 찔러오는 적에게 뒤를 내주고 말 것이다."

적무연의 역할은 기껏해야 시간 끌기에 불과했다.

"레논, 다시 말하겠는데 이곳을 떠나라. 만약 네가 죽는다면 나는 두 번 참지 않을 것이다."

갑자기 쿠르트가 알 수 없는 소리를 했다.

레논은 인상을 썼다.

"그게 무슨 뜻이지?"

"아아, 팔이 뭉텅 잘려 나간 덕에 쓸데없는 기억이 자꾸 떠오르는군."

먼저 말을 꺼낸 주제에 쿠르트는 빈 소매를 만지며 딴소리를 했다.

"무슨 소리인지 확실하게 대답해!"

레논은 그냥 넘어가지 않고 재촉했다.

쿠르트가 쓴웃음을 지으며 입을 열었다.

"홀베크는 네 녀석처럼 건방지고 아주 잘난 녀석이었다. 그래서 나는 홀베크를 무척 마음에 들어했다. 너와 친구가 된 것처럼, 나는 홀베크와도 절친한 친구가 되었다. 하지만 홀베크는 1년 전 마링겐 왕비가 보낸 병사들에게 살해당했다. 어차피 그 일이 아니더라도 홀베크는 얼마 안 되는 세월을 살다가 금세 죽어버렸을 것이다. 그는 찰나밖에 살지 못하는 보잘것없는 인간이니까! 나는 죽어버린 홀베크를 되살려 내고 싶었다. 하지만 이를 갈면서 홀베크의 시체가 썩어 문드러지도록 내버려 두었다.”

마족을 만들어낸 뒤에 불사왕은 반드시 후회하곤 했다.

하지만 마족을 만들어내지 않아도 그는 후회했다.

그리운 이들을 두 번 다시 만날 수 없기 때문이다.

마족을 만들어내면 비록 성격은 바뀌었을지라도, 그들과 대화도 나눌 수 있고 정겨운 얼굴을 다시 볼 수도 있었다.

“나는 그때 이미 한 번 충동을 억눌렀다. 그러나 두 번은 참지 않을 것이다. 두 번이나 참을 수 있을 것 같지 않으니까.”

“잠깐…….”

레논이 뭐라고 말을 꺼내려던 때였다.

지그문트와 적무연이 대화하는 소리가 언뜻 들렸다.

레논은 말을 하다 말고 번쩍 고개를 돌렸다.

지그문트가 적무연을 향해 말했다.

“거짓말은 못하는 성미이니 솔직하게 말씀드리겠습니다. 전설 속의 인물이기 때문에 당신을 사랑하게 된 것일지도 모릅니다. 저는 뛰어난 사람들에게 매력을 느낍니다. 무지를 일깨우는 지식, 강력한 힘은 항상 저를 자극시키지요.”

“후후, 그래요?”

적무연이 기뻐하며 얼굴을 발갛게 만들었다.

지그문트는 또 이렇게 말했다.

“주인님은 정말로 수줍음이 많으시군요.”

“당신도 참…….”

“주인님, 수줍음이 많은 것은 나쁜 일이 아닙니다.”

“그래도 부끄럽답니다.”

“주인님처럼 아름다운 여성이 수줍음 좀 타면 어떻습니까?”

레논은 더 참지 못하고 폭발했다.

지그문트는 그가 엔하에게 했던 사랑 고백을 그대로 따라하고 있었다.

“지금 뭐 하는 짓이야!!”

레논이 당장에라도 지그문트의 멱살을 잡아챌 기세로 거칠게 뛰어갔다.

이번엔 엔하가 레논을 붙잡고 말렸다.

강력한 마족 적무연이 바로 곁에 있다.

적어도 지금은 경거망동해서는 안 되는 때였다.

그래도 엔하 역시 너무나 기가 막히고, 목소리가 바르르 떨릴 만큼 화가 났다.

“지금 우리들을 조롱하겠다는 뜻인가?”

소란이 일자 지그문트는 고개를 돌렸다.

하지만 이번에도 별 표정이 없었다.

속된 표현으로 옆집에 개가 짖나 식이다.

힐끗 두 사람을 본 뒤 지그문트는 다시 미소를 띠고 적무연을 하염없이 바라보았다.

"……."

엔하는 레논을 붙잡고 있는 손을 스르르 놓쳤다.

자유를 얻었으나 레논은 더 이상 소란을 피우지 않았다.

그저 지그문트를 노려볼 뿐이다.

그는 한 번도 누군가를 이처럼 경멸해 본 적이 없다.

"그만둬."

그때 쿠르트가 팔을 뻗어 두 사람의 시선을 가로막았다.

레논은 분을 참지 못하고 갈라진 음성으로 말했다.

"너야말로 관둬. 한 핏줄이라고 무조건 감싸지 말란 말이다."

"흐음……. 아무래도 한 핏줄엔 너그러워지게 마련이지. 마음이 자꾸 약해지고 말거든."

"그래서 계속 저놈 편을 들겠다 이거냐!!"

레논은 언성을 높였다.

쿠르트 대신 지그문트에게 삿대질하면서.

"레논!"

쿠르트가 그의 어깨를 강하게 움켜쥐었다.

고통이 느껴질 정도라 레논은 팔을 내려야만 했다.

레논은 도저히 이해가 가지 않아 쿠르트를 응시했다.

천천히 쿠르트는 고개를 저었다.

“그만둬라.”

“대체 왜!!”

쿠르트는 이렇게 경우가 없는 인간이 아니었다.

쿠르트를 테오발트와 동일시하고 있기 때문에 그렇게 단정하는 것이지만, 어쨌든 쿠르트는 단지 핏줄이라는 것만으로 상대의 죄를 무조건 덮어주는 자가 아니다.

“팔을 잃어버린 탓이다. 그래서 억눌러 놓았던 과거를 자꾸만 기억해 내고 마는구나.”

쿠르트는 지그문트에게 시선을 주었다.

처음 그의 기사상을 보았을 때, 쿠르트는 무심한 척했으나 어쩐지 계속 신경이 쓰였다.

그의 이름이 들려올 때마다 꺼림칙한 기분이 들었다.

바로 전까지만 해도 쿠르트는 그 이유를 몰랐다.

그렇지만 이제는 안다.

“눈을 감으면 너희들도 볼 수 있을 것이다.”

레논과 엔하는 눈을 감았다.

*　　　*　　　*

옛날 옛적에 아주 사악하고 잔인한 마녀가 살고 있었다.

인간 세상을 내려다보던 마녀는 한 사내를 발견했다.

사내는 악의 마수에서 세상을 구한 젊은 영웅이었다.

그는 대단히 훌륭하고 빼어난 사내로, 그를 만난 모든 여인들이 그를 흠모했을 지경이었다.

마녀도 젊은 영웅을 본 순간 사랑에 빠졌다.

어떤 고난에도 결코 굴하지 않는 강인한 의지, 그 늠름하고 고결한 모습에 반하고 말았다.

그래서 마녀는 젊은 영웅을 지옥 깊숙한 곳까지 끌고 와서 요구했다.

"당신을 사랑하고 있어요. 저를 사랑해 주세요."

마녀는 잔인하고 갖은 악행을 서슴지 않는 악마 중의 악마였다.

정의로운 영웅이 극악무도한 마녀를 사랑할 리 없었다.

하물며 이미 혼인한 아내와 자식까지 있는데 어찌 마녀를 품에 안으라는 것인가?

자신의 말을 듣지 않자 마녀는 영웅의 사지를 난도질했다.

"나를 사랑한다고 말해줘요. 그럼 더 이상의 고통은 없을 거예요."

영웅은 굴복하지 않았다.

그깟 고통에 굴복할 정도로 나약했다면 애초에 그는 영웅이 되지도 못했을 것이다.

마녀는 그를 고문하면서 말했다.

"사랑해요. 사랑해요. 나를 사랑한다고 말해줘요. 그럼 당신을 해방시켜 줄게요."

그래도 영웅은 절대로 굴복하지 않았다.

당연한 일이었다.

고통에 굴복할 정도로 시시한 남자였다면 애초에 마녀가 그를 사랑하지도 않았을 것이다.

"당장 나를 사랑한다고 말하란 말이야!!"

마녀는 결코 불가능한 일을 요구하며 괴성을 질렀다.

하루, 이틀, 한 달, 일 년, 십 년…….

아무리 시간이 흘러도 마녀는 포기하지 않았다.

마녀는 이미 만 년 이상을 산 괴물이었다.

그래서 십수 년 정도는 시간처럼 느껴지지도 않는다.

그녀는 하루도 빠짐없이 밤낮도 가리지 않고 영웅의 곁에 붙어서 살아 있는 생물이 겪을 수 있는 모든 고통을 선사했다.

가죽이 전부 벗겨지고 사지가 으스러졌으며 배를 갈라 내장이 전부 헤집어놓았는데도 영웅은 죽지 않았다.

마녀가 신에 가까운 권능을 가지고 있었기 때문이다.

죽고 싶어도 죽지 못하게 만들어놓고, 형체도 가리기 힘들게 전신이 뭉개지면 순식간에 완벽하게 복구시켜 다시 끔찍한 고문을 가했다.

어느 날 위대하고 자비로운 왕이 마녀의 거처를 방문했다.

그는 뒤늦게 마녀의 만행을 발견했다.

"이게 무슨 짓이냐!"

"부왕, 저는 그를 사랑하고 있어요. 그의 사랑을 받을 수만 있다면 무슨 짓이든 하겠어요."

마녀는 피가 낭자한 영웅의 가슴에 얼굴을 기대며 말했다.

"당장 그를 풀어주어라!!"

"그럴 수는 없어요."

"적무연, 네가 감히!!"

자비로운 불사왕은 피투성이가 된 영웅의 모습을 보고 몹시 노했다.

그의 실수로 인해 마족 앙브라스가 대륙을 침공했고 대량학살을 저질렀다.

그때 지혜롭고 용감한 영웅 지그문트가 앙브라스를 물리치고 대륙에 다시 평화를 가져다주었다.

지그문트는 세상 사람들의 찬사를 받으며 편안한 여생을 누릴 권리가 있었다.

그런데 그가 만든 다른 마족의 손에 끌려와 만신창이가 되어 있는 것이 아닌가.

"부왕께서 명령하신다면 그를 풀어주겠습니다."

서열 1위의 마족, 만년장로 적무연은 고분고분하게 대답했다.

그녀는 적염(赤炎)의 마녀로 더욱 널리 알려져 있었다.

마녀는 왕의 명에 따르는 대신 조건을 제시했다.

"부왕, 모든 마족들은 생존을 위해, 주기마다 스무 명의 생명체를 살생할 권리를 왕으로부터 부여받았습니다. 그러나 저는 지난 오백 년간 단 한 번도 살생을 하지 않았습니다. 어쩐지 모든 것이 시시해졌기 때문입니다. 하지만 그를 풀어주어야만 한다면, 지금부터 매 주기마다 반드시 스무 명을 죽이겠습니다. 제가 할 수 있는 모든 방법을 동원해 아주 잔인하게 살해할 것입니다. 그러나 이 사람을 제게 넘겨주신다면, 지금처럼 계속 살생을 자제하겠습니다. 앞으로 죽임을 당할 수백 수천만의 생명들과 이곳에 누워 있는 단 한 명의 인간. 부왕께서는 어느 쪽을 지켜주시겠습니까?"

불사왕은 피 웅덩이 속에 쓰러져 있는 지그문트를 응시했다.

마녀는 그를 너무나 사랑스럽다는 듯 손으로 매만졌다.

"그를 괴롭히려는 것이 아닙니다. 저는 그를 사랑하고 있답니다. 그의 강인하고 고결한 영혼이 얼마나 사랑스러운지 몰라요. 저는 반드시 그의 입에서 사랑한다는 말을 듣고 말겠습니다."

"네가 말한 대로 그는 훌륭한 영혼을 가진 영웅이다. 그러므로 영웅 지그문트는 결코 잔악무도한 마녀를 사랑하지 않을 것이다."

"그래도 저를 사랑하도록 만들겠습니다."

"모르겠느냐? 잔악한 마녀에게 굴종해서 사랑을 고백한다면 그건 더 이상 네가 사랑하는 영웅이 아니다."

"그래도 그의 고결한 영혼을 너무나 사랑합니다. 정의로운 영웅 지그문트는 반드시 잔악한 마녀를 사랑하게 될 것입니다."

마녀는 끔찍하게도 방금 끄집어낸 내장을 혓바닥으로 할짝거리며 말했다.

그녀의 말은 누가 들어도 모순이다.

불사왕은 마녀의 멱살을 움켜쥐고 언성을 높였다.

"당장 집어치우지 못해! 불가능한 일이라는 것을 너도 알고 있지 않느냐!!"

마녀도 눈을 시뻘겋게 뜨고 찢어지는 목소리로 외쳤다.

"당신도 해서는 안 되는 일이라는 것을 알면서 마족을 만들었잖아!! 살육을 일삼지 않고는 살 수 없는 마족 따윌 왜 자꾸 만들어내는 거야!!"

"……."

불사왕의 얼굴이 처참하게 일그러졌다.

마녀가 모순인 줄 알면서도 지그문트의 사랑을 갈구하듯이, 그는 금기인 줄 알면서도 죽은 자를 끊임없이 마족으로 되살려 냈다.

마족은 살육을 즐기는 잔악한 종족이다.

단순히 즐기는 차원이 아니라, 살육을 행하지 않고는 아예 살아갈 수가 없었다.

누군가를 죽이지 못하게 되면 마족은 광기에 미쳐 스스로 자멸하고 만다.

그들이 죽어가는 것을 차마 보고 있을 수가 없어서 불사왕은 최대 스물까지 생명체를 죽여도 좋다는 법안을 만들었다.

무고한 인간을 스무 명씩 살해하라고 바로 그가 말했다.

불사왕은 멱살을 잡고 있던 손을 놓았다.

마녀는 어느새 다소곳한 모습으로 되돌아왔고, 다시 지그문트의 가슴에 얼굴을 묻었다.

"그는 오백 년 만에 처음으로 저의 심장을 움직인 사람이에요. 저는 그 없인 더 이상 살아갈 수가 없어요."

사해에는 세 명의 만년장로가 존재하는데, 그중 둘이 기력을 잃었다.

마족의 육신은 영원히 늙지도 않고 쇠하지도 않는다.

하지만 영혼은 다른 모양이다.

만 년 이상 생존한 마족들은 희로애락이 둔해지며 무슨 일을 해도 흥미를 느끼지 못하고, 어느덧 생의 의지마저 잃는다.

서열 1, 2위인 적무연과 호운이 그런 상태였다.

그런데 적무연의 생기를 되찾아준 것이 바로 지그문트였다.

적염의 마녀는 불사왕을 올려다보며 물었다.

"부왕, 저는 언제나 착한 딸이었고 이번에도 당신의 말씀을 거역하지 않을 거예요. 어찌하시겠어요? 그를 구하는 대신 무수한 인간들을 죽이시겠어요, 아니면 인간들을 구하고 그를 버리시겠어요."

"……."

불사왕은 피 웅덩이에 잠긴 지그문트를 보았다.

생각 끝에 그는 지그문트를 남겨둔 채 마녀의 방을 떠났다.

지그문트와 다수의 인간 사이에서 양자택일을 하는 대신, 마녀를 죽일 수도 있었다.

하지만 그렇게 하지 않았다.

마녀도 한때는 지그문트만큼 순수한 영혼을 가지고 있었다.

아니, 그런 것은 아무래도 좋다.

사실은 만 년 동안 미운 정 고운 정이 다 들어 친딸이나 다름없게 된 마녀를 이대로 떠나보내고 싶지 않았다.

그 순간의 충동 때문에 불사왕은 지그문트를 지옥 속으로 밀어 넣었다.

우우웅.

문득 불사왕은 방 한쪽에 쓰러져 있는 검을 발견했다.

지그문트가 항상 품에 지니고 다니던 얼음성검 브룬힐트였다.

성검은 스스로 몸을 떨며 울고 있었다.

지그문트를 지옥으로부터 구하고 싶으나 그럴 힘이 없기 때문에.

자신에게 손이 있다면 그를 두 팔로 끌어안고 아주 먼 곳으로 피신시키리라.

그러나 성검은 피와 살이 없는 한낱 무기에 불과했다.

성검은 차라리 영웅이 모든 것을 포기하고 마녀에게 굴종하기를 바랐다.

그러나 지그문트가 굴종하는 일은 결코 없다.

악마의 협박에 굴하는 인간이라면 애초에 지그문트를 주인으로 선택하지도 않았을 것이다.

성검은 강인한 의지를 가진 인간만을 선택해 왔다.

그래도 성검은 지그문트가 더 이상 고통을 당하는 것을 원치 않았으므로, 정의로운 영웅이 극악무도한 마녀에게 굴종하기를 바랐다.

마녀가 바라고 성검이 바라는 일은 모두 모순되고 불가능한 일이다.

불사왕은 성검을 향해 손을 뻗으려고 했다가 이내 그만두었다.

오십 년의 시간이 지났다.

오십 년이 얼마나 긴 시간인지 아는가?

인간의 평균 수명이 기껏해야 칠십 년이다.

그럼에도 영웅은 끝까지 버텼다.

그는 결단코 굽히지도 않고 꺾이지도 않았다.

그러나 영원히 이어지는 고통이 그의 영혼을 한 까풀씩, 아주 조금씩 갉아먹었다.

오십 년 후, 영웅이 마녀의 손을 붙잡고 속삭였다.

"당신을 사랑합니다."

영웅의 의지는 돌처럼 굳건했으나, 마녀의 힘은 신의 권능보다도 컸다.

지그문트는 영혼을 잃고 백치가 되었다.

그러므로 더 이상 의지를 다질 수도 없고 신념을 관철할 수도 없다.

지그문트는 마침내 마녀의 앞에서 비굴한 미소를 지으며 굴복했다.

적염의 마녀는 팔을 뻗어 그를 깊이 끌어안았다.

그의 뺨과 귓가에 입술을 맞추었다.

제 품에 안겨 있는 것이 지그문트를 닮은 인형이라는 것을 깨달았으므로 눈물을 흘렸다.

피와 살이 없는 성검 브룬힐트가 마치 인간처럼 오열했다.

불사왕은 사해에서 가장 높고 화려한 왕의 옥좌에 올랐고 하늘을 올려다보았다.

이를 데 없이 참담한 얼굴로.

Chapter 08
귀환

THE KING OF IMMORTALITY

라우지 토가는 미친 듯이 도망치다가 겨우 용기를 내어 뒤를 돌아보았다.

혹시라도 적무연이 쫓아오진 않았을까 두려움에 떨면서.

사령왕 야요가 혀를 끌끌 찼다.

한때 그가 요정이었음을 증명하듯 바람이 불 때마다 투명한 녹색 머리카락이 흩날렸고 그 사이로 길고 뾰족한 귀가 드러났다.

"안심해라. 적무연님은 추격전을 펼칠 만큼 부지런하지 않으니까."

야요의 말에도 라우지 토가는 안정을 찾지 못했다.

당장에라도 적무연의 마법이 그를 집어삼킬 것만 같았다.

그 끔찍한 마력의 소용돌이라니!

이 정도로 실력에 차이가 날 거라곤 정말 꿈에도 상상하지 못했다.

적무연이 평소 대마대왕전에 틀어박혀 꼼짝도 하지 않는 탓에 라우지 토가는 그녀의 힘을 직접 목격한 적이 한 번도 없었다.

그래서 더욱더 충격이 컸다.

"적무연, 적무연…… . 하필 그 마법사의 주인이 적무연이었다니…… ."

그는 지그문트를 떠올리며 손톱을 짓씹었다.

야요는 한심하다는 표정으로 말했다.

"멍청한 놈. 일곱 제후의 눈을 가리고 중급 마족에 준하는 힘을 가진 막강한 마법사를 만들어냈다. 만년장로 중 하나일 게 뻔하지 않느냐."

"아아! 제, 젠장할!"

라우지 토가는 뒤늦게 자신의 어리석음을 자책했다.

그러나 이미 쏟아진 물이다.

쿠르트는 적무연의 손에 들어가고 말았다.

이제 무슨 수로 쿠르트를 빼앗아온단 말인가?

"혀, 협상의 여지는 없을까?"

"만년장로들은 하나같이 불사왕의 충직한 개다. 그들은 왕의 명을 거역하는 행위는 절대로 하지 않는다. 그런 식으로 왕의 발바닥을 핥으며 만 년을 생존해 온 것이다. 뭐, 이번에 호운님이 난생처음 변절 행위를 시도했다가 그 자리에서 즉사한 모양이다만."

야요는 어깨를 들썩였다.

라우지 토가는 어쩔 줄을 몰라 하다 문득 야요를 쳐다봤다.

"그런데 사령왕 야요, 무슨 속셈으로 갑자기 나타나서 날 구해준 것입니까? 엄밀히 말해 구해준 건 아니지만."

그때 상황을 다시 생각해 보니 적무연은 라우지 토가를 죽일 생각은 없었던 것 같다.

그러므로 혼자서도 충분히 도망칠 수 있었을 것이다.

라우지 토가가 미심쩍은 표정을 짓고 있을 때 야요가 갑자기 질문을 던졌다.

"너는 불사왕이 몇 명이라고 생각하지?"

"무슨 헛소리신지?"

"답이나 해라!"

라우지 토가가 건들거리며 되묻자 야요는 눈살을 찌푸렸다.

순간 무형의 힘이 라우지 토가의 전신을 죄었다.

사령왕 야요는 마족 서열 4위이다.

만년장로 셋만 빼면 그가 마족 중에서 가장 강하단 뜻이다.

"그, 그 하인 놈을 이야기하는 겁니까?"

라우지 토가는 어쩔 수 없이 저자세를 취했다.

그러나 속으로는 이를 부득부득 갈고 있었다.

좀 더 강한 힘이 필요했다.

왕의 핏덩이를, 쿠르트를 잡아올 수만 있다면 이런 놈쯤 장난감처럼 가지고 놀 수 있을 텐데!

혹시 사령왕 야요도 쿠르트를 노리고 있는 것인가?

"왕의 분신 비슷한 녀석들까지 셈하라는 것이 아니라, 순수하게 불사왕이 몇이나 되는가 묻고 있는 것이다."

"그럼 당연히 불사왕은 한 명입니다."

라우지 토가는 생각할 것도 없이 대답했다.

"틀렸다. 불사왕은 두 명이다."

그러나 야요는 당연한 진리를 부정했다.

"본디 세상에 불사왕은 오직 하나였다. 그러던 어느 날 불사왕이 어느 마족에게 자신의 육신을 전부 넘겨주었다. 피 한 방울, 머리카락 한 올까지 모조리! 그리하여 불사왕의 모든 것을 물려받은 자가 나타났다. 또 한 사람의 새로운 불사왕이 탄생한 것이다!"

라우지 토가는 잠시 넋을 놓고 있었다.

멍청한 표정이 쉽게 풀어지지 않았다.

"호, 혹시 집시왕비를 말하는 거?"

집시왕비가 불사왕의 전신을 뜯어먹었다는 정보를 한참 전에 얻은 바 있다.

그러나 막연하게 엄청 강해졌을 거란 상상만 했지 그 이상은 생각지 못했다.

또 한 사람의 불사왕이라니, 어떻게 그런 생각을 했겠는가!

하지만 생각해 보니 그 원리는 너무나 간단했다.

그를 포함한 마족들은 고작해야 불사왕의 피 몇 방울을 먹었다.

불사왕이 가진 힘의 일부밖에 얻지 못한 것이다.

그러나 집시왕비는 왕의 육신을 머리부터 발끝까지 전부 취했다.

불사왕의 모든 마력을 고스란히 얻은 것이다.

그러므로 그녀는 또 한 사람의 불사왕이 되었다!!

걷잡을 수 없는 충격에 라우지 토가는 말도 제대로 하지 못했다.

"새로운 불사왕은 최초의 불사왕과는 여러 가지로 추구하는 방향이 다르다. 그녀는 인간을 죽이지 말라고 하지도 않고 사해에 틀어박혀 살라고 강요하지도 않지. 그로 인해 마족의 대의가 둘로 나뉘어지고 말았다. 하나는 최초의 불사왕을 위시로 한 세력이고, 또 하나는 새로운 불사왕을 지지하는 세력이다. 네놈도 명색이 일곱 제후 중 하나이니 알고 있을 필요가 있으리라 생각하여 찾아온 것이다. 두 불사왕 중에 어느 쪽에 붙는 것이 좋을지 신중하게 생각해 보도록 하라."

"아, 아……."

라우지 토가는 더듬더듬 대답했다.

야요는 한심하다는 듯 그를 굽어본 뒤 다른 곳으로 떠났다.

홀로 남은 라우지 토가는 온몸을 부들부들 떨었다.

그는 지금까지 불사왕에게 비위를 맞춰서 마력의 일부를 얻어낼 생각밖에 하지 못했다.

그런데 이제 보니 그 자신이 불사왕이 될 수 있는 방법이 있었다.

두 명의 불사왕 중에 어느 쪽에 붙을지 고르라고?

웃기지도 않는 헛소리!!

바로 나 자신이 불사왕이 되면 될 일 아닌가!

왕이 건재했던 과거였다면 시도조차 불가능했을 일이다.

그러나 지금은 다르다..

불사왕은 본신의 힘을 거의 다 잃은 상태이고, 왕의 권능이 봉인된 인간이 지금 무방비하게 세상을 돌아다니고 있으니까.

"적염마녀는 분명히 날 죽일 의사가 없었어. 마족을 죽이지 말라는 불사왕의 금령을 지키기 위해서겠지. 그렇다면 아직 기회는 있다. 마녀는 제 마법사를 아끼고 있는 것 같으니 놈을 인질로 삼으면 틀림없이 시간을 벌 수 있을 것이다. 그래. 그래! 잠깐의 시간만, 아주 짧은 시간만 있으면 돼!!"

빠르게 혼잣말을 내뱉던 라우지 토가는 허둥지둥 도망 왔던 길을 되짚어갔다.

그가 사라진 뒤 사령왕 야요가 다시 모습을 드러냈다.

야요는 한참을 서 있다가 정중하게 허리를 숙였다.

라우지 토가의 과감한 결단에 진심으로 경의를 표하며.

"아무렴. 나로선 흉내도 내지 못할 일이니까."

피식.

야요는 기분 좋게 남으로 방향을 틀었다.

왕이 그가 이루어낸 성과를 매우 흡족하게 여겨 상을 내리리라.

물론 상을 주는 이는 테오발트가 아니다.

그는 아름다운 새 왕에게 충성을 바치고 있었다.

사령왕 야요뿐 아니라 수많은 마족들이 새로운 불사왕을 모
시기 위해 새로운 왕국으로 모여들고 있었다.

＊　　　＊　　　＊

레논은 차마 고개를 들지 못하고 땅만 쳐다보았다.

한참 뒤에야 겨우 지그문트에게 시선을 주었다.

지그문트는 오래전에 고장난 인형이었다.

그래서 과거에 했던 행동을 반복하거나 남의 행동을 따라
하는 것밖에 못했다.

적무연이 자신을 사랑해 달라고 요구하자, 지그문트는 연인
들이 하는 행동을 유심히 관찰한 뒤 머릿속에 입력해 둔 것을
그대로 반복했다.

레논이 엔하를 위해서 물을 떠다 주었듯이 지그문트도 적무
연을 위해 물을 뜨러 갔다.

이를 데 없이 다정하게 행동하고 수없이 사랑을 고백하지만
지그문트의 모든 행동에는 아무런 의미도 없다.

그리고 필경 적무연도 그 사실을 알고 있다.

엔하는 이를 악물고 서 있었다.

눈가가 빨갛게 부어 있었다.

슬픔 그 이상의 큰 분노를 느꼈기 때문이다.

그녀는 적무연을 비난하려고 했다.

그러나 곧 고개를 흔들었다.

엔하는 손가락을 들어 쿠르트를 가리키고 말했다.

"마녀의 악행을 막고 지그문트를 구해낼 수 있었을 것이다. 네겐 그를 구하고도 남을 능력이 있었어. 그런데 참사를 빤히 보고도 방치했다."

"맞다. 그래서 신경이 쓰였던 것이다."

지그문트라는 이름을 가진 인간이.

그의 생가였던 베르그이젤 백작 가문이.

"불사왕, 왜냐. 어째서 마녀를 죽여 그녀의 만행을 막지 않았느냐. 애초에 왜 저따위 사악한 마녀를 만들어낸 거야?"

"고독을 참지 못해서. 충동적인 실수로 인하여."

"실수라고오오!!!"

엔하는 결국 참지 못하고 피를 토할 것처럼 고함을 질렀다.

지그문트를 지옥 속에 처박아놓고.

셀 수도 없을 만큼 엄청난 수의 사람들을 학살해 놓고.

지금 실수라고 지껄였단 말이냐!

"안타깝게 여기는 척 마라!! 이 지상에서 진정 죽어 없어져야 할 것은 바로 네놈, 불사왕이다!!!"

엔하는 진심으로 저주를 퍼부었다.

쿠르트는 고개를 저으며 테오발트가 했던 말을 그대로 읊었다.

“부정하지 않으마. 그러나 불사왕은 전능하며 불멸이다. 나는 수십 번을 죽여도 수천 번을 부활할 것이다. 나는 신의 축복조차 흙발로 짓밟을 수 있다. 그러므로 나의 실수로 수백만의 무고한 사람들이 살해당해도 그것을 막을 수 있는 자는 존재하지 않는다. 나로 인해 온 세상이 지옥으로 변한다 한들 누가 감히 나의 과오를 묻고 징벌할 수 있겠느냐.”

고개를 들어 하늘을 보았다.

햇빛이 눈부시게 내리쬐고 있었다.

빌어먹을 만큼 해맑은 날씨였다.

그래서 누가 접근하는지 더욱 쉽게 눈에 띄었다.

“여어.”

라우지 토가가 공중에 몸을 띄운 채 말했다.

쿠르트는 깊이 한숨을 토하며 눈을 지그시 감았다.

언제까지나 눈을 감고 있을 수 없으므로 결국 그를 마주 보았다.

“네 녀석이냐. 정말 끈질기구나.”

“같은 말이라도 끈기가 있다고 말해주면 말하는 사람도 좋고 듣는 사람도 좋지 않아?”

“서로에게 좋게 넘어갈 단계는 이미 넘어간 것 같군.”

“그렇지도 않아. 아직 기회는 남아 있다. 쿠르트, 네가 곱게 내 손아귀에 들어온다면 아무도 건드리지 않고 조용히 물러나겠다.”

적무연이 옷자락을 들고 자리에서 일어났다.

"라우지 토가, 쿠르트님은 넘겨 드릴 수 없습니다. 부왕께서 그분을 보호하라고 분부하셨답니다."

라우지 토가는 속으로 코웃음을 치며 적무연에게 시선을 돌렸다.

과연 불사왕의 충견다운 행동거지가 아닌가.

그러나 속으로 조소를 보내는 것이 그가 할 수 있는 행동의 전부였다.

마주 보고 있기만 해도 이마에서 식은땀이 흘러내리는데 어찌 그녀를 비웃겠는가.

적무연이 얼마나 강한지 알고 있는 한 이 공포에서 벗어날 방법은 없다.

아니, 공포에서 벗어날 방법이 유일하게 한 가지 존재한다.

라우지 토가는 마른침을 삼키고 입을 열었다.

"마녀야, 너는 불사왕의 명령과 저기 백발 마법사 중에 어느 쪽이 더 중하지?"

지그문트는 적무연을 위해서 예쁜 잔에 물을 따르고 있었다.

잔을 들고 그녀에게 되돌아가려던 순간이다.

우웅.

지그문트를 둘러싼 허공이 일렁이더니 갑자기 수축하여 전신을 꽉 옭아매었다.

살짝만 건드려도 몸뚱이가 폭발하여 산산조각이 나게끔.

적무연의 눈을 피해 쿠르트를 납치하는 것은 아무래도 어럽다.

저항하는 녀석을 들쳐 메고 먼 곳까지 도망가야 하니까.

하지만 순간을 이용하면 인간을 하나쯤 죽여 버리는 것 정도는 가능하다.

그러니까 백발의 마법사를 살리고 싶으면 내 말을 들어라.

라우지 토가는 지그문트를 인질로 잡은 채, 그 말을 하려고 했다.

"지그문트!!!!"

그때 적무연이 광인처럼 눈을 뒤집고 노성을 터뜨렸다.

일전에 몰래 쿠르트를 빼앗아가려 했을 때도 이 정도로 분노하지는 않았다.

순식간에 적무연이 라우지 토가의 바로 코앞까지 치달았다.

전 세계를 잿더미로 만들어 버린 적도 있는 그 시뻘건 화염을 두 팔에 휘감고.

콰르륵!

라우지 토가는 입을 뻐끔거렸다.

본능이 피해야 한다고, 어서 피하라고 그의 머리를 사정없이 두들기면서 경고했다.

그는 지그문트를 이용해 어찌할 생각도 못하고 사력을 다해 몸을 피했다.

"끄아아아악!!"

몸뚱이의 반절이 불에 타 들어갔다.

재빨리 도망쳐서 간신히 형체는 남았으나 살가죽과 근육이 대부분 불타서 끔찍한 꼴이 되었다.

라우지 토가는 고통에 버르적거리면서도 결정타가 이어질 것이라 상상하며 네 발로 허둥지둥 기다시피 해서 도망쳤다.

그러나 아무 일도 일어나지 않았다.

적무연은 신발이 벗겨지는 줄도 모르고 맨발로 지그문트의 곁으로 달려가 정신없이 그의 얼굴을 매만졌다.

"지그문트, 나의 지그문트."

라우지 토가는 짧은 순간에 깨달았다.

이제 보니 백발 마법사는 하늘이 무너져도 절대로 건드려서는 안 되는 존재였다.

마법사가 불상사를 당하는 순간, 적무연은 정신을 놓고 미치광이가 되어 라우지 토가를 포함한 세상의 모든 것을 멸망시키고 말 것이다.

계획이 무산되어 버리자 라우지 토가는 어찌할 바를 모르고 허둥거렸다.

그리고 갑자기 레논으로 목표를 바꾸었다.

그가 결심을 함과 동시에 쿠르트는 레논이 위험에 처했음을 깨달았다.

하지만 그것을 뻔히 알면서도 방법이 없었다.

라우지 토가가 적무연에게 엉망진창으로 당하고 있지만, 그건 적무연이 비정상적으로 강하기 때문이다.

서열이 9위나 되는 제후 급 마족을 상대로 그가 무엇을 할 수 있겠는가.

쿠르트는 적무연에게 급히 도움을 요청했다.

하지만 그녀는 지그문트에게 온통 정신을 빼앗겨 쿠르트의 목소리를 듣지 못했다. 그사이 라우지 토가가 레논의 목을 움켜쥐었다.

“이놈을 살리고 싶다면 다들 움직이지 마라!!”

그때 즈음에서야 적무연은 얼굴을 슥 들었다.

“……?”

레논이 인질로 잡힌 것을 보고 그녀는 고개를 갸우뚱했다.

적무연이 지켜야 할 사람은 지그문트와 쿠르트뿐이었다.

애초부터 레논과 엔하는 죽든 말든 상관할 생각이 전혀 없었다.

그래서 레논이 인질로 잡힌 것을 보고도 라우지 토가를 붙잡기 위해 움직였다.

“우, 움직이지 말라고 했잖아!! 물론 너라면 당장에라도 날 죽일 수 있겠지. 하지만 죽는 순간 반드시 이놈을 지옥 가는 길의 동무로 삼고 말겠다!”

라우지 토가는 악을 쓰며 외쳤다.

당연히 적무연은 그의 외침을 한쪽 귀로 흘렸다.

결국 쿠르트가 나서서 그녀를 막았다.

“멈춰라. 라우지 토가의 말을 따라다오.”

“…….”

적무연은 까만 눈을 깜빡거리다가 뒤로 물러섰다.

그녀는 지그문트와 관련된 일이 아니면 이성을 잃을 일도 없고, 아예 흥미 자체가 없었다.

정확히는 불사왕조차 어찌 되든 상관없었다.

단지 까마득히 오랜 세월 동안 왕에게 충성해 왔기 때문에, 그 행동이 습관이 돼서 왕을 돕고 있을 뿐이다.

한편, 레논은 기가 차서 차라리 실소를 짓고 있었다.

그는 라우지 토가가 움직이고 자신의 목을 움켜쥐는 과정을 전혀 인식하지 못했다.

그냥 문득 정신을 차리고 보니까 인질이 되어 있었다.

이렇게 황당하고 한심할 수가.

"그만둬, 쿠르트. 나 같은 건 그냥 무시해라."

진심으로 한 말이다.

쿠르트의 말대로 집에 들어가서 발 닦고 잠이나 잤으면 아무 일도 없었을 것이다.

그런데 도움이 될 거라고 얼간이처럼 억지를 쓰다가 보기 좋게 인질이 되고 말았다.

"레논!"

엔하도 뒤늦게야 레논이 붙잡힌 것을 알고 몹시 당황했다.

레논은 싱긋 웃으며 손을 흔들었다.

"걱정해 주시는 겁니까. 이거 기쁜데요. 내세에도 엔하님을 만날 수 있었으면 좋겠군요."

"이 자식이 뭐라고 지껄여 대는 거야!!"

라우지 토가가 손아귀에 더욱 힘을 주며 소리 질렀다.

그때 실실 웃음을 흘리던 레논이 갑자기 정색을 하고 고개를 돌렸다.

"네놈을 지옥에 처박을 수 있다면 내 기꺼이 길동무가 되어 주겠다! 나 한 사람에 고위 마족 하나를 없앨 수 있다니 이거야 거저먹는 셈 아닌가!!"

"다, 닥쳐!"

라우지 토가는 극도로 당황했다.

레논이 핵심을 찌른 탓이다.

이깟 버러지 같은 인간 한 마리만 안고 허무하게 죽을 수 없었다.

절대 그렇게는 못한다!

라우지 토가는 레논을 앞세우며 쿠르트를 향해 외쳤다.

"지금 내 말 듣고 있나? 정말로 이 자식을 죽여 버릴 거다!! 죽여 버릴 거야!! 그러면 두 번 다시 돌이킬 수 없다! 알아들어?!"

"진정해라. 제대로 듣고 있으니 레논을 건드리지 말아다오."

쿠르트가 양손을 들고 말했다.

그가 저자세로 나오자 라우지 토가의 얼굴이 겨우 펴졌다.

레논은 바락바락 소리 질렀다.

"쿠르트!! 날 끝까지 병신으로 만들 셈이냐! 나랑 같이 이놈을 죽여!!"

"이 새끼, 혓바닥을 뽑아버리기 전에 닥치지 못해?"

"얼마든지 환영이다! 아예 찍소리도 못 내게 두들겨 패다오!

죽기 전에 내가 저지른 병신 같은 짓거리를 반성하고 싶으니까!”

“이, 이 버러지 놈이!!”

몸싸움으로는 안 되도, 말싸움으로 라우지 토가를 이겼다.

테오발트와 말을 섞는 동안 입심이 늘어난 게 분명하다.

레논은 이를 드러내며 히죽 웃었다.

송곳니가 유난히 길고 날카롭게 보였다.

“우리 같이 죽어보자고!”

짐승이 으르렁거리는 것과 비슷한 목소리가 그의 입에서 튀어나왔다.

그의 부름에 응하여 사방으로부터 바람이 몰려왔다.

일전에도 이와 똑같은 현상이 일어난 적이 있다.

“레논!! 멈추지 못하겠느냐!!”

그때 쿠르트가 커다랗게 불호령을 터뜨렸다.

반쯤 이성을 잃어가던 레논이 그 노성에 퍼뜩 정신을 차렸다.

“내 미리 말했을 것이다. 네가 죽으면 내 두 번은 참지 않을 거라고. 아니면 너도 어서 마족이 되고 싶은 거냐? 저 녀석처럼?”

쿠르트는 턱짓으로 라우지 토가를 가리켰다.

불사왕은 아주 긴 세월을 살았다.

그동안 친구를 사귀기도 하고, 연인과 사랑을 나누기도 했다.

정식으로 결혼해서 가정을 가진 뒤 아이를 얻은 적도 있다.

라우지 토가는 불사왕의 아들이었다.

사실 모든 마족들은 불사왕의 아들이고 딸이다.

하지만 그건 마족으로 다시 태어나게 해주었다는 의미일 뿐이다.

라우지 토가는 그런 상징적인 의미의 아들이 아니다.

그는 불사왕과 어느 사랑스러운 여인 사이에서 태어난 친아들이다.

불사왕은 인간으로 살 수도 있고, 요정이나 난쟁이로 살아갈 수도 있다.

육신이 인간일 때 낳은 아이는 평범한 인간이다.

갓 태어난 아이가 바동거리다가 그의 뺨을 덥석 잡았다.

그 조그맣고 고사리 같은 손가락이 얼마나 귀여웠는지 모른다.

"토가, 레논을 놓아다오."

"웃기지 마! 내가 왜 그래야 하지?"

라우지 토가는 이를 부득부득 갈며 말했다.

쿠르트는 적무연을 향해 말했다.

"무슨 일이 있더라도 절대로 토가를 공격하지 마라. 이건 명령이다."

적무연은 고개를 또 한 번 갸우뚱했다.

그녀에게 명령할 자격이 있는 것은 불사왕뿐이다.

잠시 뒤 그녀는 빙그레 웃었다.

"그리하겠습니다."

쿠르트는 다시 라우지 토가를 바라보았다.

"이제 되었느냐? 관계없는 녀석들은 내버려 두고 나와 결착을 보도록 하자."

"현명한 선택을 했다."

라우지 토가는 그제야 길게 미소 지으며 레논을 바닥에 집어 던졌다.

여차하면 다시 붙잡으면 된다.

쿠르트는 레논이 죽는 것을 원치 않는다.

그걸 안 것만으로 충분히 인질이 된 셈이다.

"먼저 확인할 게 있다. 잘려 나간 오른팔, 왜 원래대로 되돌아오질 않지?"

라우지 토가는 쿠르트의 오른쪽 어깨를 가리켰다.

"도마뱀 꼬리도 아닌데 사람들 보는 앞에서 팔이 불쑥 자라나면 내 입장은 어떻게 되고?"

"팔을 복구할 수 없어서 이러고 다니는 건 아니란 말이군. 그렇다면 좋아."

마족은 한쪽 팔의 마력을 잃으면 영영 되찾지 못하지만, 불사왕은 한쪽 팔의 마력을 잃어도 금방 복구할 수 있다.

사실 복구한다는 말은 정확하지 않다.

불사왕의 마력은 무한하기 때문이다.

끝이 없는 바다 앞에서 물을 한 동이 퍼낸들 그게 무슨 상관이란 말인가?

이제 그 무한한 마력을 고스란히 취할 차례이다!

라우지 토가는 거만하게 턱을 치켜들고 쿠르트에게 다가갔다.

츠츠츠.

적무연에게 당했던 화상이 치유되며 수증기를 뿜어냈다.

성검에 당한 상처가 아니니 완치할 수 있을 것이다.

하지만 이만큼 상처가 깊으면 치료하는 데 시간이 아주 오래 걸린다.

퍼억!

라우지 토가가 다짜고짜 쿠르트의 배를 걷어찼다.

쿠르트는 별수없이 뒤로 나동그라졌다.

바닥에 쓰러진 그를 라우지 토가가 발로 짓밟았다.

세 번, 네 번 짓밟을 때마다 감정이 격해져 욕지기를 뱉어냈다.

"빌어먹을 자식! 이 개자식이! 덕분에 진짜 돼지는 줄 알았잖아!!"

"…토가."

쿠르트가 라우지 토가의 다리를 붙잡았다.

"왜 남의 이름을 그따위로 불러! 나도 이참에 감정을 실어 한번 불러줄까? 아앙? 아버지!!"

퍼억!

라우지 토가는 힘을 다해 쿠르트의 배를 걷어찼다.

엄청난 충격에 쿠르트의 몸뚱이가 크게 들썩였다.

"커헉!!"

속이 뒤집어지는 느낌을 받으며 그는 피를 토해냈다.

핏속에 시뻘건 내장 덩어리도 섞여 있었다.

그걸 보고 라우지 토가는 얼른 물러났다.

"이렇게 죽어버리면 안 되지. 아아, 아버지 꼴이 너무 비참해서 눈물이 나올 거 같은데?"

라우지 토가는 쿠르트의 옷깃을 쥐고 위로 들어 올렸다.

피로 범벅이 된 채 쿠르트는 잔기침을 하며 계속 피를 토했다.

겨우 숨을 가다듬은 뒤 그가 힘들게 말했다.

"차라리… 아버지라 부르지 마라…….."

라우지 토가는 킄킄 웃으며 그의 뺨을 툭툭 쳤다.

"너무 그러지 마. 난 소중한 당신의 아들이잖아. 그래서 날 이렇게 마족으로 만들어준 거잖아. 병약했던 내가 매일 시름시름 앓는 것이 너무 마음이 쓰이고 안쓰러워서 이렇게 강철 같은 몸과 엄청난 마력을 줬잖아!! 설사 하늘이 무너진다 해도 상처 입는 일이 없도록. 언제까지나 건강하게 지내기를 바라면서. 안 그래? 하하, 끄하하하하하하하!!!"

쿠르트는 아주 자지러지는 라우지 토가를 한참 쳐다보았다.

그리고 물었다.

"그게… 그리 재밌느냐……?"

"재미있다마다!!!"

라우지 토가는 입꼬리를 잔뜩 끌어 올리고 얼굴을 바짝 갖다대며 외쳤다.

그건 더 이상 사람의 형상이 아니다.

사악한 악마들을 마주할 때마다 쿠르트는 울지 못해 웃었다.

"나는 슬프구나."

목소리만 쓸쓸하게 울렸다.

레논은 달리 할 수 있는 일도 없으면서 저도 모르게 몇 걸음 내딛었다.

쿠르트에게 무슨 말이든 해주고 싶었다.

엔하는 한마디도 하지 못하고 둘의 대화를 듣고 있었다.

무거운 정적이 숲을 짓눌렀다.

하지만 오직 한 사람 라우지 토가만은 무척 경쾌하게 움직였다.

그는 피투성이가 된 쿠르트를 흙바닥에 눕혔다.

"왜 이렇게 우울해. 그러지 말고 밝게 웃어."

그는 입꼬리를 끝까지 끌어당겼다.

눈썹을 한껏 치켜들고 눈은 완전히 초승달 꼴로 말렸다.

그는 해맑게 웃으며 손을 쿠르트의 가슴 한복판에 쑤셔 박았다.

퍼억!

"쿨럭! 쿨럭, 커헉."

쿠르트는 피를 몇 차례 더 토했다.

그는 몸을 꿈지럭거려 하나 남은 팔을 힘들게 뻗었다.

손끝이 라우지 토가의 뺨에 간신히 닿았다.

핏줄이라는 게 무엇이기에 이렇게 마음을 약하게 만드는가.

녀석이 아무리 간사하게 웃고 아첨을 떨어도 그는 도무지 냉정하게 떨쳐 낼 수가 없었다.

"토가……. 내 아들아."

쿠르트가 입을 열어 뭐라 말을 하려고 했다.

그때 라우지 토가가 마력을 움직여 쿠르트를 갈가리 찢어발 겼다.

손아귀로 빨려 들어가듯 먼저 몸이 찢어지고 팔다리가 산산 조각났다. 한때 쿠르트였던 피륙들이 라우지 토가의 팔을 중 심으로 회오리쳤다.

"드디어!"

불사왕의 모든 피륙을 먹고 새로운 불사왕으로 거듭날 때가 되었다!!

라우지 토가는 입을 쩌억 벌렸다.

피륙들이 그의 입속으로 빨려 들어갔다.

"테오발트……!"

레논은 눈을 질끈 감고 말았다.

도저히 눈을 뜨고 볼 수가 없었다.

이것이 바로 마족이란 족속이고, 너무도 끔찍하여 악마라고 불리는 것이리라.

꿀꺽.

이윽고 마지막 한 방울의 피까지 모조리 라우지 토가의 입 속으로 사라졌다.

그는 깊이 숨을 들이마시고 황홀하게 내쉬었다.

아직 살아남아 있는 가련한 벌레들이 눈에 띄었다.

레논과 엔하는 망연자실했다.

적무연은 뭐가 뭔지도 모르고, 정확히는 아무 생각 없이 지그문트를 끌어안고 있었다.

이제 저 마녀를 봐도 조금도 두렵지 않았다.

그것은 분명 불사왕의 무한한 마력을 물려받았기 때문일 것이다.

"그간의 빚 한꺼번에 갚아주겠다!!!"

라우지 토가는 두 팔을 넓게 펼쳤다.

그의 잔인한 음성이 허공을 쩌렁 울렸다.

날은 유난히도 맑았다.

햇빛이 눈부시게 쏟아지고 모양이 예쁜 구름만 하늘 위에 간간이 떠다녔다.

평화로운 정경이 이어졌다.

그리고 아무 일도 일어나지 않았다.

"……."

라우지 토가는 팔을 쫙 뻗은 채 계속 엄청난 힘이 뿜어져 나오기를 기다렸다.

아무리 기다려도 소식이 없자 결국 제 몸을 여기저기 만져 보았다.

"이, 이럴 리가 없는데."

그는 허둥거리며 적무연을 보았다.

마치 어린애 칭얼거리는 것처럼 말했다.

"마녀를 봐도 무섭지 않단 말이야. 그건 내가 강해졌기 때문이잖아."

"틀렸다. 그건 네가 강해졌다고 혼자 착각을 했기 때문이다."

지옥의 아가리가 열리듯 새파란 하늘이 좌우로 쫘악 찢어졌다.

테오발트가 이 주일 거리를 한걸음에 건너와 라우지 토가의 앞에 섰다.

그는 바로 직전까지만 해도 조금 강한 인간에 불과했지만, 더 이상은 아니었다.

라우지 토가는 턱을 덜덜 떨었다.

이건 꿈일 거야.

몸을 웅크리며 이런 생각까지 했다.

"토가, 내 아들아."

조용히 말을 꺼내는 것만으로도 온 세상에 그의 영향력이 미쳤다.

불사왕이 얼마나 강한지 겪어보지 않으면 절대로 모를 것이다.

그가 행방불명이 되고 80년이나 흘렀는데도 마족들은 금령을 어길 용기가 없어 사해 안에서 종종걸음만 쳤다.

힘을 잃어버렸다는 소문을 듣고도 그 거칠고 난폭한 마족들이 감히 날뛰질 못하고 1년 넘게 인간들 뒤에서 잔재주만 피웠다.

“어, 어째서. 그, 그럼 쿠르트란 놈은 대체 뭐였던 거야.”

라우지 토가는 반쯤 넋을 놓고 중얼거렸다.

“그건 아무것도 아니다.”

테오발트가 대답했다.

“아무것도 아니라고?”

“쿠르트는 짐을 그대로 투영해서 만든 일종의 분신이다. 아
니, 분신이라고 하기도 과하구나. 그냥 허상 같은 것이지.”

“그, 그럴 리가. 허상 따윌 뭐, 뭐에 쓰려고.”

“굳이 의미를 부여하자면 기폭제라고 할까. 그걸 꾹 누르면
터지도록 설정해 놓았지. 이렇게 말이다.”

테오발트는 입을 동그랗게 말았다.

“퍼엉!”

그의 손이 라우지 토가의 목을 우악스럽게 움켜쥐었다.

반사적으로 저항을 시도하는 라우지 토가를 손쉽게 제압하
고 살과 근육을 짓눌렀다.

우드득.

목뼈가 일부 으스러졌다.

물론 그 정도로 죽진 않는다.

단지 고통에 몸부림칠 뿐이다.

라우지 토가는 꾸럭꾸럭 피거품을 문 채, 아직도 포기를 못
하고 고개를 마구 휘저었다.

“끄으윽, 아냐. 아냐! 쿠르트가 단순한 허상일 리 없다. 쿠르
트의 팔뚝살을 먹고 나는 조금이나마 강해졌단 말이다.”

“쿠르트의 팔뚝을 먹기 전에 내 심장을 한 입 뜯어먹지 않았
느냐.”

테오발트가 친절하게 제 왼쪽 가슴을 가리켰다.

“쿠르트가 팔뚝이 잘리면서 크게 망가졌기 때문에, 힘의 봉
인도 상당 부분 풀리고 말았다. 그래서 네가 뒤늦게 심장을 먹
은 효력을 보았던 것이다. 일전에 어떤 개와 다람쥐도 내 피를
먹었는데 녀석들도 효력을 봤을지 모르겠구나.”

라우지 토가는 망연히 입을 벌렸다.

사건이 절묘하게 맞아떨어져서 오해가 생기고 말았다.

그 일만 아니었다면 여전히 쿠르트의 정체에 대해 확신을
얻지 못해 언저리만 맴돌았을 것이다.

당연히 쿠르트를 죽이는 강수를 두지도 않았을 것이다.

“기, 기다려 봐. 쿠르트가 사라지는 시점에 당신은 힘을 되
찾을 예정이었다. 역시 당신은 스스로 자신의 힘을 봉인했던
거야!”

“솔직하게 말하자면, 그런 셈이지.”

“왜 그런 이상한 짓을 한 거지? 힘만 있었다면 그런 험한 꼴
을 당하지도 않아도 되었을 것이다. 홀베크란 놈이나 레티치
아란 년이 죽을 일도 없었겠지.”

“……”

테오발트는 모호한 표정으로 웃었다.

“그렇지도 않다. 인간은 반드시 죽지 않더냐. 화살에 맞아
죽든, 꼬챙이에 찔려서 죽든. 아니면 늙어 죽든.”

“그, 그렇다면 내가 한 짓도 용서받아야 돼! 인간을 산더미처럼 죽여도 용서해 줘야 한다고!! 인간이야 어떤 식으로든 죽을 팔자니까!”

라우지 토가는 겨우 살아날 구멍을 찾았다고 생각했는지 바동거렸다.

그러나 테오발트는 고개를 저었다.

그런 짓은 용납할 수 없다.

홀베크와 레티치아가 참혹하게 살해당한 것을 보며 얼마나 비통했는지 모른다.

힘이 없어서 아쉽다는 생각도 몇 번이나 했다.

“그래도 힘을 되찾고 싶지 않았다. 왜냐하면 인간이 되고 싶었으니까.”

두 사람과 같은 인간이 되고 싶어서 스스로 권능을 봉인했다.

가능하다면 그들과 함께 살다가 같이 죽길 바랐다.

홀로 남아 고독을 씹는 건 정말이지 지긋지긋했다.

그런데 이렇게 당연한 일이 어째서 그에게만 허락되지 않는가.

테오발트의 간절한 바람을 듣고 라우지 토가는 기가 막혀 오만상을 다 썼다.

인간이 되고 싶어?

그가 이를 드러내며 말했다.

“내가 재미로 인간을 죽이는 것처럼 당신도 인간을 가지고 놀고 있어. 결국 그딴 시시한 이유 때문에 인간 흉내를 내며 놀고 있었던 것뿐이잖아! 당신 소꿉놀이에 몇 놈이나 죽었는지 알고 있나?!"

"그래."

테오발트는 라우지 토가의 목을 쥐고 더욱 높이 올렸다.

눈매를 가늘게 뜨고 피식 웃으며.

이내 이를 으드득 갈고 핏대를 세우며 커다랗게 노성을 터뜨렸다.

그가 이처럼 크게 분노한 적은 역사를 찾아봐도 몇 번 없다.

"네가 옳다!! 짐은 소꿉놀이를 즐기고 있었노라. 그건 짐이 가장 좋아하는 놀이이기도 하다. 그런데 네놈들이 감히 흙발로 난입하여 짐의 놀이를 훼방 놔? 네깟 놈들이 감히!!!"

인간 흉내를 내며 사람들 사이를 거닐어보라!

믿음직한 친구도 사귈 수 있고, 사랑스러운 연인도 만들 수 있다.

그래서 이 소꿉놀이를 도저히 그만둘 수가 없다.

어느새 테오발트는 분노를 가라앉히고 다시 평정을 되찾았다.

그는 물끄러미 제 손아귀에 붙들려 있는 라우지 토가를 응시했다.

테오발트의 얼굴이 평화로운 데 반해 라우지 토가는 짜부라질 것 같은 압력 속에서 침과 피거품을 줄줄 흘려가며 버르적대고 있었다.

안면이 한쪽으로 흉측하게 뒤틀리고 있는데도 비명은 흘러 나오지 않았다.

성대 따위 테오발트가 손으로 짓눌러 뭉개 버린 지 오래다.

질의응답 시간도 끝났는데 더 이상 시건방진 입을 놀리게 놔둘 이유가 없었다.

"세상의 마족들을 모두 짐이 만들었다. 너희들이 너무 애틋하여 수십 번, 수백 번 이상 기회를 주었다. 일부러 쿠르트를 너희들의 손에 닿지 않는 곳에 숨겨놓고 마지막까지 참고 또 참았다. 그러나 이 서글픈 짓도 이제 끝이로구나. 토가, 내 아들아, 짐의 성질을 건드린 것을 후회하게 해주마. 먼저 죽은 그 류페인을 부러워하게 될 정도로 말이다."

테오발트는 부드럽게 조용한 음성으로 이야기를 들려주었다.

쿠르트가 무슨 말을 하려고 했는지, 라우지 토가는 그때서야 알게 되었다.

녀석의 말을 끝까지 들었다면 좋았을 것이다.

하지만 후회가 너무 늦었다.

라우지 토가는 팔다리를 허우적거리며 비명을 질렀다.

어느 누구도 그의 비명을 들을 수 없었다.

Chapter 외전
바람

THE KING OF
IMMORTALITY

끝이 보이지 않는 낭떠러지 앞에 까만 점이 보였다.

놀랍게도 그것은 사람이었다.

그는 마치 땅 위에 서 있는 것처럼 허공에 조용히 서 있었다.

우르릉.

그때 낭떠러지가 요란한 소리를 내며 부서져 내렸다.

아무렇게나 부서지는 것이 아니다.

바위가 하나씩 떨어져 나갈 때마다 낭떠러지에 거대한 여신상이 조금씩 모습을 드러냈다.

그가 눈을 가늘게 뜨자 다시 바위 몇 개가 부서져서 떨어졌다.

상황을 보건대 이 사내가 이 천 길 낭떠러지를 조각하고 있는 것이 분명했다.

잠시 후 그는 고도를 낮춰 바닥에 내려왔다.

큰 이적을 발휘하느라 그는 조금 지쳐 있었다.

그래도 두 발로 땅을 딛지는 않고 여전히 한 뼘 정도 허공에 떠 있었다.

항상 마법을 사용하고 있어야만 젊음을 유지할 수 있으며 마법도 보다 능숙하게 쓸 수 있기 때문이다.

"고상한 취미를 가지고 있구나. 네 이름이 분명 악터스라고 했지."

불현듯 등 뒤에서 들려오는 소리에 악터스는 흠칫 놀랐다.

조금도 기척을 느낄 수가 없었다.

최강의 마법사이며 소드 마스터이기도 한 그의 눈을 속일 수 있는 이는 많지 않다.

붉은 눈의 사내가 낭떠러지에 조각된 여신상을 바라보고 있었다.

불사왕.

모든 사악한 마족들의 창조주이며 지배자.

영생을 누리는 자이며 신을 능가하는 권능을 가진 자.

"명색이 여신인데 안색이 너무 어둡지 않느냐?"

여신상을 응시하던 왕이 손을 들었다.

그가 손으로 가리키자 그곳의 바위가 순식간에 작은 바위로, 모래로, 흙으로 바스러져 사라져 버렸다.

어루만지듯 손으로 쓸어내리자 벼랑이 깎이며 어느새 날씬한 여신의 팔과 섬세한 옷 주름이 나타났다.

악터스는 그 광경을 망연히 바라보았다.

벼랑을 박살 내는 것은 쉽지만, 섬세하게 조각을 하는 것은 쉽지 않다.

그도 수개월에 걸쳐 간신히 여기까지 조각을 완성했다.

그러나 왕은 눈 깜빡하는 새에 천 길 낭떠러지의 반을 여신상을 바꿔놓았다.

생각하는 대로 대지가 움직이고 하늘이 움직이는 것이다.

으스스.

등줄기를 따라 소름이 돋았다.

비명을 지르고 싶을 정도로 강대하고 전능한 힘.

악터스는 온몸에 흐르는 전율을 간신히 억눌렀다.

"후우."

그때 왕이 손을 멈추었다.

시름에 잠긴 한숨이 뒤이어 흘러나왔다.

악터스는 의문을 느꼈다.

50년 전 신마전쟁이 일어났을 때도 지금처럼 왕의 심기가 몹시 불편했다.

하지만 그 이후 한동안은 별다른 사건이 발생하지 않았다.

또 무슨 일이 있었기에 저런 모습을 보이는 것일까?

"모든 것을 잊고, 아무런 힘도 없는 연약한 존재가 되었으면 좋겠구나. 사람들과 어울려 있는 힘껏 살다가 때가 되어 세상을 떠날 수 있다면 더 바랄 게 없을 것이다.”

문득 불사왕이 감상에 빠져 입을 열었다.

지상에 살아 있는 신은 나약하고 선량한 인간들을 사랑했고 급기야 인간이 되길 원했다.

“저는 신이 되고 싶습니다. 오만하게 옥좌에 앉아 하늘과 대지와 모든 비천한 생물을 좌지우지할 수 있다면 더 바랄 것이 없을 것입니다.”

악터스가 몸을 낮춘 채 말했다.

불사왕이 눈을 동그랗게 뜨고 그에게 시선을 주었다.

잠시 뒤 그가 피식 실소를 지었다.

“짐을 이해할 수 없단 말이냐? 그건 당연한 일이다. 짐이 보잘것없는 인간이 될 수 없는 것처럼, 너도 짐의 전능한 힘을 가질 수 없다. 그러므로 너는 짐을 이해할 수 없고, 짐도 네 기분 따윈 영원히 이해할 수 없을 것이다.”

악터스는 당연한 말이라고 대답하며 그 말에 수긍했다.

불사왕은 고개를 휘휘 저었다.

“재미없는 녀석이로구나.”

바람이 불어왔다.

두 사람 모두 아무런 대화도 나누지 않고 석상처럼 서 있었다.

먼저 움직인 것은 악터스였다.

그는 무릎을 꿇고 머리를 조아렸다.

“주제넘은 짓이라는 것을 알고 있습니다. 그러나 평생의 원이기에 무례를 무릅쓰고 말씀드리겠습니다. 전능한 왕이시여, 저를 마족으로 만들어주십시오."

평소라면 허튼소리 말라고 무시하는 것이 보통이다.

하지만 무슨 바람이 들었는지 오늘은 그리하지 않았다.

"내 피를 마시는 순간 모든 것이 변한다. 너는 너이되, 네가 아니게 된다. 자아를 잃는 것에 대한 두려움이 조금도 없느냐?"

"저는 천성이 사악하고 배려심이 없습니다. 마족이 된다 해도 달라질 것은 없을 것입니다."

왕은 약간 웃었다.

그는 악터스의 왼쪽 가슴을 짚었다.

"그렇지 않다. 네 심장 깊숙한 곳에는 결코 타협하지 않는 자긍심이 도사리고 있다. 너는 세상의 그 누구보다도 자존심이 강한 놈이다. 하지만 마족이 되는 순간 너는 긍지도 신념도 없는 소인배가 될지도 모른다. 자존심 강한 네가 그것을 참을 수 있겠느냐?"

"물론입니다."

악터스는 즉답했다.

조금도 망설임이 없었다.

그러나 왕은 고개를 저었다.

"분명히 후회할 것이다. 괜히 금기라 불리는 것이 아니다. 금기된 행위는 언제나 비참한 결과를 낳게 마련이다."

"말씀대로 저는 마족이 되는 순간 소인배로 전락할지도 모룹니다. 그러나 자존심 강한 악터스는 이미 소인배가 되어 사라졌으므로 이 결과에 비통해할 자는 더 이상 존재하지 않습니다. 비참한 결과를 지켜보며 후회를 하는 것은 제가 아니라 왕이시겠지요. 따라서 저를 설득하고 계신 것은 저를 배려하기 위함이 아니라 당신 자신께서 성가신 일을 피하기 위함입니다."

겁도 없이 왕을 비난하는 주제에 자세는 여전히 공손하게 엎드린 채 그대로다.

악터스는 개처럼 땅을 기고 주인의 발을 핥곤 했으나, 밑바닥의 자존심만큼은 결코 꺾이지 않았고 겉으로 드러나곤 했다.

그래서 라우지 토가가 악터스를 그토록 싫어하는 것이다.

"버러지 같은 인간 주제에!"

그의 고함 소리가 들리는 듯하다.

왕은 그의 머리에 손을 얹었다.

"일어나라."

악터스는 무릎을 꿇고 상반신만 일으켰다.

눈빛이야 어쨌든 자세만큼은 정말로 공손하다.

"내 마음이 동하였기에 네 소원을 들어주겠다. 다만 한 가지 조건이 있다. 마법사는 제법 오랜 세월을 사니 그동안 짐을 지켜보라. 마족을 보고, 인간을 보고, 세상을 보려무나. 그래도 여전히 마족이 되길 원한다면 너를 마족으로 만들어주겠다."

"명이시라면 따르겠습니다. 숨이 끊어지는 순간까지 왕을 지켜볼 것입니다. 마족을 보고, 세상을 보고, 하루도 빠짐없이 사색하면서 마족이 되는 것이 진정 제가 바라는 일인지 판단하겠습니다. 그러나 단언하건대 저는 마지막 순간에 또 한 번 마족이 되겠다고 말할 것입니다."

악터스는 단호하게 대답했다.

불사왕은 혀를 끌끌 차며 하늘을 올려다보았다.

구름이 흘러가는 모습을 보고 있자니 모든 것이 평화롭게 느껴졌다.

비린 피 냄새를 그 순간만큼은 잊을 수 있을 것 같았다.

『불사왕』 5권에 계속…

저작권 보호!!
장르문학의 성장에 힘이 되어주십시오.

저작물의 무단 전재와 복제, 불법 다운로드!
이것은 관심이 아니라 무관심입니다!

작가님들은 창의적 열정과 시간을 투자해 자신의 꿈과 생계를 유지합니다.
한 권의 책을 만들어 많은 사람들은 자신의 인생과 미래를 설계합니다.

저작물 속에는 여러 사람의 노력과 희망이 담겨 있습니다!

저작물의 무단 전재와 복제, 불법 다운로드는 여러 사람들의 꿈과 생계를
위협함으로써 장르문학을 심각한 상황에 빠뜨리고 있습니다.

이제는 무관심이 아니라 관심으로 장르문학의
성장에 힘이 되어주세요.

[도서출판 **청어람**은 항시적인 저작권 보호를 통해 장르문학과
여러분의 희망을 지키겠습니다.]

저작물의 무단 전재와 복제, 불법 다운로드는 법률에 의해 처벌받을 수 있습니다.
저작권법 제97조의5 (권리의 침해죄)
저작재산권 그 밖의 이 법에 의하여 보호되는 재산적 권리(제73조의 4의 규정에 의한 권리를
제외한다)를 복제·공연·방송·전시·전송·배포·2차적 저작물 작성의 방법으로 침해한
자는 5년 이하의 징역 또는 5천만 원 이하의 벌금에 처하거나 이를 병과(동시에 두 가지 이상의
형벌을 지우는 일)할 수 있다.

도서출판 청어람

共同傳人

공동전인

설경구 新무협 판타지 소설

마교를 재건하라.

혈마옥에 갇히며 마교 장로들의 공동전인이 된 사무진에게 주어진 과제.
역사상 가장 착한 마교의 교주.
하지만 역사상 가장 강한 마교의 교주가 되고 싶다.

고정관념을 버려요.
마교도라고 해서 꼭 나쁜 놈일 필요는 없잖아요.

지금까지와는 다른 마교.
이제 사무진이 만들어가는 새로운 마교가 모습을 드러낸다.

유행이 아닌 자유추구 –
WWW.chungeoram.com
Book Publishing CHUNGEORAM

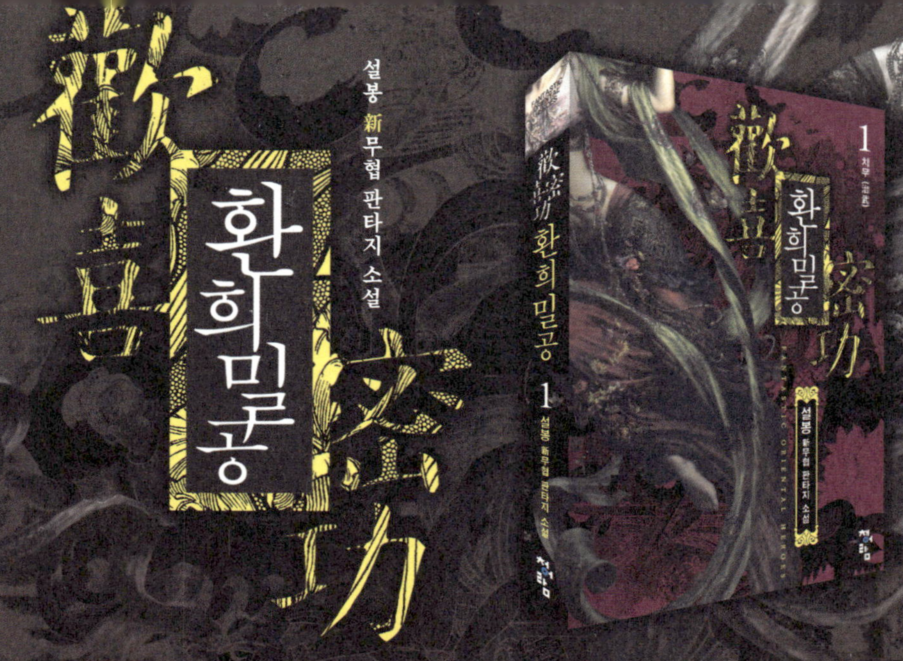

설봉 新 무협 판타지 소설

무유 칠덕(武有七德), 금폭(禁暴), 집병(戢兵), 보대(保大),
정공(定功), 안민(安民), 화중(和衆), 풍재(豊財), 자야(者也).
〈좌전(左傳), 선공 십이년(宣公 十二年)〉

무에는 일곱 가지 덕이 있다.
첫째, 난폭을 금지한다. 둘째, 무기를 거두어들인다. 셋째, 큰 나라를 보전한다.
넷째, 공적을 정한다. 다섯째, 백성을 편안하게 한다. 여섯째, 대중을 화합하게 한다.
일곱째, 물자를 풍부하게 한다.

섬서성(陝西省) 육반산(六盤山)에 신력(神力)을 바탕으로
패공(覇功)을 구사하는 가문(家門), 육반루가(六盤婁家).
세상에게 외면받고 멸시당하는 환희교(歡喜敎).
육반루가의 후손과 환희교 교주의 운명적인 만남.

"넌 환희교를 지키는 수문장('守門將')이 될 거야.
강하게, 아주 강하게 키워주마."
'아버지처럼 죽지 않을 거야. 아무도 날 죽일 수 없어.
세상에서 최고로 강한 사람이 될 거야.'

유행이 아닌 자유추구 -
WWW. chungeoram.com
Book Publishing CHUNGEORAM